AF398392

© Mats Holmstrand 2018
Förlag: BoD – Books on Demand, Stockholm, Sverige
Tryck: BoD – Books on Demand, Norderstedt, Tyskland
ISBN: 978-91-7569-712-3
Utgåva 1

Han var varken blå

av Mats Holmstrand

Illustrationer
Saga Landal

Ett val som leder till en händelse som leder till ett val som leder till
en händelse...

Här i livet har man egentligen bara två saker att välja på
Antigen blir man civil eller så blir man militär.
Om man blir civil, ja då är nog allt bra men om man blir militär.
Ja då har man egentligen bara två saker att välja på.
Antigen blir det krig eller så blir det fred.
Om det blir fred, ja då är nog allt bra men blir det krig.
Ja då har egentligen bara två saker att välja på.
Antigen kommer man till fronten eller så kommer man inte till
fronten.
Kommer man inte till fronten, ja då är nog allt bra men kommer man
till fronten.
Ja då har man egentligen bara två saker att välja på.
Antigen så bli man skjuten eller så blir man inte skjuten.
Blir man inte skjuten, ja då är nog allt bra men om man blir skjuten.
Ja då har man egentligen bara två saker att välja på.
Antigen så dör man eller så överlever man.
Om man överlever, ja då är nog allt bra men om man dör.
Ja då har men egentligen bara två saker att välja på.
Antigen så hamnar man i enskild grav eller så hamnar man i en
massgrav.
Hamnar man i enskild grav, ja då är nog allt bra men om man hamnar
i massgrav.
Ja då har man egentligen bara två saker att välja på.
Antigen blir man upplöjd eller så blir man inte upplöjd.
Om man inte bli upplöjd, ja då är nog allt bra men om man blir
upplöjd.
Ja då har man egentligen bara två saker att välja på.
Antigen så hamnar man i en benmjölsfabrik eller så blir man
dasspapper.
Om man blir till benmjöl, ja då är nog allt bra men om man blir till
dasspapper.
Då tänker man nog varför jag inte blev civil istället.

Okänd

När man ser på en speciell händelse i sin enskildhet, så framstår ofta händelsen som utan grund och kan därför ofta anses som oförklarlig. Men om man istället kan zooma ut och studera denna händelse över en längre tidslinje, då kan man se att det faktiskt finns ett samband. En koppling eller händelsekedja framträder mellan just denna oförklarliga händelse och andra händelser.
Man kommer då, med andra ord, att kunna se ett händelseförlopp med mycket tydliga kopplingar mellan de aktuella händelserna i händelsekedjan.

Så varför något inträffar kan då förklaras av en tidigare händelse och av val som har gjorts långt innan den händelse som man först råkade titta på har ägt rum.

Även saker som senare kommer att hända, kan i efterhand få sin förklaring genom denna utzoomning över en längre tidsepok.

Sanningen är alltså att slumpen helt enkelt inte existerar.

Därför, om man inte beredd att stå för saker som senare kan komma att hända på grund av ett val som man gör i stunden. Då bör man både en och två gånger tänka över sina handlingar innan de utförs.

Kanske är det så att man i efterhand kan tvingas ångra sin impulsiva handling. Vilket av förklarliga skäl då kan utvecklas till en mycket jobbig situation.

Prolog

Det gör ont.

Det var den första tanke som skapades. Känslan gick inte att ta på och varför det gjorde ont var fortfarande en obesvarad fråga när hans medvetande nu sakta började vakna till liv.

Han nästa tanke som formades, långt där inne i det kompakta mörker där hans hjärna nu simmade omkring blev.

Var är jag någonstans?

Men inget svar kom förstås till honom. Han verkade vara helt ensam på denna mörka och okända plats där han nu befann sig. Tankarna blev flera och började fara iväg. Var befann han sig? Varför befann han sig här? Varför är det så mörkt? Men svaren fortsatte att lysa med sin frånvaro.

Han borde dock inte vara här, det var i varje fall en mycket tydlig känsla som han hade. I och för sig hade han ingen aning om var här var, men här skulle han inte vara. Just den tanken återkom hela tiden till hans halvt sovande hjärna.

Han kände nu plötsligt att han frös också. Den kalla och mörka omgivningen, som han nu befann sig i, hade så sakta börjat äta sig in i hans kropp och märg. Reaktionen på kylan kom också direkt och han började skaka och rysa i hela kroppen.

Men på grund av kylan som han nu kände i sin kropp så började hans tankar faktiskt sakta att klarna, samtidigt som också resten av kroppen vaknade. Han försökte, som en reaktion på allt detta, skaka på huvudet, som för att rätta till allt som hade hamnat på fel plats. Smärtan han då kände var intensiv. Den sköt som en blixt genom hans kropp och det gjorde något så fruktansvärt ont. Inte så där som när man har fått en hård smäll utan mer som en skärande smärta som kom inifrån. Känslan var som att en mycket stor glasbit, som man hade råkat svälja, nu sakta rörde sig framåt och tryckte sig fram genom alla organ på vägen genom hans kropp. Han bet ihop och försökte tränga bort smärtan, bort och ut ifrån sin kropp. Efter någon minut, och när smärtan faktiskt hade minskat något, så försökte han åter samla sina tankar. Det var svårt för han återkom hela tiden till att det var något som var fel, mycket fel. Något som inte gick att ta på men något som absolut inte stämde. Han började försöka känna efter men upptäckte då att han inte kunde röra sina armar. Han koncentrerade sig några sekunder och försökte sedan med all den kraft som han kunde uppbåda att röra på armarna, men de verkade faktiskt sitta fast. Hur kunde det vara möjligt? Tanken fladdrade förbi men han kom aldrig till någon förklaring. Sekunden efteråt så gick det upp för honom att det fanns ingen fast mark under hans fötter.

Flög han? Nej han var stilla men det var något som gjorde att det faktiskt kändes som att han flög. En märklig känsla som han för under en kort stund upplevde som att han var tyngdlös och att han svävade likt en astronaut i rymden. Kunde det ändå vara så att han faktiskt flög? Eller kanske låg han ner? Det fanns faktiskt ingen fast mark under fötterna, det kände han men han hade stöd på ryggen. Ja så var det, han kände efter genom att fokusera hela sin uppmärksamhet på sin egen rygg och alla de känselspröt som måste finnas där. Det fanns absolut något bakom hans rygg. En fick en känsla om en tydligt kall, hård och även skrovlig yta. Något fanns alltså där bakom honom, något av ett odefinierbart material som tryckte mot hans rygg. Så kanske låg han ner i varje fall? Nej, bestämde han sig för sekunden senare. Hans inbyggda gyro sa honom att hans huvud var upp och fötterna var ned, så tillsvidare förkastade han den tanken att han låg ned. Han skulle nog återkomma till den funderingen tids nog men nu dök en ny konstighet upp som tog hela hans uppmärksamhet. Det kändes så märkligt beskt i munnen och han kände en instinktiv impuls att han måste spotta. Det gick dock inte så bra, han fick som ingen fart på saliven. Det blev mest en samling med dregel som mer rann än hoppade ur munnen. En sak klarnade dock, han var nu i varje fall säker på att han inte låg han ner. Dreglet kom inte tillbaka

och träffade honom i ansiktet, det försvann nedåt. Han ryckte plötsligt till. Vad var det för ljud han hörde, plaskade det? Ja han var nästan säker på att det lät så. Ett svagt ljud som han så här i efterhand tolkade som att något, som mycket väl skulle kunna vara hans spott och dregel, hade landat i vatten. Han spottade och fräste igen. Nu hörde han mer tydligt ett svagt plaskande, inte tydligt eller så men det plaskade.
Nu skulle jag vilja kasta något tänkte han, men armarna satt fortfarande fast kände han besviket. Någonting stramade också ute vid händerna, han kände nu att det inte var armarna som satt fast utan det var hans handleder. Vad var detta?
Ett första uns av riktigt skarpt obehag tillsammans med en växande ihållande smärta spred sig som en löpeld genom hans kropp. Den nya smärtan tog fart från handlederna, fortsatte genom armarna för att sammanstrålade med en likartad smärta som kom underifrån. När alla smärtsignaler samtidigt träffade en punkt strax ovanför naveln så svartnade det om möjligt ännu mer för honom. Ett mycket svagt kvidande kom nu också över hans läppar. Han försökte lugna ned sig och återfå en något mer normal andning.
-Hallå, skrek han till, bara så där man gör utan att riktigt tänka efter först. Men det hördes inget eller, jo visst hördes det eller. Återigen fick han den där känslan att något specifikt var fel, nu inne i munnen konstaterade han. Han kände efter, munnen vara alldeles tom.
Tom? Tänkte han. Han försökte ropa igen men det blev samma resultat, ett odefinierat mumlande stön. Han stängde sina ögon och försökte åter koncentrera sig. Ett djupt andetag innan han öppnade munnen för att göra ett nytt försöka att säga något. Men det kom inget ljud över hans läppar, eller? Det gick hur som helst inte att avgöra eftersom alla hans tankar nu bara snurrande runt runt inne i hans huvud. Det var som denna karusell av tankar skapade sitt eget ljud där inne i hans huvud, ett fräsande och knackande ljud.

Jag måste tänka bort min egen röst i huvudet innan jag gör ett nytt försök att ropa på hjälp, detta var nu den enda tanke som han febrilt koncentrerade sig på. En enda tanke att lägga hela sin fulla koncentration på.

Sedan skall jag prova igen bestämde han sig för.

Han fokuserade sig, tog ett djupt andetag och började sedan med att räkna ned från tjugo till noll, sedan skulle han försöka igen. Resultat blev mest ett stön och det var fortfarande svårt att avgöra varifrån detta stön faktiskt kom, det gick som inte att placera ljudet.

Var det hans eget ljud eller? Ett virrvarr av tankarna for återigen runt i skallen.

Andas, andas för helvete, tänkte han.

Han återkom sakta efter ytterligare en koncentrationsövning till en mer normal andning. När hans andning äntligen hade blivit stabil och höll den lugnare rytm och frekvens som han ansåg vara normal, så försvann också det pulserande ljud som han hade hört inne i sitt huvud. Till slut så var det bara en ekande tystnad som fanns kvar i hans medvetande. Därför så la han nu allt sitt fokus på att uppfatta de ljud som han ändå tyckte borde finnas runt honom. Ett eller flera ljud som kom utifrån hans kropp, något måste han höra. Men det enda som han hörde var en svag något ansträngd andning, hans egen kunde han snabbt konstatera. Men så plötsligt hörde han ett ljud, ett mekaniskt ljud. Ett ljud som definitivt inte skapades inne i hans huvud. Ljudet sa till honom att det var något stort och tungt föremål som rörde på sig och då skapade detta gnällande ljud. Han upplevde ljudet som konstgjort, alltså något som en människa indirekt skapade. Det var definitivt ett ljud som uppkom när något stort och säkert tungt föremål rörde på sig, det var den enda logiska förklaring som han kom på.

Det var ett ljud från något gammalt och dött som nu plötsligt fått liv igen tänkte han. Något som sakta återigen hade börjat röra på sig efter att ha spenderat år i en stilla tillvaro. Sedan

kom ytterligare ett ljud, ett ljud som han kände igen. Vatten,
vatten som rann, mycket vatten som rann, det var han nu helt
säker på.

Kapitel 1

26:e April, Nutid

-Måndag, förbaskad måndag, sa Bo-Inge Stenmark till sig själv.
Den kommer alltid tillbaka, som en irriterande jo-jo tänkte han
sedan.
Gårdagen hade fram till en god middag och nio nyheterna varit
precis som vanligt. Allt hade gått efter det optimala tidschemat,
men sedan vid tio snåret hände det som alltid händer. Någon
utomjordisk kraft vrider upp hastigheten på klockan och i ett
nafs så var klockan över 12. Klockan hade till och med hunnit
bli halv två innan han till slut hade kommit för sig att krypa ner
i sängen, sedan minst en halvtimme till innan han somnade. Nu
var klockan 6:14 och han var trött. Men han hade upplevt detta
förut och det var i alla fall ljusare i dag än det hade varit i går,
Det kunde ha varit värre, tänkte han för sig själv.
Bo-Inge gick upp och ut i köket.
-Ha, var hans kommentar när han öppnade kylskåpet och
kunde konstatera att han hade handlat i går.
Perfekt, bröd yoghurt, skinka ost och kaffe, jaha kaffet hade han
missat igen kunde han något surt konstatera. Ok det fick bli Te.
Han hade sina reservpåsar i lådan. De som han alltid brukade
stoppa på sig när han sov på hotell och plundrade frukosten på
väg ut till verkligheten. Verkligheten ja den fanns där oavsett
om man bodde på hotell eller om man vaknade upp hemma
som idag. Klockan 08:06 skulle han befinna sig på Master of
plastic front tech AB som var hans företag. Officiellt ett företag
som gjorde formsprutningsverktyg för plastartiklar till
fordonsindustrin. Den verksamhet fanns givetvis där men det
fanns också ytterligare en del inom företaget, en del av
företagets aktiviteter som man inte skyltade med på samma
sätt. Denna verksamhet kunde man se som en pusselbit, en
liten pusselbit kanske. Men en desto viktigare i det

internationella nätverk som i allra största hemlighet jobbade
med en fantastisk uppfinning. En uppfinning som om den föll
väl ut skulle lösa all världens energiproblem med råge.
Saltvatten, saltvatten var källan för den nya tekniken. Genom
att kunna lösgöra och använda energin som håller ihop
atomerna i vattnets grundämnen så skulle man kunna
tillgodose hela jordens energibehov och det utan några skadliga
utsläpp överhuvudtaget. Billigt för användaren skulle det bli
också. Men det var just detta som var och är kruxet. I teorin så
skulle man lösa energibehovet och miljöproblemet men också
samtidigt slå undan benen för en jätteindustri. Denna industri
där är ett stort antal av jordens länder och makthavare, över en
natt, skulle se sina livs och värdeförsäkringar i fossila bränslen
bli i princip värdelösa. Detta skulle definitivt inte tas i mot med
öppna armar av alla. Ett dilemma som kan få den bästa att ligga
sömnlös, och det var just därför Bo-Inge låg sömnlös, för han
var den bästa på det han gjorde. Bo-Inge var 52 år, hade dubbla
examen, i teknik och ekonomi. Han hade alltid varit nyfiken på i
princip allt som rörde energi och energiförsörjning. Hans
företag inom plast och formsprutning hade faktiskt en mängd
kopplingar och gemensamma trådar till hans mer hemliga
verksamhet, faktiskt så klickade dessa mycket väl in i varandra.
Kanske var det så att det var denna konstiga kombination som
gjorde att han var så framgångsrik i det han gjorde. Han hade
tänkt i nya banor, outside the box som det brukar heta.
Han hade skrattat mycket åt detta uttryck *tänka utanför boxen*
jo, det var ju ett sätt att beskriva saker på också. Vad var då
boxen eller lådan eller vad man nu menar? Det var det aldrig
någon som kunde förklara.
Tänka, lyssna och ta in kunskap, det är hemligheten. Bearbeta
det som andra redan vet sedan ta allting till en ny nivå. Att
enbart prata det är att upprepa vad man redan vet så det gäller
att ta sig tid att lyssna. Det är då man faktiskt kan lära sig något.

Sedan gäller det att man har en relativt snabb CPU i sin egen skalle, men sådant går att träna upp. Det visste Bo-Inge.
Som barn så var detta som han nu sysslade med ingen självklarhet. Hans första omdöme från en tredje part, i detta fall hans lärarinna hade varit.
-Ett normalbegåvat barn, gör inget väsen av sig. Kanske lite väl tystlåten.
Detta var alltså de första orden som hans fröken hade sagt till Bo-Inges föräldrar på kvartsamtalen i skolan. Men det hon inte riktigt förstod var att Bo-Inge tyckte om att lyssna och att tänka, bearbeta saker. Sedan var det också så att Bo-Inge upplevde skolan som tråkig rätt och slätt. Skolan gav honom ingen riktig stimulans med det var något han hade förstått först i efterhand. Det var senare när han fick rejäla problem att ta tag i som hans hjärna fullständigt exploderade och fick nya sektioner att öppna upp sig. Ny kunskap lagrades kontinuerligt, han verkade ha hur mycket minneskapacitet som helst. Ibland kändes det overkligt när han kunde komma ihåg saker som han inte ens hade lagt märke till när de faktiskt hände.
Vissa säger att en normal människa bara använder en bråkdel av sin tillgängliga hjärnkapacitet. I sådant fall så var Bo-Inge ingen normal människa för han visste hur man använde hela sin hjärna, det var ett som var säkert.

-Har ni hört. Har ni hört vad de gjort. Anton Lundström ropade högt när han småsprang fram i kontorslandskapet.
Anton Lundström, tänkte Göran samtidigt som han sträckte på nacken för att tänja bort morgonens stelhet.
Anton är en bra polis fortsatte han i sin tankebana. Kan vara lite otajmad men sina funderingar när han vill ha hjälp ibland, men en bra polis i grunden.
-Det är ju nästan lite kul, fortsatte Anton samtidigt som han rörde sig framåt mot Göran.

-Oj förlåt. Utbrast han när en hög med papper for i golvet när han tog sig förbi Camila Lundins bord.
-Se dig för, morrade hon till, dock inte arg på riktigt. Men detta var inte första gången som papper for i golvet så lite irriterad det kunde man i varje fall ha rätt att bli tänkte Camila.
-Vad är det som är nästan är lite kul, sa hon lite mer fränt än vad hon hade planerat.
-Någon har fyllt på allt vatten i slussen, svarade Anton.
Nu hajade Göran till, Göran Otto Persson som var han fullständiga namn. Tillika chef på den lilla med väl aktade grupp av fyra poliser som jobbade med allt som poliser vanligtvis gör, förutom trafik. Det blev så på dessa orter som inte var så stora och kunde stoltsera med specialtjänster för ditten o datten. Å andra sidan så blev jobbet mer varierande och det behövde inte vara någon nackdel.
-Fyllt på slussen?, sa Göran för sig själv.
-Är inte invigningen av den nyrenoverade slussen nästa lördag? Sa han nu lite högre.
-Vem och varför har man fyllt på slussen och nästan en hel vecka för tidigt? Fortsatte han sedan.
-Det vet jag inte men jag såg det själv. Att det var fullt med vatten i slussen alltså, sa Anton nu när han hade allas uppmärksamhet.
-Båda sidorna var stängda alltså portarna menar jag. Då blir det som en pool i mitten. Invigningen är ju som sagt nästa helg så det här var nog inte planerat. Det stod några gubbar där också och kliade sig i skallen.
Han verkade nästan le åt sitt eget minne som han återframkallade för sig själv kunde Göran konstatera.
-Ha där blev ju Eva-Britt dragen vid näsan, sa han sedan.
Eva-Britt som var kommunens ordförande och som redan hade synts på bild, färdig att aktivera det nya hel mekaniserade öppningssystemet för slussen.

Själva slussen var hjärtat och den naturliga samlingspunkten i staden. Det var här restaurangen och glasskiosken samt ett av stadens hotell låg. Allt och alla bar namn som Slusshotellet, Slussen kiosk samt det mycket kreativa namnet Restaurang Slussen. Men inget ont om detta. Slussen var faktiskt landets nu äldst fungerande anläggning som varje säsong slussade hundratals båtar. Men även denna sluss hade sett bättre dagar och nu stod man inför ett viktigt beslut inom kommunen. Bygga nytt eller bevara. Man kan ju inte som en vanlig väg bygga en förbifart men om slussen renoverades och byggdes om till en ny och modern sluss så skulle staden säkert förlora mycket av sin själ, det var man överens om. Alla i staden hade under förra året diskuterat ett antal förslag. Till slut hade man dock fattat det på ett sätt jobbiga beslutet: Att slussen skulle renoveras, men bara under skalet. För ett otränat öga skulle allt se ut precis som det alltid hade gjort men under skalet så skulle allt ha morgondagens teknik. Det var just det som var det jobbiga. Detta alternativ hade självklart varit den dyraste lösningen. Detta hade betytt en del konsekvenser. En konsekvens hade blivit att ett planerat nytt äldreboende samt nya lokaler för alla de nyanlända flyktningarna, från de krigshärjade zonerna i mellanöstern tillsammans med många unga män från Nordafrika, hade försenats. Det var i varje fall så man la fram det, bara försenats, inte lagts på is som vissa på stan ville hävda. Visst hade det gnytts lite i stugorna i varje fall om äldreboendet, men där enades man om att de anhöriga skulle hjälpa till mer. Man skulle ställa upp med allt som måste göras, men som ingen riktig ville göra, men som alltid kostar pengar. Städa lite mer noggrant se till att man kan byta sängkläder lite oftare. Att man skulle servera potatis alla dagar i veckan och inte sådan där konstig mat som pasta, ris och bulgúr som man sa på hemmet. Pro Bono aktivitet alltså, det lät bra på pappret i varje fall. Detta skulle kunna hålla skenet upp ytterligare några säsonger i de nu rätt slitna lokaler som stoltserade som framtiden för de sista ljuva åren. Flyktingboendet och en dubblering av antalet platser samt att familjer alltid skulle få ett eget rum med handfat, att detta också sköts på framtiden var det ingen som i princip kommenterade. Visst för sakens skull så hade vänsterns representant i kommunstyrelsen reserverat sig mot just detta och krävde att man skulle skriva in att alla eventuella oplanerade överskott som med lite tur ibland inträffad skulle oavkortat läggas på flyktingboendet. Så hade det dock inte blivit. Det sas också på byn att även Valdemar Bengtsson som han hette hade dragit en djup suck av lättnad när hans förslag röstades ner.

-*Ibland har man tur,* hade han visst sagt efter mötet.

Men nu var det som det var. Allt var i princip på plats och till och med en generalrepetition av själva invigningen hade genomförts därför bilden på Eva-Britt.

Men nu hade alltså Eva-Britt blivit dragen vid näsan och någon annan lustigkurre hade redan tryckt på knappen eller dragit i spaken eller vad man nu gjorde för att öppna slussluckorna tänkte Göran.

Undra om detta skulle betyda otur det här för slussen tänkte Göran. Kanske fanns det gammalt skrock runt slussar fortsatte han att tänka samtidigt som han lite omedvetet kliade sig på armbågen. Göran hade hur som helst ingen aning.

Han hade fast han bott hela livet i närområdet aldrig slussat. Han hade alltså aldrig varit ombord på en båt när den hade passerat igenom stadens stolthet. Nej båtar det var inte hans melodi. Gamla lastbilar eller mer specifikt gamla brandbilar det var hans hobby, lite speciell men det bästa som fanns. Han drömde sig bort bland bilar, stegar och vattenslangar tills han abrupt drogs tillbaka till verkligheten av Anton.

-Är det är något för oss, det är ju skadegörelse inte minst. Jag menar grov skadegörelse, det borde det vara. Sedan måste det vara inbrott också, för att inte tala om ärekränkning.

-Ärekränkning? Sa Göran.

-Ja Eva-Britt lär ju vara helt tokig nu, skrattade Anton.
-Hmm du har kanske rätt. Du får ta det, alltså ärekränkningen
sedan får Camila titta på de andra delarna.
-Va, jag skojade ju bara, flämtade Anton och fick ett något
skrämt uttryck i ansiktet samtidigt som han kände hur håren på
underarmarna reste på sig. Eva-Britt var ingen person som han
ville ha mer kontakt med än vad som absolut krävdes för
tjänsten. Han hade inte glömt när hon hade skällt ut honom
inför öppen ridå. Det var på den tiden då han jobbade på trafik
och hade stoppat henne vid en rutinkontroll. Hon hade då inte
gjort något fel minsann. Det hade hon sagt innan han ens hade
hunnit presentera sig och velat se på körkortet. Det var i och
för sig ett antal år sedan men han hade alltid tyckt att hon ända
sedan den dagen hade tittat snett på honom. Han hade i och för
sig inget minne av att de faktiskt hade pratat sedan dess men
känslan från deras möte där och då, den fanns kvar. Han ville
för allt i världen inte ta ny kontakt med Eva-Britt angående att
hon hade blivit dragen vid näsan och missat att vara den första
som tryckte på knappen.
-Nej vi glömmer det, sa Göran när han såg på Anton och insåg
att han trodde att han var allvarlig med ärekränkningen.
-Förresten har du sett Dubbel-Klas.
 Dubbel-Klas eller Klas Klasson som var den fjärde länken i
gruppen kom in i rummet samtidigt som Göran tittade upp och
frågade efter honom.
-Där, sa Anton och pekade bort mot Klas.
-Ok, sa Göran -Då var vi alla här, samling vid tavlan om fem så
tar vi den här veckan, kaffe tar vi efteråt.

Eva-Britt var kanske inte tokig men hon var arg. Hon bet ihop
tänderna där hon stod på kontoret och tittade ut över torget.
Hon såg inte slussen från sitt fönster men hon hade hört vad
som hade hänt och nu hon var arg, mycket arg. Hon kunde
faktiskt inte minnas om hon någonsin hade känt sig så här.

Egentligen borde hon inte vara så arg som hon var. Det förstod till och med hon med det gick inte tänka så just nu. Någon förbannad idiot hade tyckt att det var lustigt att lura henne på äran att nyinviga slussen. När hon fick tag i ungdomarna som hade gjort detta skulle hon införa sänkt straffålder tillsammans med högre maxstraff tänkte hon. Hennes blick for fram och tillbaka över torget som för att försöka se om slynglarna fortfarande gömde sig därnere någonstans. Konditoriet på andra sidan torget höll på att öppna såg hon.

Det var lite märkligt tänkte hon att det fortfarande var ett kondis, ett riktigt kondis. Lite konstigt att det inte hade blivit ett sådant där coffee house eller Waynes coffee eller vad det nu brukade heta. Hon kände faktiskt att pulsen gick ned en aning och för en sekund tenderade hon att förtränga varför hon var arg.

-Undra om det var en olycka och någon är kvar i slussen.

Hon drogs tillbaka in i nutiden vände sig om och titta på sin assistent Lena Olsson.

-Va, ja det hoppas jag, sa Eva-Britt. -Den idioten som har gjort det kan gott ligga där och sprattla.

Lena stannade upp tittade på Eva-Britt.

-Jag tänkte mest på om det var någon från Ottosson mekaniska som hade förolyckats.

Ottossons mekaniska var en välrenommerad firma från Norrland och var de som gjorde det mesta av renoveringsjobbet med slussen. Eva-Britt fick något konstigt i blicken och blev tyst några sekunder. Hon försökte sedan se lite mer medlidande ut.

-Olycka, ja tänk om han är kvar?

Eva-Britt visste nu inte riktigt vilket ben hon skulle stå på. Hon var arg och hade i princip önskat en okänd person ur livet, men nu for tankarna runt åt ett annat håll.

-Olycka nej då blir ju allt försenat. Är det en olycka? Flämtade Eva-Britt fram.

-Jag vet inte, sa Lena. -Jag bara tänkte.
-Sluta tänk och ta reda på det då. Vi kan ju inte sitta här och inte veta.
Eva-Britt vände sig om och tittade åter ut genom fönstret.
Olycka, tänkte hon. Det kan inte vara bra. Det finns säkert något gammalt talesätt om slussar och otur eller annat som kommer att vara det enda som alla i stan nu kommer att prata om.

Morgonsolen tittade precis fram över hustaken och de första solstrålarna träffade Adman Ibrahim i ansiktet, där han stod i skogsbrynet och tittade ut över slussområdet. Adman kom från Syrien och hade varit i Sverige i fyra månader. Det må var kallt här men det är fint, tänkte han.
Han och hans fru hade en plats på flyktingboendet, ett rum som de delade med ett annat par som också kom från Syrien. Detta var ett problem enligt Admans sätt att se på saker. Detta upplägg med främmande personer, dessutom man och kvinna i samma rum där man förväntas tillbringa natten. Nej det gick helt enkelt inte att acceptera.
På flyktingförläggningen försökte Adman att låtsas som inget. Men när de började bli tyst i huset och folk gick och la sig, ja då brukade Adman smyga ut. Alla i rummet visste detta, de visste också varför. Just därför så var också det ingen som sa något. Adman kom också alltid tillbaka innan frukost, så ingen i personalen hade någon anledning att tro att Adman inte sov i sin säng på nätterna. Men Adman sov inte i sin säng. Istället så tog han sin tillflykt till en koja som han hade hittat. En koja som han succesivt hade förbättrat med diverse löst material som brädor och annat som han hade hittat, eller kanske stulit från det pågående arbetet med renoveringen av slussen. Kojan ja den låg i den lilla skog som låg strax bakom slussen, om man kom från centrum av staden så att säga. Att ta alla dessa saker, för att förbättra kojan, hade nog inte gjort något det var Adman rätt säker på, han ville i varje fall tro på att det var saker som

ändå skulle slängas. För att stjäla det var inte Admans stil, nej det gjorde man inte.

Den här natten som precis hade övergått till morgon hade Adman som vanligt tillbringat i kojan. Nu var han sen till frukosten, det visste han. Men han hade blivit kvar, stående i skogsbrynet där han fascinerat betraktat all rörelse ner vid slussen. Folk hade kommit och gått, skrikit och pekat. Han misstänkte att detta hade något att göra med det som hade stört honom under natten. Det var någon gång under de mörkaste timmarna som han hade vaknat av ett ljud som han först inte kunnat placera. Hans första tanke var att det var någon som spikade. Men när han hade ruskat sömnen av sig så hörde han att ljudet var något annat. Han hade lyssnat mer uppmärksamt och då konstaterat att det lät som att någon smidde sitt järn alltså att man slår på den varma metallen med en rejäl hammare, för att forma det man håller på och skapar i sitt hantverk. Vid det laget hade han varit helt vaken och börjat lokalisera det konstiga ljudet. Ljudet kom definitivt från slussområdet som låg en bit ifrån kojan. Han hade, fast det var mörkt bestämt sig för att lämna kojan och undersöka detta närmare. Nyfikenheten hade varit allt för stor och den tillsammans med att han behövde kissa drog honom ut i den kalla vårnatten. När han kom fram till skogskanten där man kunde ana slussområdet med de stora slussportarna så märkte han efter en stund en skuggfigur nere vid slussområdet. Först hade han inte sett något men sedan var det som personen hade stigit upp från underjorden. En skugga som plötsligt lösgjorde sig från det svarta kompakta mörkret som fanns där under. Först var det helt stilla sedan en person som bara stod där. Adman kunde se att skuggfiguren rörde sig bort mot det lilla hus som han antog var det nybyggda kontrollrummet. Detta lilla hus stod lite ensamt och övergivet placerat bredvid de norra slussportarna. Personen som Adman hade sett hade sedan försvunnit ur sikte för att därefter dyka upp igen. Adman märkte då, att samtidigt som personen återigen försvann in i mörkret på andra sidan, så öppnades slussporten och vattnet började rinna in i det tidigare torrlagda utrymmet som fanns mellan slussportarna. Adman hade inte förstått något av detta så han hade blivit stående kvar där i skogskanten och spanat. När han efter ett tag kände sig säker på att personen som han hade sett röra sig i slussområdet var borta så hade han vågat sig fram och ner till själva slussen. Bassängen eller vad man nu kallade utrymmet mellan slussportarna var nu i princip full med vatten. Samtidigt kunde Adman också konstatera att de övre slussportarna sakta höll på att stängas. En vattenspegel som låg i nivå med kanalens vatten på andra sidan porten hade så sakteligen börjat skapas. Adman kunde se hur månens reflektioner började träda fram i den svarta vattenytan framför honom. I går hade det varit tomt på vatten i bassängen och nu var den full med vatten. Adman kunde inte förstå varför man fyllde på vattnet mitt i natten. Han hade stått kvar där, stilla vid kanten av bassängen, tills han hade börjat huttra av köld. Då hade han vänt om och gått tillbaka till kojan. När Adman hade kommit tillbaka och krupit ned i sin egen inhandlade sovsäck så funderade han på vad han egentligen hade sett. Men han kom dock inte fram till något och som vanligt när han låg vaken på nätterna, så blev han återigen mest fascinerad av att det kunde vara så tomt och lugnt på natten här i Sverige. Adman hade aldrig förut upplevt den tystnad och ensamhet som fanns i kojan. Under de nätter som han hade spenderat i kojan så hade han aldrig blivit störd. Han hade under ett kort ögonblick funderade om detta kunde vara till hans fördel. Men han hade heller inte i dessa tankar kommit till någon slutsats. Tankarna hade sakta avtagit och han hade somnat igen och sovit djupt, innan han åter hade väckts av störande ljud som denna gång var ett antal mycket upprörda röster. Rösterna som hade väckt honom kom nerifrån slussen och nu var det inte tyst och stilla längre. Nu var det arga människor som stod där nere och skrek.

Arga människor det kunde han höra på långt håll. För arga människor hade han både sett och hört mycket av sitt liv, så på den punkten var han helt säker på att han antog rätt. Adman misstänkte att de inte gillade att personen som han hade sett under natten hade fyllt på vattnet i bassängen. Han hade ett tag funderat på om han skulle gå ner och berätta vad han hade sett, men kommit fram till att då skulle han behöva förklara varför han överhuvudtaget befanns sig där nattetid. Kanske skulle de inte tro honom. Kanske skulle de tro att det var han som hade fyllt på allt vatten och då skulle allt vara förgäves, nej det var viktigt att han inte tog onödig kontakt. Så han stod kvar i skogsbrynet och tittade. Det var illa nog som det var att han behövde smyga ut om nätterna. Med det var som det var och det kunde ingen ändra på nu tänkte Adman och såg sakta och ödmjukt upp mot himlen, där nu solen hade kommit upp över hustaken.

Kapitel 2
Dåtid

Det var mörkt och hon kände sig osäker. Mycket var så
annorlunda i detta nya land. Våren hade äntligen kommit det
hade hon hört någon säga men hon tyckte att det fortfarande
var isande kallt i detta land som de nu befann sig i. I hennes
förra liv och i hennes förra land, som hon ibland brukade tänka
där hade det minsann inte varit så här kallt. Men det hade
funnits andra saker som inte var så bra där. En dag hade
hennes pappa sagt att de skulle ut på en resa. Hon, hennes
lillasyster tillsammans med mamma och pappa. De skulle inte
vara borta länge så de behövde inte ta med sig så mycket saker
hade pappa sagt. Det skulle vara lite som en överraskning.
Därför berättade pappa inte vart de skulle resa. Det hade varit
mycket spännande och hon var mycket nyfiken på vart resan
skulle ta dem. Hon hade funderat länge på vilken av nallarna
som skulle få följa med och vilken som skulle vara hemma för
att vakta deras hus. Till slut hade hon bestämt att Börna skulle
få följa med medan Brun-Tofsen hade fått vara kvar och vakta
huset. Brun-Tofsen var den modigaste av de tre så det hade
känts rätt och bra då. Nu många månader senare och i ett land
på andra sidan jordklotet så kändes det inte lika bra. Hon visste
nu, pappa hade en kväll visat på en karta var de faktiskt var och
hon hade då förstått hur långt bort de verkligen var. Nu tänkte
hon på Brun-Tofsen igen, han skulle inte ha varit glad nu. Hon
var säker på att Brun-Tofsen hade försökt skrämma bort de
arga männen som nu stod utanför deras hus och skrek. Hon såg
på sin mamma. Han kunde se att mamma grät. Mamma hade
gråtit även den dagen de skulle resa bort mindes hon. Då hade
hon inte förstått varför, resan skulle ju vara kul hade pappa
sagt. Men nu efter denna långa tid i detta nya land så förstod
hon varför mamma hade gråtit. Mamma hade förstås redan då

vetat att de inte skulle resa bort bara ett litet tag. Hon hade
vetat vad de nu alla visste, ja förutom lillasyster Ana då. Hon
var fortfarande för liten för att förstå eller för den delen komma
ihåg deras förra liv. Men hon mindes och nu saknade hon
verkligen Brun-Tofsen. Hon såg på sin mamma igen. Hon kunde
inte minnas att hon hade gråtit sedan de hade kommit till detta
nya land. Hon hade faktiskt börjat skina igen. Börjat prata mer
och vara som den mamma som hon mindes innan allt det dåliga
hade börjat i deras förra liv. Men så plötsligt kom hon ihåg att
mamma även hade gråtit för några veckor sedan, ja då hade
mamma faktiskt gråtit. Först hade hon trott att de skulle
behöva flytta igen och hon hade blivit orolig. Hon hade tittat på
sin pappa. Men han hade inte varit som förra gången, alltså den
gången som de faktiskt flyttade. Nu hade han bara suttit vid
bordet och tittat rakt fram. De hade haft radion och den svart
vita Tv:n på. Hon hade börjat förstå rätt mycket av det nya och
främmande språk som man pratade i detta land. Hon kände
också att hon var duktig på att prata, bäst i familjen om hon fick
säga. Det var i och för sig ingen tävling och varken mamma eller
pappa var arga för att hon var bäst. De var snarare glada och
hon kände sig enormt stolt de gångerna hon kunde förklara och
berätta saker som mamma eller pappa inte förstod. Det var så
mycket information och rutiner och annat som de hade
drabbats av i detta nya land, så all hjälp som kunde ge sin
mamma och pappa var mycket välkommet. Det var också
många gånger som hon faktiskt hade fått vara med i samtal
mellan de vuxna. Dels för att kunna förklara för mamma och
pappa vad mannen som satt på andra sidan bordet, ofta i en
brun kostym, sa. Men också att berätta vad mamma och pappa
ville säga tillbaka till mannen i den bruna kostymen. Det var
alltså då för några veckor sedan hade hon hört på radion att
presidenten, eller statsministern som de kallade honom i detta
land, hade blivit dödad. Så mamma hade gråtit för att
presidenten, eller om det hette statsminister, hade blivit

mördad. Hon var inte riktig säker på det där med president men det var han som bestämde i landet som hade blivit skjuten på öppen gata, det förstod hon. Mamma hade gråtit i tre dagar, pappa hade knappt pratat, det kom hon också ihåg nu. Efter ett tag hade hon i varje fall förstått att de inte skulle flytta denna gång. De hade inte packat några väskor, så efter några dagar hade hon börjat slappna av och släppa den obehagliga tanken på att behöva flytta igen. Sakta hade allt sedan börjat bli som vanligt igen och mamma hade slutat gråta. Pappa hade också börjat tala med sin familj igen så därför hade hon också lugnat ner sig. Men så hade detta hänt. Först en kväll, kanske två veckor sedan hade någon kastat en sten in genom deras köksfönster. Alla hade blivit jätterädda, fast de hade inte sett någon person den kvällen. Men nu denna mörka kväll så stod det personer utanför deras hus och de verkade vara mycket arga. De hade masker för ansiktet, det kunde hon se fast det var mörkt ute. En hade faktiskt också pyjamas på sig trodde hon, en lång vit dräkt med en vit mössa var det i varje fall. Hon hade svårt att förstå varför han stod där i pyjamas. Hon tittade mot sin pappa och ville få ögonkontakt men hon såg att hennes pappa inte var mottaglig för sin dotter just nu. Det var dock inte mot mannen i pyjamas som hennes pappa nu hade hela sin uppmärksamhet fokuserad på. På gräsmattan utanför deras hus stod ett väldigt stort kors av trä. Det var i varje fall så hon uppfattade det. Ett enormt träkors som någon måste ha placerat där. Hon trodde att det var männen som hade ställt korset där men hon kunde inte förstå syftet med det heller. Sedan exploderade verkligheten. Med ett ljudligt whoofff så började korset plötsligt att brinna. Det blev med ens ljust som på dagen och hon såg nu tydligt männen som stod därute. Någon skrek till men hon kunde inte avgöra vem. Hon märkte då att även de därute hade nu stannat upp och tittade fascinerat på korset. De verkade nästan beundra korset och det som de precis hade gjort. Hon tänkte att nu blir Jesus arg. Att tända eld på ett kors som var Jesus symbol kunde inte vara bra, eller vara snällt det var hon säker på. Det måste ju också vara farligt. Eld var farligt, det hade pappa sagt flera gånger. Hon hade velat tända ljusen i fönstret på kvällen, men tändstickor det kunde hon glömma att hon fick använda. Hon var 9 år och pappa hade sagt att man måste vara minst 15 år innan man fick tända med tändstickor. Det stod så på asken hade han sagt till henne men hon var inte säker på detta. Hon visste att pappa hade svårt att läsa detta nya språk men hon hade aldrig fått chansen att titta efter på asken och läsa själv. För tändstickorna och asken de hade pappa alltid gömt undan. Men nu gick det inte att tänka på tändstickor. Nu stod hon där i fönstret och tittade på det brinnande korset. Pappa stod tyst och tittat han också. Mamma satt på golvet och grät. Ana, tack och lov hon sov i sin säng, helt ovetande om detta som pågick där ute i natten. Då plötsligt hade en av männen tagit fram en flaska. Pappa hade med ens ryggat till men han lugnade sig något när han såg att mannen tog av sin mask och drack från flaskan. Mannen drack mycket och länge och när han till slut tog bort flaskan från munnen så såg han rakt in mot deras fönster. Det kändes då som att han såg rakt på henne, och hon såg också rakt på honom. Rakt in i hans av elden upplysta ansikte. Det var ett elakt ansikte, grovt och kantigt, ett ansikte som skulle etsa sig fast i hennes minne. Mannen skrek sedan någonting och kastade flaskan mot deras hus och tog sedan på sig masken igen. Det kändes som att tiden hade stannat och det tog ett tag att få kontakt med verkligheten igen. När hon återigen kunde koncentrera sig på var hon var och vad hon såg så kunde hon konstatera att männen redan hade börjat gå därifrån, men korset stod kvar och brann. Det var som att se på en film tänkte hon, allt kändes bara overkligt. I bakgrunden kunde hon nu höra en siren av något slag, ett ljud som hon kände igen från sitt förra liv och nu blev hon rädd på riktigt.

Kapitel 3
Nutid

Bo-Inge stod på sitt lilla kontor med en kopp rykande hett kaffe i handen.

Varmt, ja. Tänkte han. Gott nej, men vad kunde man begära av automatkaffe. Han hade funderat flera gånger på om de inte skulle införskaffa en sådan där podd-kaffe maskin. Men varje gång kom han fram till samma slutsats. Om han gjorde det så skulle han inte ha något att komma hem till. Hemma hade han en maskin som inte var från denna värld. Kaffet som kom ut från munstycket smakade himmelsk gott och skulle han få det på kontoret också, ja då skulle han aldrig ta sig hem på kvällen. Så nej han fick stå ut med automatkaffet här på kontoret.

-Ok, sa han. -Var står vi idag denna fantastiska måndag.

Lars Tjulin tittade tillbaka på sin chef från sin arbetsplats.

-Ja, det borde du väl veta, sa han samtidigt som han smålog.

-Resultaten från helgens live prov är fortfarande mycket positivt, allt beter sig som du trodde.

Lars jobbade inte med verksamheten av formsprutningsverktyg för plastartiklar. Den verksamheten pågick för fullt på andra sidan väggen men i detta rum som officiellt var prototyprummet hände det andra saker.

Prototypverksamhet förklarade kodlåset på dörren. Man kan tycka att verktyg för att formspruta plast för fordonsindustrin inte skulle vara en hemlig verksamhet, men så är det. Fordonstillverkare som var på gång med att introducera nya artiklar, och i detta fall artiklar för interiöra applikationer, var mycket noga med att inget om deras nykonstruktioner samt nyintroduktioner skulle spridas till konkurrenter. Om en firma som Bo-Inges skulle börja skylta med artiklar som man höll på med till andra kunder, för att försöka locka tills sig nya affärer, ja det skulle det inte uppskattas av branschen. Det som man gör mot en kund gör man säker mot alla kunder. Så ett hemligt och låst prototyp-rum var absolut inget konstigt på en firma som jobbar med att tillverka verktyg för att kunna formspruta interiöra plastartiklar till fordonsindustrin. Att det sedan inte fanns någon som helst verksamhet som rörde formsprutningsverktyg bakom den låsta dörren, ja det var en annan sak. Bo-Inge såg nöjd ut. Han hade varit rätt säker på att det som Lars nu berättade skulle inträffa men han hade lärt sig genom åren att inte ta något för givet och inte heller gena för mycket i innerkurvan. Men nu var han faktisk otålig. Han kunde känna att de var mycket nära att ta deras ny utvecklade teknik till ett nytt och ännu oprövat sammanhang. På ett sätt ett naturligt steg för att börja anpassa för en fullskalig produktion. Dock inte ett lätt steg att ta men om det lyckades så skulle detta steg betyda en teknik och en framtida el-produktion som skulle lösa energi och miljöproblem på jorden. Denna gång för allt och alla.

-Vi behöver röra på oss nu, sa Lars. -Att kunna lagra all den energi som vi nu kommer och kan producera kommer att kräva stooooora batterier. För vi lär väl inte kunna koppla upp oss på huvudledningen och smyga in ett mindre strömtillskott. Jag misstänker att det finns några personer som skulle bli bra förvånade. Lars skrattade till.

-Alltså när de märker att tillskottet av el som plötsligt finns att tillgå, är lika stort som om att alla vindkraftverk i Sverige plötsligt hade dubblerat sin verkningsgrad.

-Jo det stämmer, sa Bo-Inge och svarade på båda frågorna samtidigt med ett och samma svar.

-Vi skulle också behöva stora vattentankar för allt saltvatten som går åt i produktionen. Det skulle också garanterat märkas, fortsatte Bo-Inge.

De log ikapp. Även om de hade rätt i sina farhågor om de problem som de stod inför så var det bara fysiska problem och

det skulle gå att lösa, det visste de. De log också åt deras
framgång. Detta var stort, riktigt stort.
-Vi måste kontakta Chris, sa Bo-Inge.
Chris Newton, geniet som han kallades och det berodde inte
enbart på hans efternamn utan mest på den enorma kunskap
han besatta inom fysikens lagar. Chris var deras införlivade
som höll i den amerikanska delen av projektet.
Projektet som de höll på med skulle man aldrig klara av själv
och var för sig, det visste de alla. Det var ett stort projekt som
nu också hade ett relativt stort antal människor och
konstellationer involverade. Man hade inom denna större
grupp funderat mycket på om man skulle gå ut tidigt med
information om deras upptäckter. En information som i stora
drag beskrev de goda nyheter som de hade. Detta hade man
kunnat göra redan för två år sedan, men man hade fått kalla
fötter. Mycket på grund av att man inte ville släppa något som
kanske inte skulle bära hela vägen fram, men också på grund av
att det alltid fanns människor som inte ville att de skulle lyckas.
Det fanns säkert de som ville stjäla idén och tekniken för att
själva vara de som skulle breaka detta. Men de hade succesivt
blivit mer oroliga för de som av olika anledning gärna skulle se
att de misslyckades. Det var faktiskt Chris som också hade
lämnat just den synpunkten.
"Tänk om" hade sagt nästan på dagen för två år sedan.
-De som lever på att världen förbrukar olja, vad kommer de att
säga och hur kommer de att reagera, när vi över en natt säger
att deras försäkring för sitt framtida välstånd nu är borta?
Det finns rätt mycket som talar för att dessa människor
kommer att bli arga istället för att bli glada. Att vi kommer att
lösa miljöproblemen behöver inte nödvändigtvis vara något
som ses med tillförsikt på. Så tänk om de blir arga? Jag menar
riktigt arga. Vad skulle dessa personer kunna göra då?
Det hade först blivit helt tyst en kort stund sedan var det någon
som började skratta.

-Chris du är allt en riktig party crasher vet du det? Hade en röst i rummet sagt.
Fler hade följt efter med ännu mer skratt och skämt, men sedan var det faktiskt Lars som hade höjt rösten och brutit den goda stämningen.
-Vänta Chris har rätt. Det finns miljoners miljarder i oljan. Ja och det skall gudarna veta att det är inte enbart snälla människor, som sysslar med välgörenhet och ger blommor till sin svärmor, som basar över den naturkällan. Vi snackar personer och stater med inte helt rena samveten skulle jag säga.
Det hade blivit knäpptyst i rummet i flera minuter, alla hade bara tittat ömsom på Lars och ömsom på Chris innan Dietmar hade brutit dödläget.
-Jag håller med, hade han sagt.
Dietmar Koller från Tyskland en äldre herre som aldrig talade i onödan eller för den delen när han väl talade använde ett ord för mycket.
-Alla ord räknas, sa han en gång. -Så att lägga ut texten med onödigheter är dumt. Det spiller både min och din tid.
Så när Dietmar talade så lyssnade man. Det hade aldrig hänt så vitt de visste att han hade sagt samma sak två gånger i rad. Så när han sa samma ord igen så blev det dubbelt knäpptyst.
-Jag håller med Lars. -Men det betyder inte att vi skall vara rädda. Nu om aldrig så skall vi fortsätta med oförbruten kraft men från idag så talar vi bara om detta med varandra. När vi sedan har tort på fötterna att vi kommer att lyckats då kör vi.
Det hade blivit lite lugnare i rummet men alla hade förstått allvaret i vad de just hade diskuterat. Om de skulle lyckas så skulle en helt ny världsordning råda. Marknadskrafterna skulle förändras på ett sådant sätt som idag inte fanns på spelplanen överhuvudtaget. Ett land som Saudi-Arabien skulle över en natt få sin källa till lycka och välstånd pulveriserad och deras mest värdefulla tillgång skulle nu vara sand från öknen. En tillgång

som de med lite tur skulle kunna sälja till länder som behövda fylla ut sina stränder för att kunna exploatera mer mark. Sedan skulle man inte ens tala om USA, ett land som ansåg att de ägde och kunde styra hela väldens oljehandel fast de inte ens producerade hälften av det som användes. Deras anledning till att blanda sig i affärer, som egentligen mest berörde länder i mellanöstern, skulle minska och då skulle deras betydelse i världen också minska. Man skulle kunna tro att ett land som USA skulle vilja vara med och lösa det globala miljöproblemet. -Men bara om det är de som är med och skriver regelverket, hade Chris sagt.

-Det kan jag själv skriva under på, blev hans slutord.

Så efter detta möte hade man blivit mer försiktig och vidtaget strikta åtgärder för att få till en säker kommunikation mellan de grupper som jobbade i projektet. Men idag hade Bo-Inge och Lars all anledning att ta kontakt både med Chris i USA samt med Dietmar i Tyskland. Hur skulle de nu gå vidare? Det var nu den aktuella frågan. Chris hade kommit långt med att omvandlad energin som lösgjordes när atomerna i saltvattenmolekylerna bröts upp till elektricitet. Även Dietmar hade gjort stora framsteg i teoretiska modeller för att kunna styra energitillgången för den elektricitet som bildades. El är knepigt, eftersom efterfrågan inte alltid är konstant utan varierar, både på kort sikt som t.ex. högre efterfrågan på dagen och mindre på natten så varierar den också på lång sikt. På vintern är efterfrågan normalt högre än på sommaren men om det skulle bli en värmebölja så skulle folk starta sina AC-aggregat och plötsligt skulle efterfrågan på elektricitet stiga dramatiskt. Denna skillnad i efterfrågan vill man helst styra i teorin med en ratt där man bara vrider åt höger för att släppa på mer el ut på nätet eller åt vänster för att minska eltillgången. Alternativet till en kontrollerbar källa skulle vara att lagra elektricitet i stora batterier, men det är det ingen som vill. Det skulle bli för det första bli oerhört dyrt men också tillverkning och sedan skrotning av dessa jättebatterier skulle i sig vara en källa till just den miljöförstöring som man vill bli av med genom att ta bort förbränningen av fossila bränslen. Men nu hade de kommit till en punkt där det verkade som alla delar låg i fas. Bo-Inges del i Sverige med att kunna utvinna energin som finns i vanligt saltvatten. Chris del i USA att kunna omvandla denna energi till elektricitet samt även i Tyskland. Där nu Dietmar hade modeller för hur man skulle kunna överföra och styra tillgång baserat på efterfrågan av elektricitet ut på de redan befintliga elnäten.

-Ok, sa Bo-Inge. -Du tar kontakt med Tyskland och USA. Vi behöver träffas. Detta går inte att sitta och diskutera över nätet. Vi behöver tala om att vi nu känner oss redo och det är läge att byta fas. De problem som detta nu kommer att innebära är dags att börja diskutera på allvar. Vi kan inte blunda för detta längre. Lars såg spänt på Bo-Inge. På ett sätt hade han varit rädd för denna dag som han visste skulle komma men också på ett sätt full av förväntan, för det var nu det började på riktigt och han var redo. För redo det måste han vara.

Kairo.

Det började bli hett. Solen närmade sig sitt zenit och folk började sakta men säkert dra sig undan för att spendera de varmaste timmarna på dygnet lite mer i skuggan.

Bill Praxter tittade sig omkring. I det mörka men svala rummet satt fyra personer. En person i förarsätet och tre som skruvade oroligt på sig.

-Ok, sa Bill. -Vad vet vi?

Det blev om möjligt ännu tystare i rummet. Bill spände ögonen i alla på samma gång, det var en talang som han behärskade. Ingen skulle känna att de kunde krypa undan och gömma sig på bekostnad av någon annan person som råkade sitta lite närmare Bill. Hossein harklade sig försiktigt.

-Inget, vi vet inget. Min kontakt har inte hört av sig. Det har varit helt tyst sedan i fredags.

-Jaha, sa Bill. -Och nu tycker du att jag skall göra något åt det eller?

Bill smålog åt församlingen. Han passade på att njuta några sekunder. Känslan att vara den som bestämde, den som hade makten var en skön känsla. I eftermiddag skulle det dock vara han som skulle sitta där de andra nu satt. Alla har en chef, tänkte han.

Undra vem det är som sitter högst upp?

Tanken flimrade förbi hans medvetande. Han var rätt säker på att han aldrig skulle få reda på det och om han skulle vara ärlig så var det inget han ville veta heller. Han hade sina aningar men han hade inte fått dessa aningar helt bekräftade. Den typen av information var inte heller något som var att likställa med nödvändig information. Då var det nog också på ett sätt inte heller en bra information att ha. Men han var nyfiken det kunde han inte dölja för sig själv. Det var inte helt ovanligt att personer som vet för mycket eller sitter på fel information försvinner. Det var i varje fall något han visste. Men nu var det han som bestämde och just nu var han i behov av information.

-Jag tänker inte sitta som ett fån i eftermiddag, sa Bill. -Jag måste och kommer att ha svar på alla frågor som ställs. Är det fel svar så är det ni som kommer att få sota för det. Så, vad vet vi?

Nu var det Ralph som bröt tystanden.

-Vi vet att live testet skulle vara klart sent söndag kväll eller tidig måndag morgon svensk tid. Vi är rätt säkra på att resultaten från testen är positiva men vi skulle få de bekräftande svaren nu på morgonen. Det var allt som sades i fredags när vi hade den sista avstämningen. Därefter var det bestämt att vi skulle ligga lågt för att återrapportera idag eller nu rättare sagt. Alltså för ungefär en timme sedan.

Han harklade sig och fortsatte.

-Tyskland har sagt att verksamheten är normal. Även Denver
har rapporterat att allt är precis som vanligt. Det är i och för sig
natt i Denver fortfarande men detta tyder på att ingen kontakt
har tagits från Sverige för att informera och testets resultat.
Det blev tyst i rummet. Bill funderade på om han skulle dela ut
någon order, han måste visa att han kontroll.
Fan, tänkte han. De säger att pengar är makt, skitsnack, den
som vet mest han har makt. -Kan testet ha misslyckats, frågade
Alex.
Alex Littner var gruppens USA koordinator. Han hade ansvaret
för informationsinsamlandet i USA, Ralph Hauptman var deras
dito för Tyskland. Hossein var den person som skulle ha koll på
läget i Sverige. Alex och Ralph kände sig någorlunda lugna,
deras kontakter hade rapporterat som de skulle. Men bara för
att de två för stunden kändes sig lugna och ansåg att de hade
koll på sin situation, så hade de alla problem om en av de inte
kunde rapportera som tänkt. Så länge som Hossein inte hade
kunskap om sin kontakt, och kontaktens eventuella
information, så var de alla i samma knipa. De hade ett
gemensamt ansvar, det hade varit klart från början. En för alla,
alla för en på ett sätt. Ingen chans att man skulle kunna skylla
ifrån sig på någon annan, om en misslyckades så misslyckades
alla. Så nu när Hossein inte hade den information han borde ha
så var den lilla gruppen om tre på väg att fara i onåd.
-Kan testet ha misslyckats, sa Alex igen. -Eller det har kanske
misslyckats?
-Det är möjligt, sa Bill. -Men det förklarar inte varför vi inte har
hört något. Vi borde ha fått information även om testet skulle
ha misslyckats.
Bill spände åter ögonen i hela gruppen av personer samtidigt.
-Om tre timmar går mitt plan till Wien. Då vet vi, förstått, sa Bill
med mycket allvar i rösten.
Han skulle inte vara den som inte hade någon information när
det var dags för honom att rapportera uppåt.

-Ta reda på hur det förbannande testet har gått, sa han med en klart irriterande röst.

Mötet var slut. Bill kände att han inte kunde vara kvar i rummet. De andra männen skulle lösa detta det var han säker på. Det fanns alltid en back-up och till och med en back-up till back-upen i vissa fall. Men de som befann sig där ute kände aldrig till vem som var deras back-up eller vem som var en aktiv agent om man själv var en back-up. Om man inte var aktiverad så visste man alltså inte något innan man själv blev aktiverad. Man hade bara uppsikt på vem de skulle bevaka, om man var aktiv eller vem som man eventuellt skulle bevaka om man blev aktiverade. Ingen som inte var aktiverad hade således inte börjat rapportera något. Man skulle kunna likna upplägget med en sovande agent. Aktiverad kunde man bara bli av ett befäl, alltså av någon i Bills grupp. Detta visste han samt att detta kanske skulle ta kanske en timme, sedan skulle han veta. Bill behövde också lite lugn och ro för att samla tankarna. Han var tvungen att gå igenom det de faktiskt visste och för att göra detta så måste han få vara för sig själv ett tag.

En timme, tänkte han. De får en timme på sig.

Exakt 15 minuter senare ringde en mobiltelefon i Sverige. Fyra signaler, sedan tyst. Efter tre minuter ringde det igen. Denna gång så var det någon som aktiverade samtalet genom att dra med fingret från vänster till höger på skärmen. I andra ändan sa en röst.

-Du spelar på söndag. Inget mer, därefter bröts samtalet.

Fem sekunder senare så bröts också mobiltelefonen sönder i två delar. SIM-kortet togs fram ur resterna och bröts sönder även det. De var med i matchen igen.

Kapitel 4
Nutid

Lars satt framför datorn och skruvade på sig. De hade vetat att detta skulle komma och de hade planerat för det. De hade inte med säkerhet kunna säga att de var eller hade varit bevakade. Men man hade efter deras möte för två år sedan utgått från det. Så det var nu det skulle visa sig om det hade vidtaget tillräckliga åtgärder för att kunna berätta, inom gruppen, att de låg i fas och allt såg positivt ut. Men också samtidigt berätta detta på ett sådant sätt att de som eventuellt övervakade dem inte skulle få samma meddelande.
Lars skrev ned vad de hade kommit överens sedan tidigare i ett vanligt mail. Detta skulle alltså vara startsignalen för nästa fas. Meddelandet var inget konstigt i sig, ett enkelt och vanligt meddelande. Meddelandet skulle peka på en bilaga som var en del av mailet. För övrigt var det för det otränade ögat bara artighetsfraser. Bilagan i mailet var en svår, men inte allt för svår kryptering, av en detaljerad beskrivning av ett test som hade gett förhoppningar om framtiden, men samtidigt sa att det var lång tid kvar tills de skulle ha det resultat som de önskade. Detta var alltså en falsk information, som de hoppas skulle verka som lugnande medicin och fortsatt passivitet hos de som mest troligtvis övervakade dem. Det fanns dock en detalj som skiljde detta mail från övriga. Det var att Lars talade om vädret. Han beskrev bara det som en bisats och för att vara svensk så fanns det inget konstigt med detta, en svensk talar alltid om vädret så detta skulle inte dra till sig någon uppmärksamhet räknade man med. Han hade också gjort detta för i den vanliga mailkonversation som förekom. Skillnaden denna gång var att han frågade hur vädret var hos dem. Det hade han aldrig gjort förut och just dessa små ord.

"Hur är vädret hos er? Jag läste något om en storm i USA stämmer det?", detta var signalen att fas två nu skulle inledas och de skulle mötas på den sedan länge förutbestämda mötesplatsen. De hade haft mängder med förslag om hur de skulle kommunicera denna viktiga händelse, till slut hade de enats om att all kommunikation oavsett kryptering som avvek från det normala skulle vara en signal att något hade hänt. Så de hade behövt komma upp med en idé som var så barnsligt enkel och till viss mån löjlig att inga varningssignaler skulle triggas någonstans. Så nu satt Lars och våndades om de hade varit för naiva eller om detta skulle fungera. Han tryckte på sänd knappen med muspekaren och kunde nu bara hoppas. Han kände att nu fick det bära eller brista för det fanns mer att göra på kontoret som att till exempel att förbereda för resan. De skulle samtidigt som det var stressande också bli kul. Han såg mycket fram i mot att möta Chris och Dietmar igen. Det var med dubbla känslor, det medgav han för sig själv men han hade bestämt sig nu och inget skulle få ändra på det.

Göran Persson stod i kafeterian tillsammans med Camila när mobilen ringde, det var Anton Lundström.
-Ja, sa Göran när han svarade.
-Vill Eva-Britt anmäla sin ärekränkning?
Göran var nöjd med sig själv och det practical joke han hade lyckats med tidigare på morgonen. Anton hade då för en kort sekund blivit helt vit i ansiktet när Göran hade dragit till med Eva-Britts potentiella hot om ärekränkning. Anton skulle nog förvisso aldrig medge det men Göran visste så han var nöjd.
-Nej, sa Anton kort. -Ni bör komma hit.
Göran bytte fot, det verkade faktiskt som Anton var bekymrad.
-Vart är hit sa Göran.
-Jag är vid slussen, fortsatte Anton. -Det hänger en kille i på slussväggen.
-Vadå hänger, sa Göran.

-Killarna hade börjat tömma bassängen. De har fått köra upp en stor pump från Köping men nu har de slutat. Alltså när nivån började sjunka så dök han upp.
-Vadå dök upp, sa Göran. -Var det någon i bassängen eller vad menar du?
-Jo, sa Anton. -Det var det, han är i och för sig kvar där och han lär inte gå därifrån heller.
Göran stod stilla och tog in vad Anton just sagt.
-En person som har hittas drunknad alltså. Någon som har ramlat i och fastnat i något skräp eller?
-Nej, sa Anton. -Fast sitter han allt, men fastnat ja det kan man kanske säga men det har han fått hjälp med.
-Hjälp med? Sa Göran. -Vad menar du?
-Det är någon som har korsfäst killen eller, han sitter i varje fall uppspikad på väggen. Det blev tyst i telefonen.
-Det var.... Vi kommer dit, sa Göran och avslutade samtalet.

Göran, Camila och Anton Lundström stod nu och frös vid slussen. Göran och Camila hade slängt sitt kaffe och tagit sig på snabbaste sätt vilket i detta fall var med cykel ner till slussen. Visst det var en bit att ta sig men med ett centrum som bara bestod av gågator och för biltrafik enkelriktade gator så var cykeln överlägsen i detta fall.
Nu stod de där alla tre och titta på en figur som hängde på slussväggen. Överkroppen var ovanför vattenytan med resten doldes av en svart och kall vattenspegel. Solen lös men så här dags på våren var det inte alltid att den värmde. Göran mindes att han hade hört på radion att nu var det tydligen metrologisk vår. Han hade då längtat efter att få vara ute lite mer men han började nu ångra denna tanke.
-Vi kan nog glömma grov skadegörelse på grund av för tidigt öppnade av slussporten eller vad säger du, sa han och tittade på Anton.

Anton reagerade inte på vad Göran just hade sagt utan hade all
sin uppmärksamhet fäst på personen som hängde på
slussväggen.
-Vem kan det vara? Sa Anton men inte heller han fick något
svar på den frågan.
-Det får bli vårt första jobb, det vill säga att ta reda på detta.
Det var Göran som bröt dödläget som hade skapats efter
Antons fråga.
-Anton du och Camila får ta i detta tillsammans. Dubbel-Klas
har redan fullt upp och vi kan bara hoppas på att vi löser detta
snart. Camila tittade på Göran.
-Jo hoppas går ju alltid men hur tänkte du då? Detta verkar ju
inte vara ett hafsverk direkt.
Göran studerade kroppen igen.
-Nej du har rätt, sa han. -Om vi löser detta fort då kommer jag
bjuda alla på tårta.
Det var ett uttryck som de använde sig av kollegor i mellan när
de kände på sig att det de stod inför var annorlunda och något
som skulle ta tid att lösa.
-Man kan nog misstänka att den som har gjort detta hade något
otalt med han där som hänger på väggen, sa Anton plötsligt.
Camila gav Anton en snabb blick.
–Jo, sa hon. -Du kan ha en poäng där.
-Kan det vara ett budskap, det var Göran som la sig i
diskussionen.
-Jag menar en signal till någon tredje part. Han blev tyst ett tag.
-Har vi någon organiserad brottslighet här i stan som vi helt har
missat.
Göran for med blicken precis som han misstänkte att hela
maffian med automatvapen stod bakom honom, redo för att
svara på frågor om denna handling. Men inget hände, de som
stod bakom honom var bara de något villrådiga killarna från
Ottossons mekaniska. Det syntes att de inte visste vad de skulle
göra nu. Göran uppmärksammade detta.

-Hej, Göran Persson polisen, sa han.
Han var inte det minsta lik förra statsministern men ändå i officiella stunder när han presenterade sig som han gjorde nu så märkte han att namnet på något sätt gjorde att folk ryckte till och nästan gick upp lite i givakt. Han fick på så sätt kontroll över situationen på ett snabbare sätt jämfört om han hade hetat något annat. Detta var en helt ok fördel som han hade haft nytta av förut. Så de retningar och tråkningar han ibland fick på grund av sitt namn med hänvisningar till sin namne kunde han stå ut med. -Kan ni fortsätta med att tömma bassängen? Heter det bassäng tänkte Göran som hastigast.
-Absolut inget problem, sa mannen som stod lite framför de andra.
Göran misstänkte att han var nog arbetsledaren eller chefen eller vad man nu kallade han som ledde jobbet. Göran vände sig i varje fall direkt till honom.
-Vad var det som hände i morse?
-Ja, sa mannen från Ottossons mekaniska. -Det var ju någon dåre. Han stannade upp en sekund.
-Eller någon person som hade fyllt på utrymmet mellan portarna, det var lite märkligt men i sak hade det inte så stor betydelse.
Göran log ett knappt märkbart leende och tittade på Anton som också småskrattade tyst tillbaka. De tänkte båda på Eva-Britt. Mannen från Ottosson tystnade.
–Förlåt, sa Göran. -Fortsätt.
-Jo, sa han och började om igen.
-Vi var ju egentligen klara där nere. Det var bara intrimningar kvar. Alltså av själva manöverutrustningen och dra el till belysning runt slussen. En del jobb inne i kontrollrummet och så, men så hände detta. Vi får hoppas att den sista gjutningen av grundfundamenten hade brunnit klart annars så blir det till att göra om och då kan de glömma slussningar innan midsommar.
-Jaha, sa Göran och tittade på sina kollegor.

Anton lyssnade uppmärksamt medan Camila hade fått något frånvarande i blicken och stod och betraktade den mörka vattenytan. Göran vände sig åter mot mannen från Ottosson.

-Jo men jag tänkte mer på vad som hände då ni upptäckte han som hänger där, sa Göran och pekade med tummen bakåt mot slussen och den hängande mannen.

-Jo han ja, sa mannen från Ottosson och såg men ens mer besvärad ut.

-Efter att ha konstaterat att någon hade fyllt upp med vatten så fanns det inte så mycket annat att göra än att blåsa bort vattnet alltså tömma kuben.

Kuben tänkte Göran. Är det så bassängen heter?

Mannen från Ottosson fortsatte så Göran kunde inte börja verifiera sin tanke.

-Eva-Britt du vet kommunpampen ringde och ja hon skrek faktiskt, man behövde inte använda högtalarfunktionen för att i hela laget skulle höra vad hon ville.

-*Vattnet skall bort innan lunch, det skall vara snustorrt innan solen går ner.* Mannen från Ottosson förställde sin röst när han härmade Eva-Britt.

-Hon var noga med det, det märktes. Fortsatte han.

-Så det var bara att ringa upp pumpen från Köping igen, det är ju tur att den var ledig så vi kunde ha den här på en timme.

Han funderade ett tag innan han fortsatte.

-Så vi kopplade upp allt igen och sedan började vi pumpa. Det går rätt fort och det är bara att släppa ut vattnet nedströms, så egentligen är det inga problem med detta. Förutom att vi egentligen hade planerat andra saker idag. Vi måste vara klara till fredag annars kommer nog grin tant... Han tystnade och tittade på Göran.

-Jag jobbar inte åt kommunen, sa Göran.

-Så det är lugnt men det kan nog vara bra att inte prata för högt när vi nämner kvinnan vid makten, hon har ju sina spioner överallt.

Nöjd med att få in ett practical joke till på samma dag. Mannen från Ottosson blev med ens svettig i pannan och Göran tänkte att detta skämt kanske inte föll i så god jord.
-Men här finns de inte det är jag säker på, sa Göran och la så mycket lugn som det bara gick i sin myndighetsröst.
Han såg att svetten började avta i mannen från Ottossons panna.
-Jaha, sa han. -Det hmm ja det är klart, skall tänka på det.
-Ok, sa Göran. -Ni började alltså tömma kuben sa du.
-Kuben? Fick han till frågande svar.
-Jag menade bassängen, sa Göran och blev lite ställd.
-Ja vi slog på pumpen och vattnet började sjunka. Så vi stod där, allihopa och tittade på kan man säga det fanns liksom inte så mycket mer att göra liksom.
"Liksom" tänkte Göran vad betyder det egentligen. Göran hade en dålig vana att sluta lyssna på folk som sa liksom i tid och otid. Göran som precis hade tänkt att denna kille verkade veta vad han talade om. Men så var det med den saken tänkte Göran.
-....plaskade vattnet på andra sidan. Micke ja Micke alltså, sa mannen från Ottosson samtidigt som han pekade på en av killarna som stod strax bakom dem.
-Micke gick bort mot kontrollrummet för att börja förbereda för den kommande el-dragningen runt slussen när Tommy, sa han och pekade på den andra personen.
 -Hojtade till. Alla tittade på Tommy som med ens ryckte till men som sedan fortsatte.
-Jo det stämmer jag såg liksom något som flöt eller helt plötsligt bara dök upp i vattnet.
Inte en "liksom" kille till, tänkte Göran.
-...som en boll ungefär, jag minns att jag tänkte var kom den ifrån, sa Tommy.
-Men det tog inte lång tid förrän jag såg att det inte var en boll utan ja, sa Tommy och tystande medan han tittade bort mot slussporten och väggen bakom.

-Jo då skrek jag på Lasse att sluta pumpa.
Lasse, tänkte Göran innan han kopplade att det måste vara
namnet på den man han hade börjat prata med
-Jo så var det, sa Lasse som genom att börja prata igen
konfirmerade Görans slutsats att Lasse var förmannen från
Ottossons mekaniska.
-Det tog ett tag innan vi fick stopp på pumpen så vattnet sjönk
en halvmeter till eller så innan det blev stopp. Då såg vi, ja vad
vi ser nu. Så jag sa till Tommy att det var nog bäst att ringa
någon. Ja så vi ringde Lena Olsson på kommun. Ja det är hon
som är våran kontakt där på kommun, kärri.. jag menar Eva-
Britt vill ha rapport varje kväll för att veta att vi följer
tidplanen. Så Lena alltså det var hon som automatiskt blev den
första vi hörde av oss till. Detta var efter att kommunpampen
själv ring och upplyst oss om att kuben var full med vatten,
vilket vi i och för sig redan hade konstaterat. Ja så det var inte
läge att ringa till henne, så det fick bli Lena.
Kuben, tänkte Göran han sa kuben.
-Och nu när vi ringde med detta också. Ja det kommer nog inte
bli några plus idag för oss hos …… Eva-Britt, fortsatte Lasse.
-Lena frågade om vi ringt polisen, det hade vi inte sa vi. Gör det
då sa hon. Sedan var det inte så mycket mer. Vi ringde polisen
och han kom, sa Lasse och pekade på Anton. Anton nickade till
svar.
-Sedan var det hans tur att ringa, sa Lasse och pekade på Anton
igen.
-Jag misstänker att det var till er, och nu är vi här.
-Ok, sa Göran. -Inget mer? Något konstigt, vad som helst.
Fortsatte han och svepte med blicken över alla tre från
Ottossons mekaniska.
-Nej, sa Lasse. -Det var ju rätt konstigt detta men jag kan inte
komma på något mer.
-Inte jag heller, sa Tommy. -Jag har liksom inte sett någon död
människa förut, för död det lär han ju vara eller?

Göran stönade till, *död liksom* tänkte för att sedan stanna upp i tanken. Göran vände sig om mot Camila och Anton med en undrande blick. Camilla såg tillbaka på honom.
-Jo han är död ingen tvekan om det, bekräftade hon.
Hon förstod att Göran kom på sig själv med att de faktiskt inte hade gjort det de borde ha gjort, att först ta sig ner till mannen för att se om han andades.
-Han är dubbelt död, fortsatte hon.
-När vattnet är så här kallt så klarar man bara kanske 20-30 minuter i vattnet, om man har huvudet ovanför ytan vill säga. Om man som i detta fall har huvudet under ytan så är man död efter en minut, sa Camila med antydningen av ett snett leende.
Göran slappnade på ett konstigt sätt av lite grann. Det hade ju varit typiskt om han hade levat men sedan dött för att han hade blivit hängande kvar där när de hade stått och samtalat vid kanten.
-Så inget annat då? Sa Göran och tittade på dem alla igen.
Lasse och Tommy skakade på sina huvuden.
-Jo, sa Micke.
Han hade stått tyst hela tiden men nu så fick han plötsligt allas uppmärksamhet.
-Det var någon som stod på andra sidan kanalen. Där i skogsbrynet och kollade på oss. Det var när du ringde snuten.
Micke stelnade till.
-Det är lugnt, sa Göran och log. Han har ju inte sagt liksom så snuten, ja det kunde han tåla.
-Jo när du snackade i telefon Lasse så såg jag en person eller en skugga typ som stod helt stilla där borta på andra sidan. När han såg att jag såg honom, ja då försvann han.
Det blev tyst ett tag innan Göran tog till orda.
-Ok vi får kolla upp det. Anton du ringer tekniska, Camila du får ta en sväng på andra sidan. Jag tar cykeln tillbaka och börjar kolla vad vi har för personer saknade. Två timmar, sedan bör vi kunna ha en första avstämning på kontoret.

Adman satt på en stol i allrummet på flyktingförläggningen och tänkte. Han hade missat frukosten så han var både hungrig och trött denna morgon. I normala fall var han bara trött men nu med den gnagande hungern i magen så hade han svårt att samla sina tankar. Han hade stått som förstenad där nere vid slussen i morse. Först det märkliga på natten och sedan all uppståndelse på morgonen. Många arga personer, de hade i och för sig lugnat sig lite när de hade fått en stor pump på plats. Han visste att det var en pump för väldigt kort efter att någon hade startat pumpens motor så hade vatten börjat forsa ut på andra sidan slussporten. Han kunde också se från där han stod att vattenytan sjönk mellan portarna. Han hade precis bestämt sig för att gå därifrån när det plötsligt hade börjats ropa där nerifrån igen så han hade dröjt sig kvar, nyfiken och mycket fundersam på vad som egentligen pågick där nere. Det hade varit annorlunda denna gång. Rösterna var upprörda men inte arga det var något annat. Personerna på andra sidan hade sett lite rädda ut. Han kunde inte se deras ansikten så bra, det var det lite för långt för. Men det var något som gjorde att han kände sig säker på att de var rädda, ja så var det. Han hade sakta börjat röra sig framåt för att komma lite närmare och kunna se lite bättre. Han hade totalt glömt bort att han inte ville att andra skulle få syn på honom. Men nu var det så enkelt att nyfikenheten själv drog honom framåt. Nyfikenheten var en kraft som verkade kunde påverka själva gravitationen. Men plötsligt hade han ryckt till. Han insåg plötsligt att en av männen på andra sidan nu såg rakt på honom, ingen tvekan om den saken. Adman drog sig då snabbt tillbaka in i skogen för att sedan bege sig direkt tillbaka till förläggningen. Han kunde inte riskera något. Han hade inte råd med att dra till sig nyfikna ögon som skulle kunna stjälpa han planer, nej det fick inte hända. Så nu satt han alltså där i allrummet tittade på de andra personerna som rörde sig sakta och tillsynes helt utan någon plan. De flöt mest omkring, som fiskar i ett akvarium, nej inte

som fiskar. Till och med fiskar i ett akvarium har en tanke med
det de gör. De här människorna var som sovande skuggor. Vissa
spelade förvisso kort, några andra spelade schack samt i hörnet
satt två män i djupa tankar runt ett brädspel som han inte
kände till. Men det var som en trögfylld osynlig dimma fanns
runt dem alla i rummet. Ingen gjorde egentligen något förutom
att fördriva tid. Det var de i och för sig alla rätt bra på nu. De
hade alla övat under lång tid så att de hade utvecklat en
färdighet för detta rådde nu inget tvivel om. Att fördriva en
timme eller för den delen flera timmar utan att ha något vettigt
att göra utan att bli tokig var en konst i sig. Adman hade dock
mycket att tänka på och det var snart slut med att sitta still. Det
skulle inte vara bra om någon hade sett och känt igen honom
där nere vide slussen. Någon eller något som då skulle kunna
leda till att man kom till förläggningen för att prata med
honom, eller värre för att hämta honom. Hämta honom tänkte
han igen. Skulle de kunna göra det.
Varför skulle de hämta honom och vilka var de egentligen,
polisen?
Hans handläggare på flyktingmottagningen? Om han bara inte
hade varit så hungrig så hade han kanske kunnat tänka lite mer
logiskt och bestämma om han faktiskt hade begått något
misstag. Han såg på sin *fru*. Hon satt i en stol på andra sidan av
rummet, hon såg tillbaka på honom. Log hon? Han kunde inte
avgöra, kanske. Det var dock som det var. Om hon var en bra
människa visste han egentligen inte. Han kunde bara hoppas
och för Adman fick det räcka för tillfället. Han hade viktigare
saker för sig och kunde inte låta sig störas av henne. Klockan
slog nu tolv, äntligen lunch. Han reste sig hastigt upp. Idag så
skulle han stå först i matkön det var ett som var säkert.

Kapitel 5
Dåtid

Det hade gått några veckor sedan korset hade brunnit. Hon
hade börjat förtränga det hela och mamma hade slutat att
gråta. Pappa satt vid köksbordet och försökte läsa tidningen,
det var inte lätt för honom det visste hon.
Han kommer snart att ropa på mig, tänkte hon.
Hon började se ett mönster och kunde på några minuter när
veta när han skull ge upp och be henna att läsa orden på det
nya språket för honom. Hon längtade faktiskt efter de
stunderna. Han var inte alls arg eller otålig och det hade
snarare blivit en rutin. De satt då nära varandra i soffan, han
men halvslutna ögon och hon som läste högt för honom. De njöt
båda av stunden, en stund värd att vänta på. Så därför satt hon
nu stilla och väntade. Max fem minuter till sedan skulle han ge
upp och ropa efter henne det var hon säker på. Hon tittade på
klockan, det hade nu gått fyra minuter och hon gjorde sig
beredd att hjälpa till med läsningen. Hos såg att hennes far la
ifrån sig tidningen och tittade upp mot henne och log. Just då,
precis innan magin skulle inträffa bröts verkligheten itu av en
kraftig explosion. Rummet fylldes av ett starkt ljussken i
samma sekund som glasrutan i fönstret bröts sönder. Tusentals
glasbitar for in över henne och allt annat i rummet. Efter en
kort stund, då hon först trodde att allt hade blivit tyst, så insåg
hon att huvudet var fullt av en entonig ringande signal. En
signal som bara blev högre och högre. Hon satte händerna för
öronen med det hjälpte inte. Ljudet övergick snart i människors
skrik, det var hennes mor som kom inrusande i köket. Mor
hade varit i rummet bredvid för att försöka få hennes lillasyster
att sova. Hon såg mot sin mor samtidigt som hon tog bort sina
händer från öronen, bara föra att upptäcka att hon var alldeles
röd om händerna. Hon såg förvånat på sina händer innan hon

förstod att det var blod, blod som rann från händerna och huvudet. Hon såg sig om efter sin far men han var borta. Hon kunde i varje fall inte se honom. Men så, där bredvid mamma som hade fallit på knä under köksbordet låg hennes far. Han låg ihopkrupen och skakade sakta fram och tillbaka.

Gå in till Ana, kunde hon som i ett töcken höra att hennes mor skrek.

Men hon ville inte gå in till Ana, samtidigt som hon heller inte visste vad hon skulle göra. Hon skulle ju läsa för sin far, inte gå in till lillasyster. Men nu hade det hänt igen. Något, vad visste hon inte hade förstört deras magiska stund.

-Gå in till ANA, skrek hennes mor på nytt och nu lydde hon. Ana verkade fortfarande sova men hon kunde tydligt se att Ana vände och vred oroligt på sig där hon låg i sin säng. Det var precis som en osynlig person stod och skakade i hennes lillasyster. Hon kände en svag panikkänsla komma krypande upp genom benen och vidare mot magtrakten. Paniken började sprida sig i kroppen och hon visste nu inte vad hon skulle ta sig till. Hon såg åter ut mot köket. Mamma hade börjat undersöka hennes far som nu halvt om halvt satt upp på golvet. Han blödde han också såg hon. Ute var det ljust som mitt på dagen när solen stod som högst på himlen.

Men hur kunde solen skina nu tänkte hon snabbt.

Det hade varit kväll alldeles nyss, det var hon säker på. Hon tog sig fram till fönstret i sovrummet. Hon kunde därifrån se det gamla trädet som stod där, mitt på gräsmattan, utanför deras köksfönster eller rättare sagt utanför det nu gapande hålet i köksfönstret. Trädet brann i det ljusaste av lågor kunde hon snabbt konstatera. Elden därute skapade ett ljus som faktiskt gjorde att man hade kunnat tro att det var solen som lös. Det var alltså det som gjorde att det var ljust som mitt på dagen. Då såg hon plötsligt något annat också. Precis där ljuset tog slut och mörkret började härska igen stod en gestalt. En gestalt som hon hade sett förut. En gestalt vars ansikte satt fast som ett brännmärke där inne i hennes huvud. Hon öppnade munnen men hon kunde inte förmå sig själv att säga något så hon gjorde det enda som hon kunde, hon skrek. Hon skrek så högt som hon aldrig gjort förut. Hon skrek högre än alla helvetets ensliga själar skulle kunna göra, hon skrek tills hon föll ihop, totalt utmattad, i en hög på golvet. Pulsens tunga slag ekade nu högt inne i hennes huvud. Allt annat runt omkring henne kändes bara overkligt och tyst. Hon slöt sig och lyssnade på sin tunga puls och de kraftigt dånande slagen för en sekund. Det var faktiskt lite lugnande hann hon tänka. Sedan hörde hon sirener i bakgrunden. Nu vaknade Ana och hon grät där hon satt i sin säng, hon grät så där som bara små barn kan göra. Hon tittade på sin lillasyster och bestämde i det ögonblicket att hon, tillsammans med lillasyster Ana, och resten av familjen aldrig mer skulle behöva vara rädda.

På ett eller annat sätt lovar jag dig nu, min lillasyster, att du aldrig skall behöva vara rädd igen, tänkte hon samtidigt som hon strök med en hand på sin systers panna. Där och då så slöt hon ett heligt avtal att för tid och evighet så skulle hon vaka över dem alla. Detta var den känsla som nu omslöt hennes lilla men modiga hjärta. Mannen som hon hade sett där ute var ett hot mot den alla, men hon skulle skydda dem alla. Nu hade hon bestämt sig. Hon slöt sina ögon och förseglade detta beslut att för alltid skydda sin familj mot den mannen som hon hade sett där ute i natten. Hon visste i och för sig inte vem har var men, han skulle inte kunna komma nära dem igen hade hon nu bestämt.

Mörkermannen tänkte hon. Mörkermannen skulle inte kunna komma nära dem igen utan att hon var förberedd, det var det som hon lovade sig själv i denna stund.

Sirenerna lät högre nu, de var alldeles utanför deras hus men denna gång var hon inte rädd. Hon hade lärt sig att i detta land så betydde sirenerna trygghet, håll dig nära sirenerna så klarar du dig alltid. Hon reste sig sakta. Hon såg att mamma och pappa

tittade på henne från där de satt under köksbordet. De såg att hon hade förvandlats till något de inte riktigt kände igen, det var som att explosionen och dess konsekvenser var borta. Det fullkomligt glödde runt deras stora flicka och det lugnade dem något. De såg på varandra och tänkte tillsammans.
Vi fixar detta.

Kapitel 6
Nutid

Bo-Inge hade kommit tillbaka från lunchen. Han kände att han inte hade kunnat koncentrera sig på maten direkt, hade mest petat runt bland potatismos och kyckling eller vad det nu var de hade serverat. Han hade haft sina tankar på annat håll. Mötet var på gång det visste han och Lars var den som skulle åka. Själv skulle han vara kvar här hemma, sammanställa alla fakta och resultat från det lyckade testet. De måste nu igång med fas två, vilket i sig var det riktiga utmaningen. De hade tills nu klarat sig på ett fåtal men dock starka investerare. De visste att dessa personer hade ett affärsintresse i grunden men i detta projekt så var det också mer. Det fanns en ärlig känsla och uppsåt av alla inblandade att verkligen göra ett allvarligt försök till att lösa energibehovet för jordens framtida utmaningar det visste han. Men det var inte så enkelt som det kunde låta. -Problemet ligger egentligen inte i att vi har ett underskott på el till jordens befolkning. Utan att man kan komma att lösa detta genom att man tar den enkla vägen och tillverkar skitig el. Det hade Bo-Inge sagt på ett möte med investerarna för lite drygt två år sedan. -Problemet är att vi är för många människor på jorden som samtidigt vill ha en bättre levnadsstandard. En levnadsstandard som man likställer med konsumtion och materiel tillgång. Det är alltså för många människor som vill ha det som vi tar för givet samtidigt som vi i västvärlden inte är beredda att ge upp det vi har eller för den delen dela med oss. Samtidigt visste alla i rummet att utan en drivkraft åt det bättre så skulle det snarare bli sämre i världen. Människans genetiska kod skulle inte gå att ändra på nu när man har smakat sötebrödet. En smak som sa att man alltid vill ha mer.

-Vi måste hitta ett sätt att kunna stimulera tillväxt som alla kan
ta del av utan att vi dränerar och förpestar vår värld omkring
oss. Det människan har satt i rullning det går inte att ändra på.
 Det var ett citat som Chris Newton hade fyllt på med.
-Absolut, hade en av investerarna sagt.
-Men varför er teknik? Varför inte någon annans eller varför
inte till exempel vindkraft som redan finns.
Nu hade Dietmar Koller blandat sig i diskussionen.
-Av denna enkla anledning att. Ett, det finns ingen annan just
nu som har något trovärdigt alternativ och vi har inte råd att
vänta. All dagens teknik är bara plåster på såren och kan enbart
ses som tillfälliga lösningar.
-Men vindkraften då, hade annan av investerarna sagt för att
visa att han var med och påpeka något som hans vän hade sagt.
Dietmar hade tittat på honom ett tag innan han sa.
-I sak så är vindkraften ett mycket nobelt försök till att lösa
problemen, det har också gett oss tid att komma in i matchen.
Utan vindkraft hade det nog redan varit försent. Men har du
tänkt på hur mycket energi och material det går åt att bara
bygga ett vindkraftverk. Alltså det tar alldeles för lång tid tills
ett vindkraftverk börjar bli en nettoproducent till elnätet. Man
skulle kunna säga att avbetalningstiden är för lång eller
långsam. Samtidigt så måste vi fasa ut både kärnkraft och
särskilt kolkraft väldigt fort. På ett sätt är problemet idag att
det finns en mycket stor fördel rent tekniskt med både
kärnkraft och kolkraft. Fördelen med dessa två teknikslagen är
att det går att styra den installerade effekten på ett
förhållandevis enkelt sätt. Det är alltså vi som kan kontrollera
hur mycket el vi skall producera. När det gäller vindkraft sitter
vi i händerna på hur mycket det blåser. Om vi har en hög
efterfrågan av el samtidigt som det inte blåser ute, vad gör vi
då?
Det var förstås en retorisk fråga och han förväntade sig inget
svar utan fortsatte.

-Vi vill kunna sitta på den styrande förmågan alltså när behovet av el är stort vill vi kunna producera mer. Om däremot behovet sjunker så skall vi kunna dra ned tillverkningen. Detta är en viktig parameter förutsatt att vi inte skall börja bygga enormt många och stora batterier för att förvara elektricitet i.
Det hade blivit tyst i rummet ett längre tag. Alla hade verkat sitta och räkna på dels hur många samt hur stor batterierna måste vara för att kunna lagra hela jordens behov av el. -Ett vindkraftverk producerar efter hur mycket det blåser och därför måste man också bygga ett vindkraftverk där det av naturliga orsaker blåser mer och oftare en på andra ställen. Detta ställen är inte alltid så lämpligt att bygga på. Det vill säga med att bygga dels ett kraftverk samt dels en infrastruktur till kraftverket alltså att transportera bort den el som produceras. Dietmar som normal inte pratade så mycket hade nästan sett lite andfådd ut efter denna utläggning. Det hade då infunnit sig en stunds paus men ingen hade sagt något så Dietmar hade kunnat fortsätta ostört efter några minuter.
-Med vår teknik är det vi som bestämmer, dels var vi skall placera våra kraftverk och det är också vi som bestämmer hur mycket effekt vi skall leverera ut på elnätet. Eftersom vi har tillgång till en oändlig kraftkälla isig. Det vill säga det saltvatten som bara finns där och väntar på att användas. Därför så är detta det bästa erbjudande som världen någonsin kommer att få.
-Men, hade en av investerarna sagt.
-Även saltvattnet kan väl ta slut.
-Nej det kan det inte. Nu var det Bo-Inge som hade tagit över diskussionen.
-Vi kommer visserligen att slå isär molekylerna i vattnet, men efter saltet som lösgörs som vi faktiskt kan använda till vanlig saltproduktion, så bildas enbart väte och kol. Det är rena grundämnen och de kommer att vara i gasform efter vår kemiska reaktion. Detta kan vi släppa ut i atmosfären utan

någon som helst biverkan. Det är inte annorlunda än vanligt vatten som avdunstar naturligt. Man kan säga att vi tar över den process som redan finns naturligt i dag. Men det vi gör är att ta vara på den energin som finns i kraften för att hålla ihop vatten i dess flytande form. Det är den energin som sedan kommer att skapa elen som ger kraften till tusentals lampor nej till miljoners miljoner av lampor att lysa upp världen.

Med de orden hade han vunnit investerarnas förtroende. De hade lovat att supporta projektet i två och halvt år med start från den dagen. Man ville förstås ha fullständiga genomgångar och rapporter löpande från projektet. Men man lovade samtidigt att hålla sina händer ifrån det aktiva arbetet. Nu hade det gått exakt 2 år, 1 månad, 3 veckor plus två dagar. Man hade alltså inte någon stress som skapades av tidplanen men det var i sammanhanget en svag tröst. Det var ändå en stressad situation i projektet, en känsla som alltid hade funnits där i och för sig. Bo-Inges tankar låg nu på Lars, fanns det någon risk i att han åkte? Hade de varit för oroliga? Fanns det onda krafter där ute som ville stoppa dem? Tankarna snurrade runt hos Bo-Inge. Han var precis framme i sin tankesnurra där han hade vägt alla fördelar mot nackdelar, olika typer av scenarion. Ett oändligt antal olika riskbedömningar som snart skulle kunna ge honom ett svar då han plötsligt rycktes upp från sin tankeverksamhet.

-Tjena Stenis. Det var Anders Jönsson som ropade på honom. Bo-Inge hade aldrig gillat namnet Stenis. Just därför var det var många på Master of plastic front tech som gillade att anspela på hans kända efternamn och då också naturligt att använda Stenis som smeknamn. I de stora kretsarna var det förstås inte han som hade gjort sitt efternamn känt. För Bo-Inge fanns det bara en i Sverige som var bara Stenmark eller Stenis och det var inte han var han, han var Bo-Inge. Det fanns visst en sångare också som hette Stenmark. Han hade faktiskt av en slump träffat honom en gång i Thailand. De hade bott grannar i varsina bungalows på en resort på Koh Lantha, vilket i sig var lite lustigt. Men vad han visste så var ingen av dem släkt med den riktiga Stenmark.

-Hur går det med Scania verktyget, fortsatte Anders.

Bo-Inge stod som ett fån och bara tittade rakt fram. Det tog fem sekunder innan Bo-Inge kom på att Anders talade om den öppna och officiella verksamheten på Master of plastic front tech alltså om tillverkningen av formasprutningsverktyg för fordonsindustrin.

-Ehh ja just det, sa Bo-Inge.

-Det går bra. Vi har besök av Scania på onsdag. En Karin från Inköp samt några konstruktörer också. Vad jag vet så kommer verktyget att vara färdigt.

Anders tittade lite underligt på sin chef. *"Vad jag vet så kommer verktyget att vara färdigt"*, tänkte han.

Detta var första gången någonsin som han hade hört sin chef låta osäker när det gällde provkörningar.

-Jo det har jag också hört från Svensson sa Anders

-Han hade hel del jobb kvar med backen som ska ta underskäret strax under positionen för luftutsläppet. Jag trodde dock att du var mer uppdaterad än mig, fortsatte Anders.

-Nej, faktiskt inte denna gång, sa Bo-Inge och kände sig faktiskt lite skyldig där han stod och diskuterade deras viktigaste affär, i den officiella verksamheten vill säga kom han på sig själv att tänka.

-Jo, sa Anders. -Det var bara så att frugan undrade om det skulle bli sent i morgon. Det var visst någon kusin till henne som fyllde jämt och ja du vet, sa Anders lite frågande.

Bo-Inge stod och såg ut i tomma intet. Han kunde inte släppa tankarna på Lars och den resa som Lars höll på att planera för fullt.

-Ehh fyller du år, sa Bo-Inge lite försiktigt.

-Va? Sa Anders.

-Jag hade för mig att du fyllde på hösten och inte på våren? sa Bo-Inge och tittade på Anders.

-Inte jag, frugans kusin fyller jämt och vi skulle visst åka dit tyckte hon. Men om vi behöver trimma in backen i undre verktygshalvan. Om det drar ut på tiden så tänkte jag att det kunde vara bra att förvarna frugan i kväll redan.
 Bo-Inge stod tyst ett tag och funderade.
-Det är ok, ingen övertid i morgon det lovar jag. Vi blir klara när vi blir klara, sa Bo-Inge och gick därifrån.
Anders trodde att han hade hört i syne, om man nu kan höra i syne, men hur som helst så trodde han att han hade hört fel. Han vände sig om för se om någon skulle kunna bekräfta om han hade hört rätt eller inte. Bakom honom stod Svensson i sin blåa overall och bara gapade. Anders hade hört rätt alltså. *De skulle bli klara när de blev klara"* Han förstod faktiskt inte vad det betydde, men för att inte riskera något så är det bäst att agera.
Jag säger till frugan att i morgon så är det övertid, till nittionio procent tänkte han för sig själv.

Lars satt i sin stol och frös det var lite kallt ute tänkte han. Solen hade inte riktigt börja värma ännu. Två veckor till, tänkte han sedan kunde de nog sitta ute i hörnet bakom kontoret. Det var en plats som när solen låg på och det inte var så blåsigt kunde stoltsera med många plusgrader över vad termometern som satt på andra sidan väggen visade. Undra om skatteverket kommer att se detta som en löneförmån någon gång i framtiden tänkte han. Han skrattade till och drömde sig bort bland förmåner och skatteregler.
Att våren kommer i förtid till jobbet borde nog allt vara lite orättvist för någon annan så att ett symboliskt förmånsvärde nog skulle kunna adderas till deklarationen.
Han slog bort sin fundering med att lätt slag på pannan.
-Nej nu är det slut med dessa tankar som inte leder någonstans, sa han för sig själv.

Han ställde sig upp skakade lätt på armarna och knäckte lite
med axlarna innan han satte sig ned igen och för tredje gången
gick han igenom planerna för den resan han precis hade
beställt. Han tittade på alla sina anteckningar runt testet som
han hade placerat på bordet framför sig. Han kunde allt som
stod där mer eller mindre utantill. Men det behövdes mer än att
kunna dessa anteckningar för att planera för nästa fas. Han fick
inte heller glömma bort sin egen packlista, inklusive kläder att
ha på sig. Resan skulle bli intressant på många olika sätt. Nu var
det viktigt att bli konsekvent och spela spelet rätt. Han hade
bara en chans det visste han, men han var säker på att han
gjorde rätt. Det hade han i och för sig varit i ett halvår kom han
på sig själv med att tänka. Han hade vetat länge att denna dag
skulle komma, också att sannolikheten eller möjligheten att han
skulle vara mannen som åkte var något som han hela tiden
hade räknat med.
-Dags att bekänna färg, sa han för sig själv innan han för fjärde
gången gick igenom allt igen.

Adman stod och tittade på en trasig Iphone som han hade i sin
hand. Varför hade någon brutit den i två delar tänkte han. Den
såg förutom att den just var i två delar helt oanvänd ut. Han
tittade på telefonen igen.
Undra om det fanns någon möjlighet att göra något med denna,
frågade han sig själv. Troligtvis inte men han hade i varje fall en
trasig mobiltelefon och att kunna rota runt lite i elektroniken
tyckte han skulle bli roligt. Sådant hade alltid roat honom, hur
saker och ting fungerade. En ingenjörs ådra hade alltid funnits i
honom det visste han och särskilt intresset för elektronik. Han
tittade på containern igen där han hade hittat telefonen. Han
brukade inte rota i sopor, verkligen inte. Han sov visserligen i
ett skjul eller koja på nätterna men att rota i sopor nej det
gjorde han inte. Men det hade varit något denna gång som hade
gjort honom så nyfiken, att han hade inte ens tänkt tanken att

han faktiskt rotade i soporna när han väl sträckte ned handen och plockade upp den noga hopknutna lilla plastpåse som på ett sätt kändes mer ett litet paket. Det lilla paket som han bara någon minut innan hade sett en man slänga där i containern. Efter lunchen där Adman hade tagit om två gånger faktiskt, pasta med en svampsås och massor av parmesanost som hade gjort honom mätt och på betydligt bättre humör så hade han gått ut igen. Han hade funderat mycket på vad som han hade hört dels från föregående natt samt även från de upprörda människorna nu i morse. Adman kände sig orolig att mannen som hade stirrat åt hans håll faktiskt hade sett honom. Han hade därför en känsla att han skulle behöva ta sig ned mot slussen igen och försöka få svar på sina frågor. Det fick dock inte bli den vanliga vägen och närma sig igenom skogen som han brukade göra. Denna gång skulle han komma från andra hållet. Adman skulle då komma mer rakt på slussen och mellanrummet mellan portarna. När han gjorde detta så skulle han försöka vara så observant han kunde för att se och förstå, dels vad det var som hade hänt och om hans gömställe fortfarande skulle kunna gå att bruka. Det skulle säkert finnas människor som stod där och kanske skulle han kunna höra vad de eventuellt pratade om. Att vara försiktig var en självklarhet men hade egentligen inget att vara rädd för intalade han sig själv. Det var ju inte så att han hade gjort något men han ville vara säker på att ingen skulle upptäcka honom där i kojan och dra felaktiga slutsatser. Då skulle han kanske behöva stå till svars för något som, ja något som han just nu inte han en aning om.

På sin väg mot centrum och senare mot slussen hade Adman gått en omväg. Solen värmde skönt på hans kropp och han kände sig faktiskt glad. Det gick på ett sätt inte riktigt förstå varför, men det var så han kände det och han ansåg att några minuter extra i solen kunde man nu unna sig. Denna känsla i kroppen som nu spred sig ned i hans ben gjorde att omvägen som han nu tog ledde honom genom ett mindre fabriksområde. Adman hade vandrat där förut en gång, innan han hade hittat den koja som nu var hans hem på nätterna. Under den första tiden här i Sverige så hade han trott att skulle kunna hitta något utrymme ibland dessa byggnader. Något som skulle kunna fungera som ett natthärbärge, men det hade inte fungerat. Sökandet efter ett lämpligt natthärbärge hade därför fortsatt. Så småningom hade hans letade fört honom till skogen bakom slussen och den koja som han nu tillbringade sina nätter i. Hur som helst så hade han precis när han hade rundat ett hörn sett den där lite märkliga mannen. Det var något med mannens sätt att röra sig. Något som hade lett till att Adman hade stannat upp i skuggan av ett lite takutsprång. Han hade stått där och kunnat observera mannen utan att han själv syntes. Mannen hade varit stilla ett tag för att sedan gå fram mot en container, som stod en bit ifrån den dörr där mannen hade kommit utifrån. När personen som Adman observerade hade kommit fram till containern så hade han slängt något. Det var nog på grund av att mannen hade varit väldigt noga med att ingen skulle se när han slängde något, som hade gjort att Adman hade stått kvar där han stod och noga observerat mannen. Det var också anledningen som hade gjort Adman nu var väldigt nyfiken på vad mannen hade slängt, en liten gul påse trodde Adman att han hade sett. Han hade, en stund efter att mannen hade försvunnit in byggnaden igen, vågat sig fram till containern. Efter ett tag hade han hittat en liten senapsgul påse med något metallisk och hårt i. Han hade snabbt stoppat på sig påsen och gått därifrån. Adman trodde inte att någon hade sett honom men han ville inte chansa och stå kvar vid containern och bli påkommen med den gula påsen i handen. Nu stod han alltså en bit bort på gatan och såg på en trasig Iphone. Telefonen var sönderbruten i två delar vilket i sig måste vara svårt, den som kan göra detta bör nog vara rätt stark i nyporna tänkte Adman. Varför bryter man sönder en tillsynens ny

Iphone tänkte han igen. Adman kände på telefonen igen, han kunde nog ha lite nytta av den i varje fall tänkte han. Så han stoppade snabbt tillbaka telefonen i påsen och därefter vidare ner i fickan.
Ok ner till slussen nu, tänkte Adman. Han vände sig en sista gång om mot byggnaden. "Master of plastic front tech AB" läste han på en stor skylt som satt på väggen.
-Undrar vad det betyder, sa han för sig själv.

Kapitel 7

Nutid

Det hade blivit sent på eftermiddag. Inne i polishuset stod
Göran och tittade på en svart tavla som han hade hämtat upp
från material förrådet. På tavlan hade han satt upp gula post-it
lappar som innehöll det lilla fakta som de hade i fallet med den
hängande mannen i slussen.

-Ok, sa Göran. -Har vi hört från Holmberg på tekniska ännu, sa
han och sneglade på Anton som stod bredvid honom och tittade
på tavlan han också.

-Jag pratade med Holmberg för en kvart sedan, svarade Anton. -
De höll på att packa ihop och lämna över till ambulans, de får
det roliga med att ta ner killen och köra in till Köping.

-Hmm sa Göran, -Vi får ta en sväng dit imorgon för att se vad de
kan få fram. Holmberg? Kommer han hit eller?

-Jag är osäker, sa Anton. –Jag fick inget riktigt svar på det, han
mumlade mest. Men Camila skall vara på gång. Hon ringde
precis. Hon hade hittat något som kanske kunde leda till något,
mer sa hon inte. Hon bör vara här om fem mi...

-Nu, sa Camila som precis kom in i rummet.

Göran tittade på sin kollega.

-Ok, sa han. -Ett första improviserat möte. Vi får från i morgon
hitta en struktur för hur ofta och hur länge vi tar dessa träffar.
Anton har du något mer från tekniska?

Anton Lundström såg ner på sitt anteckningsblock som
innehöll några korta stödnoteringar.

-Nja, sa han lite långsamt. -Han var varken blå.

-Va, sa Göran.

-Jo, sa Anton igen. -Holmberg sa att han var varken blå.
Mannen, alltså han som hängde på väggen.

-Jaha, sa Göran. -Och vad ska det betyda.

-Det sa han inte, berättade Anton.

-Holmberg kunde inte hitta några spår efter förövaren. Inte så konstigt eftersom mannen hade varit helt dränkt under vatten i minst 5 timmar trodde han. Anton gjorde en konstpaus.
-Mannen var noga och ordentligt fastsatt eller fastspikad. Men samtidigt var det inget runt omkring, ja i närområdet alltså. Som man kunde koppla till detta, alltså inget som Holmberg ansåg var något som kunde fungera som riktiga spår mot den eller de personer som gjort detta. Så att han var varken blå var tydligen det ända som Holmberg nu kunde förmedla.
-Han var varken blå, sa Göran och tittade först på Anton och sedan på Camila.
-Vi får ta allt detta igen personligen, alltså direkt med rättsläkaren i Köping så att säga. Camila har du något att förmedla?
Innan Camila han säga något så avbröt han konversationen.
-Är det någon av er som vet vad bassängen eller vattensamlingen så att säga mellan slussportarna heter på fackspråk?
Både Anton och Camila stod tysta och tittade, först på varandra sedan tillbaka på sin chef. De skakade sedan båda unisont på sina huvuden.
-Ta reda på det, sa Göran. -Nu Camila har du fått reda på något? Sett något? Pratat med någon som kan ha sett eller hört något?
Camila tog ett lite djupare andetag innan hon svarade.
-Jag tog ett varv på andra sidan kanalen. Alltså där en av killarna från Ottossons hade sett någon stå och betrakta dem i morse, ni kommer ihåg eller?
Jodå de kom båda ihåg och nickade bekräftande.
-Jag tog alltså en tur i skogsbrynet, fortsatte Camila.
-Jag fortsatte sedan in bland träden. Det är egentligen inget riktigt promenadstråk där inne, men det går i varje fall en stig längs kanalkanten. Jag tror faktiskt inte att så många människor rör sig naturligt eller vad man skall säga där inne i skogen. Kanske en och annan som är ute med hunden. Så om vill man

vara i fred så är det nog ett rätt bra ställe att hänga på kan jag tänka mig. I varje fall, jag traskade in i skogen. Jag hade väl kommit en liten bit ii i skogen. I varje fall så långt in att man inte kunde se slussen längre. Jag skulle precis ge upp men då hittade jag en lite koja. Jag tänkte inte först så mycket på det egentligen, jag menar att ungar bygger kojer överallt så det var väl inget konstigt med denna koja tänkte jag. Men det var ändå något som fick mig att titta in i kojan. Det var en fin koja det kan jag säga direkt. Jag menar ombonat som att det är någon som har bott eller kanske fortfarande bor där, det är ett som är säkert. Det var i och för sig tomt när jag tittade in,men någon verkar spendera tid där. Kanske är det han som bor där som är den person som stod och betraktade killarna från Ottossons i morse.

Camila tystnade, hon verkade tänka efter ett tag innan hon sedan fortsatte.

-Annars var det inget av intresse som jag sprang på. Enbart en gammal tant som var ute med sin hund och sedan en joggare men de hade inte något att berätta. Så förutom denna eventuella person i kojan, ja då är det nog bara killarna från Ottosson som är det närmaste vittnen vi kan komma. Inte vittnen kanske, men ja ni fattar.

Det blev tyst ett tag när alla tänkte och utvärderade det lilla fakta som var det enda som de hade.

-Kanske har den där uteliggaren har sett eller hört något alltså? Göran tystnade.

-Skulle det kunna vara han förresten? Frågade han sedan.

För en sekund tänkte han att det kanske kunde vara en tänkbar lösning.

-Jo det är klart, sa Camila. -Visst skulle det kunna vara så men varför skulle en uteliggare hänga upp en kille på slussväggen och bara 300 meter från sin sovplats, det känns inte troligt om du frågar mig.

-Nej du har rätt, sa Göran. -Om han är något så är det i bästa fall
ett vittne. Vi borde dock hitta honom. Camila ta en ny tur till dit
ner och spana lite. Anton du får fortsätta med att leta efter
personer som är rapporterade försvunna eller saknade. Jag har
gått bet hittills. Killen måste ju vara någon eller hur. Sedan
borde någon, kan man tycka, sakna denna man. Vi har väl inget
mer att gå på nu...
Han blev avbruten av en röst.
-Göran du har telefon viktigt som F-n, det var Frans i
receptionen som ropade.
-Du kan ta det inne i ditt rum.
-Ok, ropade Göran tillbaka. -Vi ses här innan vi tar kväll, det får
hur som bli tidigt i morgon.
Göran avslutade och de försvann alla och olika håll. Anton mot
datorn, Camila tillbaka till slussen samt Göran in på sitt rum.
Han hade på eget bevåg faktiskt skaffat sig ett eget rum. Detta
var en liten polisstation men de hade också blivit moderna och
ansetts göra som de stora stationerna skulle göra alltså anpassa
sig enligt nya tidens standard med öppna kontorslandskap som
innebar ej fasta eller personliga platser. Han hade dock krävt en
plats där han skulle kunna stänga dörren om sig. Detta hade
varit ett absolut krav och inte förhandlingsbart.
Personalkonsulten som hade förespråkat denna idé om öppna
kontorslandskap hade inte varit glad men Göran hade nått en
förlikning. Han hade menat att alla fick använda detta rum som
egentligen var tänkt som ett tyst rum för enskilda samtal, bara
han fick ha ett skrivbord samt en förvaring med lås därinne.
Konsulten hade nöjt sig med detta och åkt därifrån. Alla på
kontoret hade dock förstått samt även varit med på att det
tysta rummet enbart skulle fungera som och vara Görans
privata rum, med det var samtidigt ok med alla på kontoret.
-Hallå det är Göran Persson, sa Göran och försökte koncentrera
sig på samtalet.

-Kan invigningen av slussen ske som planerat, sa en något
upptrissad kvinnoröst i andra ändan.
-Jag hörde att det hade varit en olycka och någon hade ramlat i
och fastnat och sedan drunknat. Hur kan någon vara så
klumpig, men det är väl inte så mycket att göra något åt det nu.
Rösten i telefonen bara fortsatte att mala på.
-Men det är inte det viktiga. Det viktiga här är om invigningen
kan ske som beräknat. Jag förstod att polisen hade hindrat
männen från Ottosson mekaniska att tömma slussen. Så nu
undrar jag varför ni gör detta? En person som trillar i och
drunknar får faktiskt skylla sig själv. Så kan invigningen ske
som planerat?.... Hallå är du kvar.
Göran stod som förstenad och tittade på telefonen. Han kom
inte för sig att säga något, olycka, drunknat, invigning orden for
fortfarande fram och tillbaka inne i Görans huvud.
-Ursäkta, sa han sedan. -Vem är det jag talar med?
-Eva-Britt från kommunen, sa rösten i andra ändan.
-Så kan invigningen ske som planerat? Jag kan inte förstå varför
polisen skall hindra personalen att göra sitt jobb. Kommunen
har satsat massor i detta projekt och en försening av
invigningen kan inte accepteras.
-Jaha, sa Göran efter en stund. Han funderade ytterligare några
sekunder innan han tog till orda.
-Jo jag måste faktiskt förmedla att invigningen måste skjutas
upp. Det är ingen olycka utan det är ett mord som har skett i
slussbassängen så hela kuben är att anse som en brottsplats så
där har ingen människa tillträde förutom polisen.
-Lyssna nu på mig, sa rösten i telefonen.
-Har du en aning om vad som händer om invigningen blir
försenad och båttrafiken inte kan komma igång som planerat,
och vad då kuben? Vad är det för något? Jag hörde att man hade
hittat en person som mest olyckligt vad jag förstår hade ramlat
ner och drunknat i mellanlagringen men det kan väl inte vara
så allvarligt så att vi måste skjuta upp invigningen.

-Jo det är det, sa Göran nu med sin mest myndiga stämma, han hade blivit riktigt trött och irriterad på kommunpampen som verkade tro att hon bestämde över detta.
-Mellanlagringen är för tillfället stängd och jag kommer personligen meddela när ni samt Ottossons mekaniska har tillgång till den igen, adjö. Jag måste tyvärr avsluta eftersom jag har ett viktigt möte med hela min personal om denna mordutredning nu, ljög Göran och avslutade med det samtalet. Han visste att han skulle behöva ringa tillbaka till Eva-Britt snart och säga att Ottossons kunde få börja arbeta igen. Det skulle inte finnas några argument att hålla slussen stängd nu när killen var borta från väggen, men han skulle suga på detta först ett litet tag till. Mellanlagringen tänkte han sedan. Är det så det heter?

Texas USA.
Detta hade blivit tidig förmiddag eller sen morgon i Texas. I en knarrande skinnstol på husets 15:e våning satt mannen som Bill Praxter hade, om han hade vetat, kallat mannen som bestämde eller chefen helt enkelt. Mannen i skinnstolen hade precis avslutat ett samtal med den person som Bill rapporterade till. Nu satt han stilla i sin skinnfåtölj, samtidigt som han sakta snurrade på ett glas champagne i sin vänstra hand. Han hade aldrig förstått de som i tid och otid skulle dricka konjak eller whisky när det fanns mousserande vin att tillgå. Det var möjligt att detta var något som kunde uppfattas som lite annorlunda men det gav honom i varje fall ro i sinnet, det lämnade inte heller någon eftersmak av dåsig fylla efter sig. Nej denna dryck var ren och skär energi. Winston Churchill hade en gång fått en egen champagne uppkallad efter sig själv, hans egen favorit.
Varför inte, tänkte han. Om han kan så borde även USAs nästa president kunna få en champagne uppkallad efter sig.

Tanken tilltalade honom mycket, men just när han började se
flaskan med hans eget namn på så öppnades en dörr och en
kraftig man med ett bestämt och grovhugget ansikte kom in i
rummet.
-Sir, Ni ville tala med mig, sa han.
-Det stämmer, sa mannen i skinnfåtöljen. -Jag vill att du packar
en väska. Du skall åka på en kortare resa. Sue har all
information du behöver.
-Jag förstår Sir, fick han till svar.
Personen som alldeles nyss hade kommit in i rummet vände
och gick ut igen. Mannen i skinnfåtöljen vände sig om, lutade
sig tillbaka och slöt ögonen. Det gick väl ingen nöd på honom
direkt, inte än i varje fall. Men det låga oljepriset som nu rådde i
världen, som han hade varit med och drivit fram, kunde kanske
ge även honom problem om det fortsatte. Alla dessa idéer om
alternativ till oljan, detta måste snart få ett stopp. Annars skulle
det snart börja märkas även i hans plånbok. Han log lite för sig
själv, ett tag till kunde det dock fortgå. Det var som ett spel, det
medgav han för sig själv. Han hade själv varit med och drivit ett
land som Venezuela mot ruinens brant.
Ett helt land, tänkta han. I hans plånbok såg man ännu inte
botten. Men han hade nu faktiskt börjat fundera om inte deras
spel nu ändå måste få ett slut. Tankarna satte fart där inne i
huvudet. Kanske var det nu dags att börja spela spelet lite mer
offensivt, ett offensivt spel som han behövde vara tvungen att
starta i sådant fall. Han kände inga tveksamheter för den boll
han hade satt i rullning och som han nu funderade på om han
skulle se till att den skulle börja rulla ytterligare lite fortare. Nej
någon tveksamhet eller ånger för den delen vara aldrig något
som han kände. Ånger var en känsla som han överlät åt andra.
Så länge ingen uppfann en tidsmaskin som gjorde det möjligt
att åka tillbaka i tiden var det bara löjligt att ångra saker som
hade hänt. Det går inte att ändra sådant som redan har hänt,
framtiden däremot den gick alltid att påverka. Framtiden ja

undra vad han skulle ta tag i härnäst. Ett land som Venezuela var bara en marginalspelare. Araberna var lite annorlunda. De hade varit med på hans plan men även de hade börjat märka av det låga oljepris som de tillsammans hade konstruerat fram. De var också mer beroende av de pengar som rullade in på grund av oljan än vad han var. De hade ju inget annat.

Dårar, tänkte han. Hur man kunde vara så dum att man la alla sina ägg i samma korg. I och för sig så hade de inget annat än oljan att tillgå. De hade varit duktiga på att inom sitt eget land utmanövrera allt och alla som eventuellt hade tankar på ett annat håll, det fick han ge dem. Men då fick de faktiskt skylla sig själva till stor del. De hade varit så måna om att sitta säkert i sin maktposition att de hade blivit förblindade av sin egen rikedom.

Ja dårar, tänkte han igen. När han sedan blev, alltså inte om utan när han blev USA:s nästa president och flyttade in i Vita Huset. Då var det nog dags att se om han inte kunde skapa en liten konflikt. Denna affär han nu hade med araberna skulle inte gynna honom om den kom ut, och blev ett känt faktum av allmänheten. Nej en konflikt skulle han skapa, en konflikt som riktade blickarna åt ett annat håll. Han gäspade och tittade på sitt tomma glas. Han visste vem Bill var och vad hans team höll på med, men de verkade ha tappat kontrollen och han var nu tvungen att återställa balansen. Därför hade han nu beslutat att skicka sin egen man rakt in i händelsernas centrum. Ett nödvändigt drag för att ta tag i saker och ting, och kontrollera framtiden. Just detta beslut kändes nu om möjligt ännu mer rätt än förut.

Kontrollera framtiden, det skulle bli han motto. *"Kontrollera framtiden"* och bestäm vad som skall hända innan andra ens har hunnit att tänkt tanken, ja det skulle bli hans melodi.

Han ringde på interntelefonen, det sprakade till och en röst hördes

-Ja sir.

Det var dax att öka hastigheten på bollen ännu mer tänkte han
för sig själv.
-Ring upp Grazman och säg att allt är go istället för att bevaka,
sa mannen i skinnfåtöljen till rösten i andra änden av
interntelefonen.
-Ja sir, skall ske sir, fick han till svar.
Linjen bröts och det blev åter tyst i rummet.
Kontrollera framtiden, han smakade på orden igen. Det var inte
en dag för tidigt.

Det hade blivit sen måndagskväll i Sverige. De som hade varit
kvar i polishuset hade skiljts från varandra och därefter gått
hem var för sig. Även Camila som hade vandrat tillbaka till
slussen och sedan dröjt sig kvar en bra stund hade till slut
kommit hem till sin man och lilla dotter. Anton hade gått hem
till sin lägenhet mitt i staden, där han för tillfället bodde ensam.
Hans flickvän befann sig på en resa med två väninnor och skulle
komma hem först nästa söndag. De hade under den senaste
tiden pratat om att på allvar flytta ihop nu när även hon hade
fått ett fast jobb. Produktstrateg på ett företag i staden, Master
of plastic front tech AB. Ett företag som tydligen producerade
verktyg, det hette visst så fick Anton påminna sig själv om.
Verktyg för att formspruta plastartiklar till fordonsindustrin.
Han hade först inte förstått vad hon talade om. Verktyg för
honom var hammare, skruvdragare och sådana saker. Men så
var det tydligen inte i hennes bransch. Då var verktyg samma
sak som en stor gjutform hade hon förklarat. En form för att i
deras exempel spruta in smält varm plast i. När denna plast
sedan stelnade kunde man öppna verktygen och vips så trillade
en del av en instrumentbräda till en bil eller lastbil ut. Inte så
pjäkigt faktiskt hade hon sagt och lett mot Anton när hon
förstod att han hade lite svårt att hänga med i förklaringen. Lite
dåligt självförtroende hade han också fått när det hade gått upp
för honom att det var hon som var den tekniska av de två. Men

han fick i varje fall ha en pistol på sig på jobbet vilket gjorde de jämbördiga hade han hävdat i varje fall. Hon hade skrattat åt honom, pussat honom på pannan och sagt att om han var glad och nöjd så var även hon det. Men nu var det en vecka av ensamma kvällar som låg framför honom. Sedan skulle de göra allvar av att flytta ihop, det var i varje fall hans stora övertygelse. Han hade funderat en stund på om han skulle ringa till Göran för att fortsätta diskussionen men kommit fram till slutsatsen att låta bli. Han hade ingenting nytt att säga så det var egentligen ingen vits att ringa och så fick det bli. Göran hade också gått hem. Hem till sin fru Lena som i och för sig inte var hemma ännu. Måndagar var kurskväll. Lena hade börjat på målningskurs för akvarell målning. Hon satt nu troligtvis och ritade av ett päron eller ett äpple trodde Göran. Han skämdes lite för sin billiga tanke men kunde som inte låta bli. Mest hade det nog att göra med att han var komplett urusel på att själv rita på egen hand. Det var i varje fall hans förklaring till att han automatiskt såg avundsjukt på andra som ritade, målade eller på andra sätt avbildade ett verkligt föremål. Han hade i varje fall ingen annan förklaring till varför han kände som han gjorde. Någon gång så skall jag kanske gå en målningskurs också, för att verkligen ge det en chans tänkte han. Men insåg samtidigt att han aldrig skulle hinna. Jobbet tog fortfarande för mycket tid. På tal om jobbet. Detta fall med en okänd person som hade blivit korsfäst på slussväggen. Det liknade inget annat fall han någonsin hade sett förut. Vad låg bakom denna historia? Vad kunde denna man ha gjort för att någon annan skulle anse att detta var ett rättvist straff. Göran funderade vidare samtidigt som han satte på tevatten och gjorde i ordning två rån med gouda ost. Snart skulle Lena komma hem och då skulle de ta en stund i soffan för att slötitta på TV och prata av sig om dagen. Kanske kunde ha få något tips från henne om vad som skulle kunna ligga bakom detta, hämnd tänkte han plötsligt. Kanske var det en hämnd för något. Kanske eller kanske inte. Det kunde lika väl vara en signal från någon till någon annan. Han hoppades i varje fall innerligt att de skulle komma något på spåret. För ett ouppklarat mord inom deras ansvarsområde som hade dessa ingredienser skulle inte vara bra om det förblev olöst. Det finns en ny möjlighet i morgon tänkte han sedan. I morgon skulle han och Anton besöka rättsläkaren, kanske skulle de få en första ledtråd där.

Kapitel 8
Nutid

Göran Persson och Anton Lundström stod i ett kallt och kalt
rum och småhuttrade. Känslan de fick, där de stod, var att allt i
rummet var tillverkat av kall och död metall.
Just uttrycket död metall var ett konstigt uttryck tänkte Göran.
Kunde metall vara levande?
Dock i detta rum som var ett rum för döda människor, så var
det ändå en beskrivning som passade.
På en metalbrits framför dem låg en död man, så mycket visste
han. Men det var också det enda han visste. För att få denna
resa upp till Köping att ha varit värt någonting, så behövde de
få något att arbeta med. Han och Anton behövde verkligen mer
fakta, något matnyttigt så att de kunde komma framåt i denna
utredning. Tillsammans med dem i metalrummet stod också
Ove Bengtsson. Ove Bengtsson var rättsläkare och var något av
en klassiker på jobbet. Han hade alltid funnit där brukade man
säga. Det var i och för sig inte sant men när man hade fyllt 64
och bara hade haft ett jobb och en anställning under hela sitt
verksamma yrkesliv, då var det inte så konstigt att alla
runtomkring Ove kände det som att han alltid hade varit där.
Sedan att Ove aldrig var sjuk samt gärna jobbade över gjorde
heller inte att klassiker stämpeln försvagades.
-Ok, sa Göran. -Vad vet vi? Eller du rättare sagt. Jag vet just nu
inget om detta och det stör mig.
Ove sköt upp sina glasögon på näsan och tittade på sina gäster.
-Man, ålder 55-58 år, vältränad och allt som allt i mycket bra
fysiskt skick. Ja innan han dog alltså, sa Ove och drog lite på
munnen.
Göran såg lite snett på Ove. Hans vanliga galghumor eller vad
man nu skulle kalla det, tänkte Göran.

-Jaha det säger du, sa Göran tillbaka. -Berätta något som inte jag
kan se. Jag tyckte att jag var tydlig när jag sa att det störde mig
att vi inte vet något om denna man. Det du just har berättat
kunde jag också se, så upplys oss.
Göran visste att han inte gjorde saken bättre genom att stöta sig
med Ove eller skynda på honom, allt hade sin tid hos Ove, så
var det bara. Göran gjorde dock alltid sina tappra försök att
skynda på Ove.
-Kom igen Ove, något måste du ha upptäckt. Levde han när han
placerades i vattnet eller var han redan död, ja du vet?
Ove förblev tyst ett litet tag, precis som om han funderade på
att retas lite mer eller om han skulle släppa taget om Göran.
-Jo jag misstänker att detta stör dig. Det stör mig med kan man
säga. Jag blir först tvingad att jobba över till sent i går kväll och
nu står du här innan ens tuppen har galt.
Det var sant Göran hade hämtat Anton tidigt denna morgon och
de hade åkt direkt till Köping och Ove. En kortare resa på strax
över 30minuter. Deras sena möte på polisstationen hade inte
gett något mer. Anton hade inte fått träff på någon saknad
person som kunde matcha den man de nu försökte hitta en
identitet till. Nu hade de Camila som hade ringt in till deras
sena kvällsmöte att hoppas på. Hon hade dröjt sig kvar nere vid
slussen dit hon återigen hade begett sig men inte heller hon
hade något matnyttigt att komma med. Kojan hade förblivit
tom.
-Han levde när han placerades i vattnet, sa nu Ove till dem. Han
kliade sig på hakan och såg nu så där finurlig ut som bara han
kunde göra.
-Hur han nu kom dit, det kan inte jag avgöra men jag kan se att
han drunknade. Han har rejält med vatten i lungorna och det
har man bara om man först lever och sedan drunknar så att
säga. Han var också drogad, rohypnol eller flunitrazepam.
-Är inte det våldtäktsdrogen? Sa Anton.

-Jo det stämmer, fortsatte Ove. -Flunitrazepam, är en
bensodiazepin, ett sömnmedel och ett lugnande preparat alltså.
Som i rätt doser är ett riktigt bra läkemedel. Men i detta fall har
man använt tillräckligt mycket för att kunna sänka en elefant, ja
då står ingen människa som är av en kvinna född i mot denna
drog. Så att någon annan person är inblandat i detta och
troligtvis också förberett sig, det kan jag ge dig. Fast det inte är
jag som är polisen förstås.
Göran såg stilla på Ove och nickade. Point taken, tänkte han
-Fortsätt, sa han
-Jag har letat efter kännetecken på kroppen samt tagit tandkort,
som jag också har skickat för identifiering. Ingen träff ännu
förstås, det brukar ta några dagar, kanske drygt en vecka om
man har otur. Hans fingeravtryck finns nu också i databasen.
Jag har inte hittat något direkt, bara några småskavanker. Han
har en läkt mindre fraktur på vänster arm, en gammal skada.
Men sådana skador ja det har hundratals personer så det kan
vi, eller ni rättare sagt, nog inte göra något med. Spikhålen i
underarmarna kommer från själva mordtillfället vågar jag
påstå.
–Spikhålen? Sa både Göran och Anton med en mun.
-Jo, sa Ove. -Han var korsfäst enligt gammal tradition. Ni vet väl
att man inte kan spika upp en man i handflatorna.
Kroppsvikten kommer att slita sönder händerna. Så rent
faktamässigt är det faktiskt fel på mer eller mindre alla gamla
kyrkobilder. De stackarna som man korsfäste på romartiden, ja
de spikade man fast genom underarmarna.
-O fan, sa Göran. -Det missade jag i går. Det var i och för sig
skumt där han hängde och jag tänkte inte så mycket på hur han
satt fast, jag var nog fokuserad på annat, la Göran till och
undrade snabbt om just detta var något som han borde ha lagt
märke till.
-Jo men så var det, sa Ove. -Om ni undrar så fanns det inget i
hans kläder som styrka någon identitet. Jag misstänkte att ni

skulle tjata om vem han kan tänkas vara så därför har jag
jobbat på.
Göran tittade återigen på Ove.
–Tack, sa han. -Något mer?
-Killen har jobbat hårt med att ta bort några tatueringar. Bra
jobb av den som har gjort det förresten. Det blir alltid ärr
förstås, men de kan vara fula eller mindre fula. Dessa ärr är
nästan på gränsen att vara riktigt snygga skulle jag säga.
-Ok sa Göran. -Var det något att gå på, alltså kan man se vad det
har varit för tatueringar.
–Hmm, kanske sa Ove. -Bara spekulationer då. Jag vill nog tro
att en av tatueringarna, som en gång var där, var nästan som en
fyrkant. Inte en fyrkant med fyra fulla kantlinjer alltså, utan en
fyrkant med avbrott i sidorna. Sedan fanns det en annan också,
en med ett streck i mitten av en riktig fyrkant. Ett märke som
kan har varit ett kors, inget Jesus kors alltså utan mer som ett
kryss skulle jag säga. Jag tror också att det har varit något
skrivit över ryggens överdel, alltså på skuldrorna. Vad som har
stått där det kan jag inte säga. Ove var tyst en stund.
-En sak kan jag i varje fall säga. Han har inte sett ut, alltså när
han var tatuerad, som en fotbollsspelare. Jag menar tatueringar
utkastade på kroppen bara på måfå, det är inte klokt hur de ser
ut. Nej denne person har, eller hade, gjort ett snyggt grafiskt
jobb skulle jag säga, sa Ove och la till med en skeptiskt min.
Ser Ove på fotboll tänkte Göran innan hans tankar blev
avbrutna.
-Dessa tatueringar alltså de som nu är borttagna har varit
symmetriskt och snyggt placerade på kroppen. Så varför han
har tagit bort dessa är en liten gåta. Jag har funderat på detta
men inte kommit fram till något svar. Det fanns ju inte så
mycket annat att fundera på inte så mycket annat som stack ut
så att säga, som en kniv eller skruvmejsel.
-Va? Sa Anton som inte riktigt ännu hade vant sig med Oves
galghumor.

-Var han knivstucken också?
Ove såg roat på Anton men sa inget så Göran tog till orda igen.
-Ok, inget mer då som kan hjälpa oss.
-Nej, sa Ove. -Inget mer.
De tackade och vände sig om för att gå när Ove ryckte till.
-Jo just det, sa han. -Jag var som sagt lite fascinerad av de borttagna tatueringarna så jag upptäckte inte först den tatuering som han hade lämnat kvar. Göran och Anton vände sig om och såg spänt på Ove.
-Det var en liten och på ett sätt kanske en ovanlig symbol, en liten helt perfekt Sfinx. Placerad där alla tror att hjärtat sitter alltså är strax bredvid hans vänstra bröstvårta. Alla som kan något vet ju att hjärtat sitter mitt i kroppen men hur som det kanske inte var så viktigt. Symbolen satt där alltså lite till vänster på bröstet, snygg den också. Det bör vara det sista jag har för er. Jag har tagit bilder på den och redan mailat de till dig. De bilderna plus bilder på ärren av de borttagna tatueringarna samt info om fingeravtryck och tandkort och allt det där, ja du vet. Om och hur och när du kan få svar det vet du bäst själv. Det har allt i din dator. Fantastiskt det där egentligen, jag kan fortfarande inte riktig förstå hur det fungerar.
-Vadå, sa Göran. -Vad är det du inte förstår?
-Jo, sa Ove. -Alla ettor och nollor i dataprogram som omvandlar sig till en bild när du klickar på den, i datorn alltså.
-Jaha, sa Göran lite besviket. -Nej det förstår inte jag heller men det får vi ta en annan gång, tack ska du ha, vi hörs, sa Göran.
-Jo tyvärr så gör vi nog det, mer jobb alltså, sa Ove och log lite snett.
-Jo just det, fortsatte Ove. -Det höll jag nästan på att glömma också. Hans tunga är borta. Alltså killen har ingen tunga.
Göran stannade upp. -Vad sa du, hade han ingen tunga?
-Stämmer, sa Ove. -Just detta var ju ingen dödsorsak så jag höll faktiskt på att glömma det. Märkligt kanske, men man kan leva utan tunga. Åke log sitt sneda leende igen.

-Så jag noterade det i marginalen, men gick vidare med att konstatera drunkning. Så, om det är viktigt eller inte, men nu vet du i varje fall. Vad det betyder, om det nu betyder något, lämnar jag till dig. Medicinskt betyder detta inget för hans dödsorsak. Dödsorsaken den står fast, alltså drunkning.
De såg på varandra nickade och sedan var det slut på mötet.
-Jaha, sa Göran när de lite senare satt i bilen och var på väg tillbaka.
-Inte så mycket att gå på.
-Säg inte det, sa Anton. -Säg inte det, vi kanske har tur och får en träff. Det är hur som helst ett mord. För inte drogar man sig själv, skär av sig sin egen tunga och sedan hänger upp sig eller rättare sagt spikar upp sig själv på väggen i slussgraven för att sakta men säkert drunkna.
-Nej, sa Göran till svar. -Den lilla teoretiska tanken om ett väldigt spektakulärt självmord, den kan vi avskriva helt. Vi får nu hoppas på en snabb identitetsträff, plus att Camila hittar någon eller några som har sett något.

Camila stod nu återigen framför den kojan som hon hade hittat i går. Det var kallt och fuktigt där hon stod under träden och funderade. Hon hade återvänt till kojan redan i går efter det mötet som de hade haft på polishuset. Hon hade dock inte hittat något då fast hon hade stannat tills långt efter det hade blivit mörkt. Hon hade därefter ringt in till det sena möte som deras chef hade velat ha. Göran hade velat att de skulle summera dagen som hade passerat och det var när allt kom om kring bra. Det fanns så mycket intryck och funderingar hos dem alla så att prata ut om allt som låg och gnagde inne i skallen var verkligen en god idé. Alla hade bubblat runt ett tag men i stort så hade ingen något nytt att komma med. De hade då bestämt att Camila skulle fortsätta nästa dag med att leta efter vittnen. Vittnen som de möjligtvis hade missat samt hon skulle också fortsätta att undersöka närområdet lite mer noggrant.

Nu skulle hon ha dygnets alla ljusa timmar framför sig istället
för bakom sig som det hade varit i går. Hon hade i går kväll
stannat kvar till efter mörkrets inbrott men när det hade blivit
totalt kolsvart och svinkallt så hade hon gett upp. Hon kunde
inte bli kvar där hela natten samt att de väntade på henne
hemma också. Men nu stod hon alltså framför kojan igen.
Någon bodde i denna koja det var hon rätt säker på. Den var
ombonad men inte mysig, mer funktionell tänkte hon.
Troligtvis en han alltså som bodde i kojan. Det var av någon
anledning, trodde hon i varje fall mer vanligt med manliga
uteliggare en kvinnliga. Varför det var så hade hon ingen teori
om. Hon visste inte ens om han hade rätt i sitt antagande men
hon kände på sig att i detta fall var det i varje fall en manlig
person som bodde i denna koja. Hade han sett något? Det var
frågan vars svar som kunde leda dem till gärningsmannen eller
kvinnan för den delen tänkte Camila. Hon såg sig plötsligt om
där hon stod, någonting var det. Hon kunde inte förklara varför
men hon kände sig bevakad. Hon blev både kallsvettig och
irriterad på en och samma gång. Det var hon polisen alltså som
skulle ha span på buset inte tvärt om. Hon skärpte blicken och
hörseln när hon koncentrerat såg sig om igen. Där borta längre
in i skogen tyckte hon att det fanns en skugga. En skugga som
inte riktigt hörde hemma här och kändes naturlig i sitt
sammanhang, kunde det vara någon som stod där och
spanande på henne?
Hon var för långt ifrån för att kunna vara helt säker, samtidigt
ville inte skrämma bort denna eventuella person. Hon vände sig
därför om och började gå därifrån, bort från den person som,
hon nu kände sig kanske säker på, stod och bevakade henne
från sin position längre in i skogen. Hon gick tillbaka ned mot
slussen. När Camila kom fram stod där ett antal nyfikna
människor och tittade. Står det folk här fortfarande tänkte
Camila snabbt. Det fanns väl inget att titta på längre. Det var

enbart en bit av det blåvita avspärrningsbandet som hängde kvar i en lyktstolpe som avslöjade att polisen hade varit där, och faktiskt spärrat av detta område. Camila studerade snabbt dessa människor. Här fanns det med troligtvis ingen som visste något. Detta var bara de nyfikna som ville känna lite av den spänning som alltid infann sig på en brottsplats. För vissa människor var det som en drog att alltid söka sig mot andras människors olycka och lidande tänkte hon. Camila hade aldrig gillat detta med de nyfikna. De var mest i vägen ansåg hon. Men denna gång kanske de kunde vara till någon nytta. Hon titta igen och sökte med blicken, denna gång mer noggrant. Var det någon som hon kände i denna folksamling eller någon som kunde vara knuten till denna plats genom inblandning på något sätt? Hon kände dock inom sig att så var nog inte fallet. Det krävdes nu en hel del koncentration för att snabba på sina steg utan att för den delen springa och på så sätt skapa en onödig uppmärksamhet mot hennes håll. Hon tog sig på detta halvspringande sätt så snabbt hon kunde över slussen, genom att gå på den lilla bro som var en del av den ena slussporten till andra sidan, och slöt där upp bakom folksamlingen. Några sekunder senare så var hon på plats och försökte nu smälta in bland de som redan stod där och var fullt upptagna med att prata, tittade och pekade mot själva slussen. En tanke for plötsligt genom hennes huvud. Vad var det nu Göran hade sagt att utrymmet mellan slussportarna hette? Hon mindes inte riktigt men vem bryr sig tänkte hon sedan. Det var knappast ett ord som skulle hjälpa henne med sin uppgift. Nu gällde att fokuserade blicken mot skogsbrynet på andra sidan. Hon tänkte inte missa om mannen som hon trodde att hon hade lagt märke till skulle komma ut på den sidan.

Adman stod där kanske 50 meter in i skogen på andra sidan och sökte med blicken han också. Han hade sett en kvinna stå och titta på hans koja. Han hade observerat att hon hade varit systematisk i sitt sökande, hon verkade bestämt leta efter

något. Han var osäker på vad hon letade efter men kvinnan han
hade sett var ingen person som var där för att stjäla eller bara
hade råkat hitta en koja i skogen. Det var något med denna
kvinna som gjorde att Adman hade blivit nervös. Han hade
funderat ett tag sedan hade han kommit på det. Hon var polis
det var han nu säker på. Han hade sett poliser förut och
observerat hur de metodiskt jobbade för att leta efter bevis,
ledtrådar eller annat som de var ute efter. Metodiken att först
täcka av ett område, att systematiskt och fokuserat gå igenom
allt in sin avsökning av platsen som de befann sig på. Det
strukturerade beteendet gick inte att ta miste på. Kvinnan hade
plötsligt vänt sig om och sökt med blicken runt kojan. Det var
då för en sekund som han trodde att hon hade sett honom, men
det var nog falskt alarm trodde han eller hoppades. Det var
svårt att avgöra vilket som var mer rätt. Hon hade sått där och
bara stirrat under några sekunder sedan hade hon lika plötsligt
vänt sig om igen och börjat gå därifrån, ner mot slussen trodde
Adman. Han hade låtit henne försvinna utom synhåll och sedan
börjat följa efter. När han sakta smög sig fram genom skogen
var han glad över att han inte hade tagit sig till kojan för att
sova under natten som just hade passerat. Han hade gått ned
mot slussområdet men inte vågat sig ända fram när han såg att
det fanns polisbilar i närheten av slussområdet. Det fanns också
sett poliser i uniform som stod och höll allt och alla under
uppsikt. Han hade då tagit sig tillbaka mot
flyktingförläggningen för att äta middag. Efter middagen hade
han norpat till sig några extra brödskivor, han kände sig lite
tveksam till att han skulle kunna ta sig in till frukosten i
morgon bitti och tänkte inte vara helt utan frukost igen. Han
räknade kallt med att få tillbringa denna natt utomhus, men det
var något han hade gjort förr och det skulle han klara det kände
han sig säker på. Han hade dock inte sovit många minuter
denna natt, uppkrupen under en lastbrygga i industriområdet.
Han hade i varje fall inte frusit så mycket eftersom han hade

hittat en plats nära ett varmluftsutsläpp från lokalen som verkade använda denna lastbrygga. Sedan fanns också hans brödbitar att äta som en provisorisk frukost så de värsta hungerkänslorna hade han nu under kontroll. Men nu stod han alltså och såg ner över slussen och en samling människor som syntes spana ned mot den tomma bassängen mellan de stängda slussportarna. Slussen var tom på vatten igen som den hade varit innan gårdagen. Det var liv och rörelse det kunde han se. Något allvarligt måste ha skett där nere och han blev om möjligt ännu mer nyfiken på vad det kunde ha hänt. Kraften i nyfikenheten var stark även idag och den drog i honom på samma sätt som den även drog andra nyfikna till denna plats. Han rörde sig nu sakta framåt, på knuffad av denna mystiska kraft och innan han riktigt visste hur så stod han nu i trädgränsen och kunde nästan höra människorna på andra sidan. Inte för att han förstod vad de sade men något stort hade definitivt hänt här, det var han helt säker på. Han kom på sig själv att han faktiskt stod så att man kunde se honom från andra sidan och i samma ögonblick som den tanken skapades i hans medvetande såg han också de två ögon som betraktade honom på andra sidan. Det var ett ögonpar som skiljde sig markant från alla andra ögonpar på den sidan av slussen. De ögonen hade inget som helst intresse av slussen utan var som låsta direkt på honom. Adman frös som fast i den position han nu stod i, vad skulle han göra? Kunde allt vara slut nu eller kunde han fixa även detta? Han såg att kvinna som ägde ögonen och som hade betraktat honom lämnade folksamlingen och togs sig mot den smala gång som förband de två sidorna av slussen med varandra. Han stod kvar där han stod oförmögen att röra sig. Några sekunder senare var kvinnan framme vid honom och sa något på ett språk som han inte förstod. Hon såg några sekunder på honom innan hon övergick till engelska, ett språk som Adman förstod till stor del och även kunde prata.

-My name is Camila Lundin I'm a police officer. I'm just will fråga dig några frågor. Förstår du vad jag säger, alltså pratar du engelska?

Adman förstod och han såg på den kvinnliga polisen att hon förstod att han förstod. Så att spela oförstående var nog inte ett bra val här och nu. Han stod tyst några sekunder och tog som sats samtidigt som han tänkte intensivt.

-Yes, sa han.

-Good, fortsatte Camila. -I'm antar att det är du som har tillbringat lite tid i kojan som ligger där inne i skogen. Hon tystnade en sekund, -That is ok jag menar du har inte gjort något fel. Men nu är det så att det har hänt.

Hon tystande igen och tänkte, Hur skall jag förklara detta?

Hon såg på Adman och fortsatte.

-There have hänt en sak i slussen och en man är död så nu undrar jag om du har sett eller hört något.

Hon var tvungen att tänka på att inte stressa fram orden utan mer tala fokuserat och långsamt men ändå inte för övertydligt, det kunde nog då lätt misstolkas. För vad visste hon egentligen, engelska var kanske mannens modersmål? Och att då låta som man pratar med ett litet barn var nog inte en bra idé när man försökte skapa ett förtroende. Adman funderade nu på frågan han fått. Han var mycket nyfiken på vad som hade hänt men han var samtidigt orolig för att han var eller skulle bli misstänkt för vad det nu var som hade hänt. En död man hade hon sagt, ett mord måste det vara tänkte Adman.

-No, sa han sedan lite långsamt, han visste faktiskt inget när han tänkte efter.

-I have not sett något, jag lovar, lade han sedan till för att verkligen stryka under på att han var helt ärlig.

-Ok, sa Camila. –But it är du som bor där uppe i skogen, i kojan alltså?

Adman stelnade till något. Hon hade faktiskt sagt att det inte var något som var fel med att bara bo eller uppehålla sig i en koja i skogen. Kunde det vara så att den person som ägde skogen kunde straffa honom?

-No, sa han först. -Alltså inte bo men jag är där lite då och då, sa han sedan.

-Ok, sa Camila. -Som jag sa så är det inget fel med att vara i koja i skogen men det finns hjälp att få nere på centrum i staden eller på kommunkontoret om du inte har någonstans att sova. Om du behöver hjälp alltså?

Adman tittade på henne.

-No, sa han sedan. -I need ingen hjälp, jag har det bra.

-Ok, sa Camila igen. -Var du här förra natten alltså natten till måndag.

-Yes, sa Adman innan han hade tänkt tanken om det var rätt svar att ge. Alltså skulle han erkänna eller ljuga men nu var det hur som helst försent att ändra sig i varje fall.

-Yes, sa han igen. -Jag var här men jag såg inget, skyndade han sig att lägga till.

-Ok, sa Camila för tredje gången.

-Hörde du något?

Adman stod tyst och tänkte, hade han hört något eller hade han inbillat sig.

-Yes, sa han. -Det var ett ljud som jag hörde. Men jag vet inte vad det var, det var som att någon hamrade men inte att slå i en spik det var tyngre slag. Ett tyngre ljud, mer metalliskt skulle jag säga, sa han.

-Ok, sa Camila igen. Jag måste verkligen hitta på något annat att säga, tänkte hon, stå här och låta som en sämre papegoja.

-Well, försökte hon. -Var någonstans befann du dig när du hörde detta ljud?

-Jag var inne i kojan och försökte förstå vad det var som jag hörde.

Bra, tänkte Camila. Han verkar inte ljuga i varje fall för att sedan åter ta till till orda.

-Vad gjorde du då?

-Jag gick ut ur kojan och tog mig närmare ljudet, svarade
Adman.
Camila ryckte till, han hade kanske sett något i varje fall. Även
fast han hade sagt nej på den frågan förut.
-Ok, sa hon kanske lite för fort och upphetsat.
-Vad gjorde du sedan? Frågade hon.
-Jag stannade precis där borta, sa Adman och pekade mot en
björk som stod intryckt mellan två granar. Den stod där och
verkade kämpade för att få lite solljus. Något som var
nödvändigt för att kunna växa sig stor han också.
-Då tystnade det märkliga ljudet, fortsatte han.
Camila stod tyst hon var på väg med ett femte ok men han
hindra sig själv. Jag börjar upprepa mig som en fotbollsspelare
som blir intervjuad, tänkte hon.
De börjar ju alltid sin mening med Nej oavsett vilken fråga de
har fått.
Hon log ett osynligt leende för sig själv.
-Fortsätt, sa hon och tittade nyfiket på Adman.
-Jo, sa han. -Jag såg inget eller jag tror inte det i varje fall, men
det var något konstigt. Något som jag har funderat på men jag
vet inte riktigt vad. Alltså vad jag egentligen såg. Det blev tyst
och de tittade på varandra ett kort tag. Camila nickade mot
Adman och visade tydligt att hon ville att han skulle fortsätta.
-Jag tror att jag såg ett spöke, sa Adman då. -Det var som någon
varelse plötsligt lösgjorde sig från marken och bara stod där,
alltså som hon kom från ingenstans.
-Hon? Frågade Camila och tittade skarpt på Adman.
What? Fick hon till svar.
-Du sa *hon*, sa Camila återigen.
Adman stod tyst och såg osäker ut. Han tänkte så mycket att det
nästan kändes som att hjärnan faktiskt trycke på från insidan
och sin plats där inne i huvudet. Kanske för att påvisa att den
gjorde nu allt för att kunna åter projicera bilden som Adman
hade sett den där natten.

-Jag vet inte. Nej jag tror inte att det var en hon alltså en kvinna
som jag såg, det var kanske inte ens en levande människa. Det
kan ha varit ett djur.
-Djur? Sa Camila och tittade återigen på Adman.
-Nej inte ett djur men det var så konstigt menar jag. Det jag såg
stämde inte och det gick inte att förstå. Jag stod där jag stod och
plötsligt var hon eller han eller räven eller vad det nu var borta.
Vad det nu var så försvann det i höjd med det lilla huset som
står det borta, Adman pekade mot slussen kontrollrum.
 -Sedan började vattnet rinna, fortsatte han. -Jag väntade ett tag
men sedan, alltså när jag gick ner till kanten ja då var det redan
fullt med vatten och allt var svart.
Adman tystande.
-Ok, sa Camila. Hon hade nu gett upp, ok var väl ett ord som kan
kunde säga och också upprepa för den saken tänkte hon snabbt.
Sedan då? Sa hon.
-Inget, sa Adman. -Inget mer, jag stod där ett tag men inget mer
hände så jag gick tillbaka, det var kallt så jag.
-Jag förstår, sa Camila. -Vad heter du och var kan jag få tag i dig
om jag skulle behöva?
-Adman, sa Adman. -Jag heter Adman. Jag kommer från Irak och
jag bor på flyktingförläggningen, sa han.
Han visste inte riktigt varför han hade ljugit och sagt Irak
istället för Syrien som var hans verkliga hemland men det var
nog en ren skyddsmekanism tänkte han. Han hade nog pratat
och sagt alldeles för mycket redan tänkte han. Men det hade
varit omöjligt att vara tyst. Kvinna hade en osynlig kraft som
han inte kunde förklara och som fullkomligt drog orden ur
honom. Det var nästan som att hon hade hittat en kran och
öppnat den och då pratade han bara på helt enkelt. Han hade
nog inte sagt något som i sig kunde skada honom men han hade
inte planerat eller för den delen velat prata så mycket som han
nu hade gjort. Han skulle i lugn och ro behöva gå igenom detta
samtal som han just hade haft. Det fanns kanske något som han

hade sagt, något som kunde verka misstänkt och störa hans framtida planering.

Bra, sa Camila. -Jag kommer att söka upp dig där om jag skulle behöva.

Adman stod stilla kvar och tittade på Camila.

-Det är ok, sa hon. -Du kan gå tillbaka till flyktingboendet om du vill, jag känner att vi inte kommer längre här och nu.

Adman verkade slappna av. Han vände sig om och började sakta att gå på stigen som sträckte sig längs kanalkanten, sakta och nästan lite motvilligt bort från henne tänkte Camilla. Då vände han sig plötsligt om och såg på Camila, han verkade vara tveksam för ett ögonblick samtidigt som han nästan stannad till. Camila kände för en kort sekund att han kanske hade kommit på något mer och hon blev med ens intresserad igen. Men då kröp Adman som ihop, vände på huvudet och började gå bort från henne igen. Camila stod ensam kvar på slusskanten och tittade efter Adman för att sedan titta ner i det mörka vattnen som sakta slog mot slussportens utsida. Hon visste inte riktigt hur hon skulle tolka vad Adman hade sett. Kunde hans observation vara något som hon måste ta med eller kunde det avskrivas som en synvilla som hägring. Hon var tvungen att komma till ett beslut innan hon kom tillbaka till stationen. Hon tittade på sin klocka, den började närma sig elva. Hon misstänkte att Göran och Anton skulle vara tillbaka från Köping vilken minut som helst och hon var nyfiken på vad de hade fått reda på, så hon tog det långa benet före det korta och med snabba steg började hon gå mot stadens polishus. Adman han kommit en bit bort från slussen innan han åter började fundera på samtalet som han just hade haft. Han hade på känn att det hade gått bra. Han var nog inte misstänkt trodde han. Samtidigt så infann sig en konstig känsla. En man hade dött, troligtvis mördad tänkte han. Han kom från ett annat land och var inte van med svenskar och svensk kultur men han visste hur våld var och hur döda människor påverkade andra människor. Den kvinnliga polisen som han nyss hade träffat hade varit väldig tydlig med att de diskuterad, vad han eventuellt visste om en man som hade dött för bara två dagar sedan. Samtidigt så hade han inte uppfattad att hon hade varit berörd tänkte han. Kanske hade hon och andra i detta land ofta kontakt med döden, vilket gjorde att man blev van. Adman var van tänkte han först men sedan tänkte han om. Nej han var inte van, han mådde fortfarande illa för varje död människa han kom i kontakt med eller vars död han såg eller vad på något sett inblandad i. Kom man från ett land där kriget hade rasat i flera år var döden alltid nära och det påverkade alla det visste han. Men denna kvinna hade varit oberörd på ett konstigt sätt. Han funderade ett kort tag på om hon hade ljugit för honom. Nej tänkte han sedan det var alldeles för osannolikt det kunde hon inte ha gjort, men något var det i varje fall.

-Är du muslim din svarting?

Adman vände sig om, han hade hört att någon sa något. Bakom honom stod nu två män och en kvinna. Han tolkade att det var honom de tilltalade men han förstod inte vad de sa.

-I'm sorry but no Swedish, sa Adman.

-Are you muslim? Do you belive in paradise?

Adman såg förvånat tillbaka på den lilla gruppen som stod och stirrade på honom.

-Yes, sa han tillbaka. -I'm a muslim, why?

-Do you belive in paradise and nice girls?

Adman visste att han inte skulle skapa onödig kontakt samt att också hålla sig lugn, men dessa personer hade tilltalat honom när han hjärna var upptagen med annat. Därför hade han svarat utan att tänka på eventuella konsekvenser. Han skulle i och för sig aldrig förneka sin tro, så att svara på en fråga om han var muslim och troende som han tolkade var det de frågade så var hans självklara och sanna svar ett ja.

-Paradise, sa de igen och pekade mot himlen.

-Yes, sa Adman. -I belive in paradise.

-You know now when Lemmy is dead, there are no virgins in heaven anymore, sa han som verkade vara den informella ledaren i gruppen. Därefter började de att skratta och peka mot Adman.

-Han fattar inte att han är lurad, sa den andra killen.

Tjejen såg på Adman med små men samtidigt hårda ögon.

-You are fooled, sa hon och pekade samtidigt med sitt finger rakt not Adman.

De skrattade igen och klappade om varandra och gick sedan därifrån. Adman stod kvar och förstod inget. Vem var Lemmy? Lemmy en person som tydligen var död? Kunde det vara han som hade dött i slussen. Kanske var det därför den kvinnliga polisen inte hade visat någon påverkan av döden. Den där Lemmy var kanske en ond människa. De här personerna var bevisligen glada. Var det på grund av att den här Lemmy var död? Adman skakade på huvudet och försökte bli av med alla konstiga tankar. Han hade haft tur två gånger på en kort tid, han kände att han kanske inte skulle ha samma tur en tredje gång så han borde nu ta sig tillbaka till flyktingförläggningen. Där skulle han vänta ut dagen för att sedan till kvällen ta sig tillbaka till kojan. Det borde vara lugnt nu tänkte han. Han behövde verkligen sova i natt för han visste det var en viktig dag i morgon.

Kapitel 9
Nutid

Göran, Anton Lundström samt Camila satt i Göran lilla rum och tittade på varandra. Lunchen hade passerat sedan länge och det hade blivit sen eftermiddag innan de till slut hade fått ihop detta informella möte.

-Ok, sa Göran. -Summering, var står vi? Anton? Något nytt kring identifieringen?

Göran kände att det var många frågor på en gång så han gav Anton några sekunder att tänka. Anton satt fokuserad men tittade snart upp från sina papper där han hade alla sina anteckningar.

-Ove har gjort oss en stor tjänst. Han har redan skickat in de uppgifter om personliga kännetecken, tandkort etcetera som gör att man kan få träff i registret för försvunna.

Det har i och för sig inte gått så jättelång tid sedan i söndags. Då han bör ha försvunnit eller avvikit kanske man ska säga. Men om han har anhöriga så borde de ha kontakt oss på polisen eller någon annan myndighet eller liknande vid det här laget. Anton tystande en sekund medan han såg ned på sina papper igen, kanske fanns svaret redan där fast han inte såg det.

-Jaha, sa Göran. -Bra fortsätt så. Försök vara lite påhittig, vi kanske kan få träff där vi minst anar det. Det kan inte finnas hur många män som helst som är i 55-60 års ålder och i sådant bra skick som han var i, enligt Ove alltså. La Göran till när Camila tittade lite snett på honom.

-Camila, vad har du att berätta, har du hittat något eller någon som har sett något? Camila kände fyra stycken nyfikna ögon som tittade på henne.

-Både ja och nej, sa hon. -Ni minns att han från Ottosson mekaniska, han som hade sett en person stå och titta eller snarare bevaka dem som han uttryckte saken.

Göran och Anton nickade ikapp, hon gjorde en konstpaus och fortsatte sedan.

-Jag tog en sväng på andra sidan kanalen och hittade efter ett tag en liten koja, en bit in skogen. Det var ingen vanlig koja som barn bygger och leker i utan detta var något annat. Den var ombonad och det kändes definitivt att det var någon som, ja bodde i den. I varje fall lite då och då.

Göran såg på henne. -Har vi möjligtvis ett vittne eller tror du något annat?

Camila var tyst och syntes tänka.

-Jag vet inte, sa hon efter några sekunders betänketid. -Jag är osäker, det är någonting som jag inte riktigt blir klok på. I varje fall, jag hängde kvar där i omgivningen och efter ett tag kände jag att jag också var bevakad. Du vet man känner verkligen att någon tittar eller till och med stirrar på en. Det fullkomligt bränner i nacken. Så jag låtsades att gå därifrån för att se om personen som bevakade mig skulle följa efter, och det gjorde han.

–Han, sa Göran och såg stint på Camila.

-Jo en han, sa hon. -Jag lyckades med mitt lilla trick och han gick rakt i fällan. Han försökte inte ens dölja att han hade blivit påkommen. Han visade sig vara en nyanländ förresten, alltså en flykting. Han berättade för mig att han kommer från Irak och det kan nog vara sant. Jag kan varje fall inte avgöra det i med någon bestämdhet. Vi pratade engelska, han var vältalig och ingen dumbom. Det kan jag i varje fall säga med min säkerhet i pant. Han hade ett mycket bra uttal och det han berättade var grammatiskt korrekt och allt sådant där. Jag tror att han försökte att hålla igen lite på orden, ja att inte lägga ut texten så att säga. Det plus att han svarade helt trovärdigt på alla mina frågor gör att jag anser att han skulle kunna vara till hjälp om han hade sett något.

-Om han hade sett något? Sa Göran.

-Stämmer, sa Camila. -Vi hade en relativt lång diskussion om kojan och om i söndags natt. Han hade varit i kojan det erkände han. Det är han som också sover där förresten om ni funderade på det. Jag frågade om han behövde hjälp med en riktig sovplats. Jag tipsade om kommunen eller vår flyktingförläggning. Jag fick då reda på att redan kände till flyktingförläggningen. Han sa att bodde där och han behövde ingen hjälp sa han.

-Men om han bor på flyktingförläggningen varför sover han då i en koja i skogen? frågade sa Anton och såg ut som ett frågetecken hela han.

-Jo det är en bra fråga sa Camila. -Tyvärr har jag inget svar på den frågan. Men jag tror inte att han ljög om att hade spenderat natten till måndag i kojan, och troligtvis flera nätter före det men varför? Det är som sagt en bra fråga.

-Ursäkta men du sa *om* han hade sett något. Göran avbröt den tråden som han ansåg var mindre viktig för tillfället.

-Ja just det, sa Camila. -Som sagt vi hade bra diskussion om natten mellan söndag och måndag. Han eller Adman, ja så heter han förresten. Han sa att han hade vaknat av ett bankande, ett bankande som han först inte kunde placera. Hon blev tyst någon sekund.

-Jag menar sättet som han utryckte sig på och vad vi vet nu så tror jag att han hörde när mannen i slussen blev uppspikad helt enkelt.

-Ok, sa Göran. -Han hörde alltså något, berättade du att det var på grund av att vi har hittat en död eller ja en död och mördad man i slussen, hängande från väggen i mellanlagringen som gjorde att vi var där och ställde frågor?

Camila tänkte snabbt efter.

-Jo det gjorde jag. Inte direkt kanske men jag smög in det efter ett tag när jag kände att samtalet skulle kunde ge mer om han visste eller rättare sagt att vi i samtalet skulle göra det helt

klart att så var fallet. Om Adman visste detta redan innan jag
började ställa frågor kan jag inte avgöra. Kanske, kanske inte.
-Vad är det du menar? Sa Anton. -Tror du att det kan vara han
som ändå är gärningsmannen?
Camila stod tyst för en sekund.
–Kanske, sa hon. -Tveksamt men kanske.
-Ursäkta att jag tjatar, sa Göran. -Men du har inte svarat på min
fråga än, om han hade sett något? Hade han sett något eller
inte.
-Han hade inte sett något , sa Camila. -Bara hört.
-Tror du på det? Frågade Göran.
-Ja det gör jag, svarade Camila. -Antigen så har han inte sett
något precis som han säger. Annars så är det han som är
gärningsmannen, det finns inget mellanting så att säga.
Camila blev tyst en sekund innan hon med klar blick fortsatte.
-Jag kan inte avskriva det senare till 100 % men jag tror dock
inte det.
Camila stannade upp och svalde en gång innan hon fortsatte.
-Så ja jag tror på honom när han säger att han inte har sett
något.
-Ok, sa Göran. -Låt det gå en dag och sök upp honom i morgon
igen. Ta det nere på flyktingförläggningen så kan vi efter din
rekommendation bestämma om det är en sanning eller inte.
Anton, fortsatte Göran och vände sig om mot Anton som stod
och vaggade bakom sin stol.
-Sätt dig ner förresten jag blir lite nervös av din lilla dans.
-Ok, sa Anton. -Men du vet att jag har det där krypet i benen när
jag egentligen vill gå tillbaka och fortsätta jobba.
-Absolut, sa Göran. -Det skall vi alla göra men vi måste ta detta
först. Identifieringen? Har vi någon mer plan för att kunna få
mer fart i detta?
Anton satte sig ner i stolen, lättad att det nu var hans tur att få
lite sändningstid. Inte för att han vill vara den som alltid skulle
ta mest plats eller alltid var tvungen att säga något. Men han

hade ett litet behov av att alltid känna att han bidrog till att gruppen kunde komma framåt. Att han var med och förädlade informationen som de hade. Samt att han bidrog till att alla visste lite mer efter mötet än vad man visste innan mötet hade börjat.

Fick han till detta ja då fungerade han som allra bäst. Han öppnade nu sin anteckningsbok och bläddrade fram rätt sida. Det stod oroväckande få ord på denna sida. Han kunde i och för sig allt som stod där helt utantill men detta med att ta fram sitt anteckningsblock var en rutin som samtidigt skapade en säkerhetskänsla när man förväntades säga något.

-Ja, sa Anton. –Som jag sa förut så har Ove på rättsmedicin gjort allt det han sa att han hade gjort, alltså skickat in all den information som han kunde få fram. Alltså fingeravtryck samt tandkort och info om tatueringarna. Så nu bör det sitta någon i Stockholm och kollar de uppgifterna mot den allmänna information som polisen i Stockholm har om försvunna personer. Om vi får träff där ja det hoppas jag men vi behöver lite tur. Jag har också letat i de listor som finns över försvunna personer, men jag har ännu inte hittat något som passar. Alltså inga rapporterad försvunna personer matchar vår okände eller som de säger i staterna, John Doe's signalement. Jag kommer att ringa till Stockholm direkt i morgon bitti för att se hur det går. Anton stannade upp och andades. Göran tittade upp för att se om han var klar eller om det skulle komma mer. Anton gav honom en blick som sa att han inte var klar ännu utan han hade lite mer information att förmedla.

-Jag har letat på nätet om tatueringen som Ove nämnde, ni minns den lilla sfinxen. Jag har kanske hittat något. Men samtidigt så finns det ju så mycket där ute på nätet. Allt som man hittar behöver ju inte vara sant bara för någon har skrivit det och skapat en hemsida eller på något annat sätt gjort just det materialet tillgängligt och sökbart.

-Jo, sa Göran. -Det stämmer. Vilka är det egentligen som har så mycket tid så att man kan sitta och skicka ut i princip vad som helst på nätet. Och var sparas allt? Det skulle jag vilja veta. Var står alla dataservrar egentligen?

-Öhh det vet jag inte, sa Anton som nu var så inne i sin berättelse att han först inte uppfattade frågan som en ickefråga utan han såg det som självklart att han skulle försöka besvara även denna.

-Glöm det, sa Göran. -Det är inte viktigt i detta sammanhang. Fortsätt vad har du hittat om sfinxen?

-Hittat är kanske är ett för definitivt ordval just nu men det finns antydningar till att det har funnits och även finns andra som har just denna tatuering. Något säger mig att det kanske kan vara ett märke eller kännetecken för en gruppering. Kanske är det alltså en klubb med medlemmar över hela världen. Jag vet inte mer just nu. Små kopplingar till denna tatuering dyker upp i bisatser på vissa tatueringsforum. Folk har sett personer med just denna tatuering och skulle vilja ha en sådan men som sedan inte kan få någon träff på en tatuerare eller någon som känner en tatuerare som gör just denna tatuering. De enda svar som frågeställarna får tillbaka är att någon annan skriver att de har också sett någon som har just denna tatuering. Inte var själva tatueringen kan beställas. Just denna typ av chat information finns från olika delar av världen. Jag har två fall i USA, tre i Europa samt ett i Ryssland. Även rapporter att tatueringen har setts i mellanöstern. Just denna info kommer inte från ett chatforum i mellanöstern utan det var på ett amerikansk forum där en person skrev att han hade sett denna tatuering på en person i Saudi alltså Saudi-Arabien. Mer än så har jag inte just nu.

Anton gjorde en konstpaus.

-Jag tänkte faktiskt att jag skulle lägga upp bilden vi har fått från Ove på ett sådant forum och se om man får någon reaktion. Han blev åter tyst

-Får jag det förresten? Jag menar även om bilden kanske inte visar det så är det ju en död man som delvis visas, vad tror ni? Det blev tyst i rummet innan Camila sa. -Kör på, killen kommer inte att klaga i varje fall. Göran nickade tyst.
-Ok, sa Anton och tillade sedan. -Vad det gäller identifieringen så får vi hoppas på turen. När det blev tyst i rummet så kunde de alla konstatera att det hade blivit mörkt ute.
-Tiden går fort när man har roligt, sa Göran samtidigt som han försökte dölja en gäspning.
-Vi får ta nya tag imorgon. Jag misstänker att snart så är det slut på friden och vi kommer att få sitta här tills vi ser något på andra sidan av alla frågor. Vi måste alltså börja med att leverera svar också att säga.
De andra nickade och reste sig upp, alla för att ge sig hemåt i den svala vårkvällen.

Tur är ett märkligt ord. Tur kan man ha i många olika saker, som spel eller kärlek. Att alltid landa på fötterna är ett annat sätt att beskriva detta. Eller förmågan att undvika olyckor på de märkligaste sätten. Eller för den delen att kanske inte ha en uppenbar tur men att aldrig drabbas av otur som är motsatsen. Vissa människor är förknippade med tur andra är förknippade med otur. Vanliga människor brukar dock ha en helt jämn fördelning av både tur och otur. Begreppen tur och otur brukar hänga ihop i en händelsekedja och följer man den bakåt så är det fascinerande att se hur vissa händelser och aktiviteter som är helt obetydliga för vissa kan leda till både tur eller otur för den delen hos någon annan person. Kajsa Larsson var just detta, en händelseperson som utan att förstå det själv skulle påverka Anton Lundströms tur i detta fall.
Kajsa Larsson hade bestämt sig i unga år att hon skulle bli den grävande polisen. Den som fick alla löst hängande trådar att kopplas ihop. Hon ville vara personen som fick fallen att avancera när ingen annan såg någon väg framåt. Hon hade från

7 års ålder varit fascinerad av alla tänkbara deckarhistorier där berättelsen isig lyfts fram av de personer i berättelsen som kommer med de avgörande lösningarna. De som verkligen kan lägga det svåraste av pussel och från ett antal olika incidenter sedan se en händelsekedja och därefter kunde ana lösningen. Ett kanske inte allt för vanligt intresse från en flicka som inte ens hade fyllt tio år. Intresset hölls sig sedan fast hos Kajsa under årens lopp och nu efter ett idogt kämpande tillsammans med en strävan att träffa de rätta människorna och hitta den rätta utbildningen så hade hon hamnat på avdelningen för försvunna personer på polisens riksenhet i Stockholm. Avdelningen är precis vad namnet antyder och på plats i Stockholm har man också ett nationellt samt återkopplat internationellt uppdrag. Man sköter där den svenska samordningen från alla de lokala polismyndigheter som förstås hanterar de specifika uppdragen i sitt närområde. Folk försvinner alltid lokalt med den är på den sammankopplade nationella enheten som det mest av jobbet görs för att bokföra och söka samt jobba med identifieringen av okända människor. Alltså att hantera personers försvinnanden kort och gott sagt. Alla människor som försvinner behöver förstås inte vara sammankopplat med brottslighet. Mycket är förstås rena olyckor men bland alla dessa försvinnanden som sker varje år så finns det också brottslighet gömt. Både av den art där den försvunna personen i fråga har blivit utsatt för något brott men också många fall där personer försvinner självmant för att dölja sin egen eller annans brottslighet. Kajsa som nu satt på sitt första riktiga jobb efter ett flertal olika praktikplatser som hon hade haft samordnat med sin utbildning. Hon var i princip klar med sin utbildning men eftersom hon hade visat så mycket kvalité i sitt studerande samt alla goda referenser som hon hade lyckat få ihop under sin fem års långa studier efter avslutat gymnasium så kunde hon redan nu ståta med en fast tjänst. Detta trots att hennes stora elevarbete inte ännu var

helt klart. Detta jobb var kanske inte hennes drömmars mål men det var ett stort steg på vägen. Denna tjänst och erfarenhet med riktiga cold case plus hennes elevarbete som närmade sig sitt avlutande skulle sätta pricken över I:et för hennes utbildning inom polisväsendet. Elevarbete som hon hade valt att fördjupa sig i var om de ännu ej återfunna svenskar i den stora Tsunami katastrofen i Sydostasien 2004. Ett elevarbete om varför men också ett register över alla fortfarande saknande människor. Om dessa människor verkligen var döda eller faktiskt hade utnyttjat katastrofen som en möjlighet att gå under jorden kunde inte elevarbetet svara på men det kunde i varje fall belysa detta faktum att det finns folk som passar på och utnyttjar ett tillfälle som är så förknippat med så många människors sorg och lidande för egen vinning skull. Sådana fall var och är faktiskt vanligare än vad gemene man kan eller kanske vill tro. Detta var heller inte första gången som de mer ljusskygga individerna som vandrar mitt ibland oss vanliga Svenssons hade utnyttjat möjligheten till en lösning för att göra en snygg sorti och sedan skaffa sig en ny identitet. Ibland kunde det för dessa individer vara mycket fördelaktigt att låtsats att man hade befunnit sig på en plats och då förolyckats helt enkelt. Detta tillvägagångsätt hade till exempel också använts vid Estonia katastrofen ca 10 år tidigare. Dessa cold case fall bland alla andra typer av cold case hade fascinerat Kajsa. Hon kunde inte riktigt förklara det men hon trodde att det berodde på att hon hade en moster som hade förolyckats på riktigt vid Estonia katastrofen. Där hade just misstanken funnits att hennes moster hade utnyttjat detta tillfälle för att lösa en ekonomisk jobbig situation. Anledningen skulle ha grundad sig från hennes eget företag som hade gått i konkurs strax innan att fartyget Estonia sjönk. I och med konkursen så hade hon av förklarliga skäl fått stora ekonomiska problem mycket på grund av flera och stora obetalda skulder som hade staplats på varandra under den sista jobbiga tiden i företagets korta historia. Sanningen var dock mycket enkel och inte alls så komplicerad som vissa verkade vilja tro. Hon hade helt enkelt haft en alldeles för dålig affärsplan. Kajsas moster hade en så stor vilja och tro på sin idé om att driva ett café där allt skulle vara gjort på plats, närodlat och ekologiskt. Hon hade varit före sin tid men då inte fått det genomslag som hon säkert skulle kunna ha fått idag. Hon hade förstås en affärsplan på pappret, det var något som man måste ha för att överhuvudtaget kunna starta sin egen rörelse. Men för banken hade det enbart varit en aktivitet att boka av. Man hade inte som granskade funktion gjort sitt jobb och faktiskt också granskat affärsplanen. Att det var ett luftslott skrivet av en person som hoppades mycket mer än vad som var realistiskt möjligt brydde man sig inte om. Allt i samhället var då på topp och hjulen snurrade på för fullt. Banken hade som mål att låna ut pengar till höger och vänster men med väldigt liten koll på att de som lånade pengar hade den täckning som de skulle behöva, om affärsplanen som i detta fall inte skulle bära fullt ut. Men det finns tyvärr inga hjul som kan snurra i all oändlighet. Alla hjul slutar någon gång att snurra, så även dessa hjul och då fick landet Sverige också en ekonomisk kris. Självklart påverkade även detta att Kajsas moster fick det än jobbigare med att driva sitt café. Men Kajsas moster hade inte flytt och gått under jorden. Hon hade växlat upp och nästan knäckt sig själv med att försöka rädda sin verksamhet. Men när det inte fungerade längre och en konkurs var den enda möjliga utvägen så hade hennes närmsta vänner och familj samlat in lite pengar och bjudit henne och hennes man på en resa till Estland, där de skulle bo på ett lite finare hotell med fin service och god mat. De hade gjort vad de kunde för att ge Kajsas moster en chans att vila ut och försöka glömma det tråkiga för några dagar. Så med på resan hade därför också hennes man varit. Han hade dock klarat sig och överlevt själva förlisningen. I efterdyningarna av förlisningen och den anklagande tonen från myndigheter som vägrade dödförklara

Elsas moster så blev det mycket jobbigt för honom med en sorg som aldrig riktigt kunde börja bearbetas på rätt sätt. Myndigheterna hade sina misstankar eftersom Kajsas mosters kropp aldrig hade återfunnits. Detta plus den lägliga tidpunkten att försvinna tolkade man då som ett enkelt försök för att slippa betala alla sina skulder. Denna misstanke mot den person som Kajsas morbror älskade mer än allt annat, samt också den stora saknaden, gjorde att han hade begått självmord i sviterna av den stora sorg som han kände. Han hade aldrig fått chansen att verkligen kunna sörja henne eftersom hon i myndigheternas ögon inte var död. När Kajsa sedan växte upp och tillfullo förstod denna historia så föddes intresset och drivkraften att sätta stopp för fler felaktiga dödsfall som hindrade de riktiga att erkännas. Hon hade därefter specialiserat sig på Thailand och tsunamin som låg mer rätt i tiden för hennes generation. Hon hade nu listor på alla svenskar som hade försvunnit eller sas vara försvunna. Hon jobbade mer eller mindre alltid med denna lista i bakgrunden. Alla cold case och fall med försvunna människor och okända människor som hon kom i kontakt med i sitt riktiga jobb kors-körde hon alltid med sin tsunami lista. Så nu när Kajsa hade fått fallet med den hängande personen från slussen på sitt bord så gjorde hon inget undantag. Hon körde enligt sin egen rutin all information om de kännetecken som fanns från mannen i slussen tillsammans med ett uppskattat födelseår mot sitt eget tsunamiregister. Hon använde ett födelseår som var baklänges framräknad från den ålder som var Ove Bengtssons bästa gissning. Kajsa kliade sig lätt på underarmen samtidigt som hon såg på sin dator och det lilla timglaset som sakta rörde sig runt runt på hennes bildskärm och på så sätt talade om att datorn jobbade. I och för sig behövde hon inte se timglaset, men det var ändå lite avslappnande när hon satt och väntade med vetskapen att just nu körde datorns hårddisk all den inmatade informationen mot alla de register som hon hade skapat för just detta syfte. Hon

visste inte om hon skulle få träff men det kändes i varje fall bra
i magen. Kanske skulle hon kunna hjälpa andra och på så sätt ge
lite mer upprättelse till sin moster och morbror.

Kapitel 10
Dåtid

Det hade gått knappt ett år sedan korset brann och den
efterföljande explosionen vid köksbordet. Hon hade nu sedan
några månader tillbaka faktiskt kunnat sova hela nätter igen.
Även resten av familjen hade också lyckats förtränga mycket av
de hemska och jobbiga händelser som de hade råkat ut för. Det
var i varje fall så hon kände det. Hennes lilla familj hade inte
flyttat vilket skulle kunna vara den enkla lösningen. Det hade
definitivt förekommit diskussioner om detta i familjen eller
rättare sagt mellan mamma och pappa. Under flera kvällar hade
hon låtsat sova och när hon var säker på att mamma och pappa
inte hörde henne så hade smugit upp ur sängen och försiktigt
tassat fram till köksdörren som brukade stå på glänt. Där på var
sin sida om köksbordet satt ofta mamma och pappa på samma
sätt varje kväll. De hade gjort så ända sedan den kvällen med
explosionen. De satt där vid köksbordet som de nu hade flyttat
till ett annat ställe i rummet. Bordet stod inte längre placerat
vid fönstret som det hade gjort förut. Nu stod köksbordet mot
den andra väggen och på så sätt så skapades ett betryggande
avstånd, eller i varje fall ett så betryggande avstånd som det nu
gick att få till, från det lagade och numera hela köksfönstret.
Där satt de, mamma och pappa. Hon hade hört att de ibland
hade talat om att flytta, men ofta satt bara mamma med sitt
huvud begravet i händerna och grät. Hon grät vanligtvis mycket
tyst, troligtvis för att inte väcka barnen. Pappa brukade bara
sitta där och tittat på henne. Det var pappa som skulle vara den
starka i familjen. Men alla i denna familj visste att det var
mamma som bestämde, och när hon var ledsen som i detta fall
så visste inte pappa hur han skulle bete sig. Han försökte
visserligen trösta men visste att mamma först skulle behöva
komma till sans innan de kunde fortsätta att diskutera sin

tillvaro. Så efter ett tag, med mer eller mindre samma rutin varje kväll, så hade mamma till slut upphört med att gråta och nu var hon tillbaka att vara den starka igen. Hon var kittet som höll ihop denna familj, en förutsättning för att kunna komma framåt i sin tillvaro. Mamma och pappa hade då återigen börjat diskutera att flytta, det hade hon förstått där hon satt tyst på andra sidan köksdörren och tjuvlyssnade. Hon kunde också höra att de diskuterade henne. Hon kunde höra föräldrarna säga till varandra, att eftersom deras stora flicka nu verkligen trivdes i skolan och att det också gick så bra för henne i skolan gjorde att de tvekade. Att rycka upp familjen igen, från allt detta som de faktiskt hade lyckats att skapa tillsammans, kändes svårt när allt kom omkring. De förstod också att de skulle behöva hoppas mycket på turen för att hitta en ny skola, en skola som skulle fungera lika bra som den skolan som de nu hade. Så när de vägde allt samman så kändes det inte så motiverande att flytta. De tänkte också på deras lilla flicka, även hon skulle snart börja skolan. Tryggheten med en äldre syster som var redan var bekant men miljön skulle säkert underlätta. Så de hade därför bestämt sig för att härda ut, ett tufft och svårt beslut men så fick det nu vara. De måste försöka hålla det onda från sina flickor, så gott nu det gick. Så hade det också blivit och det hade fram tills nu gått bra. Det var i varje fall deras slutsats nu så här knappt ett år efter den obehagliga explosionen. Männen som hade stört dem hade inte synts till på ett bra tag. Det deras familj hade råkat ut för var förstås vida känt i bygden men händelserna fick inte den uppmärksamhet som de kanske borde ha fått. Mer fanns faktiskt en antydning om att det kanske inte var så farligt egentligen. Ingen hade ju blivit skadad, så var det inte bäst att försöka att glömma och förtränga det som hade hänt. Det fanns nog också en stor del av skam hos de som bodde i detta samhälle. Men enligt en fin gammal svensk tradition så levde man här efter devisen att onda saker försvinner bäst och fortast om man inte pratar om dem. Ibland kan det också, till och med, vara så att det aldrig har hänt om man aldrig tar upp det igen. I varje fall kan en känsla att så är fallet skapas. En känsla som efter en tid blir som en verklighetskänsla.

De hade inte förstått detta förhållningssätt, som verkade vara just en svensk tradition. Men sakta allt eftersom tiden förlöpte så verkade det nu som att det faktiskt fungerade. Just denna söndag satt hela familjen ute på baksidan och nöjt av den varma juni solen. Efter sommaren skulle Ana börja första klass och det var en stor sak för familjen. Ana förstod inte riktig all uppmärksamhet. Visst det skulle bli roligt att börja skolan men det var ju ännu roligare att vara hemma med mamma och leka hela dagarna. Ana hade fått veta att i skolan skulle man mest sitta still i skolbänken. Att lära sig läsa, skriva och räkna. Räkna, men det kunde hon redan och varför hon skulle lära sig att läsa, det förstod hon inte. Hennes mamma kunde läsa, och läste för henna varje kväll innan hon skulle somna. Hon var lite rädd för att detta skulle betyda att hon nu skulle behöva läsa själv och att det skulle vara slut med att mamma läste för henne. Det kändes bara så onödigt, det var ju mycket bättre och mysigare när mamma läste.

Många tankar for runt hos den lilla person som på ett sätt fortfarande var ett litet barn. Men som samtidigt skulle behöva nästan över en natt bli stor, varje fall i familjens ögon. Ana tittade på sin pappa med stora ögon samtidigt som hon sa.
–Pappa.
-Ja Ana, svarade pappa. -Vad är det?
-Är det bra eller dåligt att vara en svartskalle? Frågade hon.
Pappa satte sig upp i stolen och tittade tillbaka på Ana.
-Vad menar du med bra eller dåligt?
-Jo, svarade Ana. -När jag var med mamma i affären så sa en dam åt mig *Flytta på dig svartskalle*. Så det gjorde jag men hon lät så arg på mig fast jag inte gjort något. Jag är ju en svartskalle

eftersom jag har svart hår på samma sätt som Lisa är en
ljusskalle.
Lisa var en flicka i samma ålder som Ana och som bodde på
andra sidan av den lilla skog eller större dunge som skiljde
deras hus från ett antal andra hus, som också var deras
närmsta grannar. Flickorna med sina föräldrar hade träffats
några gånger på en lekplats som låg rätt nära Lisas hus och sett
på när småflickorna lekte med varandra.
-Men, sa Ana. -Tanten lät så arg så därför undrar jag om det är
dåligt att vara svartskalle? Kanske är det bättre att vara
ljusskalle som Lisa, är det så pappa?
Innan pappa hade hunnit svara så fortsatte Ana.
-Är det så, då vill jag också vara ljusskalle. Alla vi är svartskalle
men om jag skulle vara ljusskalle så skulle jag kanske vara bäst.
Jag tycker det skulle vara bra för jag är minst och om jag fick
vara ljusskalle så blir det rättvist. Alltså om jag blir bäst på att
vara ljusskalle.
Ana tittade på sin pappa och nu även sin mamma som också
hon hade satt sig upp och med stora ögon tittade på sin minsta
dotter.
-Det är inget dåligt med att vara svartskalle, sa hon innan pappa
hade hunnit kommentera sin dotters fråga.
-Det finns heller inget speciellt bra med att vara svartskalle.
Alltså det jag menar är att ha svart eller ljust hår det spelar
ingen roll för om man är bra eller dålig.
Mamma tittade på sin lilla flicka och fortsatte sedan.
-En sak skall du veta Ana. För oss, alltså för pappa och mig, så
är du alltid bäst, tillsammans med din syster förstås.
Hon log sitt allra största leende, det var inte ett sådant där
tillgjort leende utan det var ett sådant leende som bara en
förälder kan ge till sitt barn. Ett leende som inte betyder att
man står i skuld och behöver betala tillbaka något. Ett leende
som utan är utan krav bara visar hur mycket kärlek som det
finns mellan en mor och en dotter.

-Ahh vad bra, sa Ana. -Men vet ni, jag var lite olydig i varje fall.
-Jaså, sa pappa. -Vad menar du med det då?
-Jo, sa Ana. -Tanten sa åt mig att jag skulle resa hem dit jag kom
ifrån men jag tänkte att även fast jag hittar hem själv så kan jag
inte lämna mamma. Så därför lydde jag inte tanten. Jag sa till
tanten att jag skulle göra så men jag bara sprang därifrån för att
hitta mamma. Jag sprang inte hem som hon sa.
Ana kunde se att mamma fick något i blött blicken, grät
mamma? Ana blev lite rädd att hon hade sagt något dumt eller
något fel så hon tittade på pappa igen och sökte hans blick.
Pappa hade vänt sin blick nedåt och såg nu stint rakt ned. Hans
blick var nu bara tom och ofokuserad. Ana blev mer orolig och
trodde att hon hade gjort något allvarligt fel.
-Gjorde jag fel? Sa hon. -Skulle jag ha lytt tanten och sprungit
hem som hon sa?
Mamma och pappa var tysta.
-Nej, sa hennes storasyster som hade kommit in i rummet och
ställt sig bakom sin lillasyster. Hon såg på sina föräldrar som
för att tala om att nu fick det vara nog samtidigt som hon
kramade sin lillasysters axlar lätt.
-Du gjorde inget fel du gjorde rätt. Det var tanten som var elak.
Hon hade ingen rätt och skulle inte ha sagt så där. Du gjorde allt
rätt, så det så.
Ana såg på sin syster med stora ögon och mycket tacksamhet.
Jag vill bli som henne när jag blir stor tänkte hon.

Kapitel 11
Nutid

-Killen är död, ropade Anton.
Efter en natt där inga nya döda män som de kände till hade spikats upp så hade de alla återkommit in till kontoret. Göran stod i sitt rum och förberedde morgonmötet när han hörde Antons rop som ekade runt i lokalen.
-Killen är redan död, ropade Anton igen samtidigt som han med snabba steg tog sig in i Görans lilla rum.
-Vänta lite, sa Göran.
Han tittade genom glasfönstren, som skilde hans tysta rum från det övriga kontoret. Han sökte med blicken i deras gemensamma kontorslandskap som fanns där utanför glasrutan. Han ville se om Camila var på ingång, vilket han nu till sin lättnad också kunde se att så var fallet. Camila kom med snabba steg tillsynes nyfiken för att också ta del av det som Anton tydligen hade upptäckt.
-Vad är det som tydligen är så viktigt att man behöver skrika ut det så att halva staden kan höra det? Sa hon när hon kom in i det lilla rummet.
Göran tittade på Anton som såg ut att sprängas om han inte fick berätta vad han visste. Göran visade Anton med sin hand att han snart skulle få sin chans.
-Ok, sa Göran när han lilla grupp nu var samlad och dörren hade stängts efter Camila
-Ny dag, nya utmaningar, Anton Lundström vad är det som har hänt? Vem är det som är död?
Anton andades fortfarande alldeles för snabbt. Men lyckades på några sekunder lugna sig så att han faktiskt kunde börja tala förståeligt.
-Ni vet igår när jag sa att vi måste ha lite tur med identifieringen.

-Jaaa, sa Camila och Göran med en mun.

-Det hade vi, fortsatte Anton.

-Jag hade svaret i morse när jag kom. Någon hade jobbat över i går och det är jag evigt tacksam för, Kajsa någonting, sa Anton och blev tyst.

Han funderade ett tag och kom sedan på sig själv att det var nog inte Kajsas efternamn som Göran och Camila stod och väntade på att få höra.

-Jo, fortsatte han. -Killen är död jag menar han dog redan 2004 i Thailand. Ja han dödförklarades inte förrän 2005, men han dog 2004 i den stora tsunamin.

Det blev tyst i några sekunder.

-Nu fattar jag inget, sa Göran. -Vad är det du menar, har det hängt en död man i över tio år på slussväggen eller vad är det du försöker säga.

Anton tittade på Göran med en liten besviken min.

-Nej, sa Anton. -Killen är dödförklarad sedan knappt tio år. Det är det jag säger. Det finns fler gåtor att besvara än enbart den uppenbara tydligen.

Göran tittade igen på Anton.

-Ursäkta, sa han. -Det var inte mening att håna dig men jag blev bara så paff. Kan du ta det där igen och inte så intensivt denna gång. Jag måste tänka samtidigt som jag lyssnar och det är inte alltid det lättaste.

-Ok chefen, sa Anton och började om igen. -Alltså hon i Stockholm Kajsa någonting lyckades direkt. Hon har visst något eget register som hon har skapat med information om alla svenskar som har försvunnit i stora katastrofer. Ni vet Estonia, Tsunamin i Asien, Jordbävningar i Kina osv. Hur som, hon körde all info om vår hängande kille mot sitt register och, hon fick träff. En Åke Svensson trillade ut. Åke var tydligen också ett mindre bus kanske man kan säga. Då i mått av sin tid alltså vilket är så där för 20-30 år sedan. En kille som tydligen har gjort en hel del av sådant som buset då höll på med.

Misshandel, bilstölder några mindre rån, ja ni fattar. Sedan blev det tyst, jag menar det sista jag har på honom innan han dog, *dog* i Thailand alltså, är en misshandel och en misstanke om vållande till annans död. Anton tog en konstpaus.

-Vållande till annans död blev han också fälld för. Jag skall rota fram lite mer om rättegången. Men fakta är att han fick fängelse eller vård, jag är inte riktigt säker på vilket. Jag skall som sagt ta reda på det. Fem år som inlåst ska det dock vara. Sedan bör han ha kommit ut men där tar det helt slut. Alltså därefter inget. Tills att han alltså blir rapporterad försvunnen i Thailand. Han rapporteras saknad av sin mor. Därefter när ingen kropp har dykt upp, men lång tid har gått, så blir han alltså dödförklarad. Sedan fram till nu alltså så är det förstås tyst om Åke. Vilket i sig inte är så konstigt eftersom han är död.

Anton kunde inte låta bli att dra lite på munnen, han tyckte i varje fall att han var lite rolig. De andra verkade inte förstå hans humor utan såg bara stint på Anton med en gemensam blick som tydligt sa, fortsätt. Anton sög in ny luft och fortsatte med sin historia.

-Tills nu, när han dör igen alltså och hittas hängande i slussen. På vår baksida till att råga på allting så att säga.

Det blev tyst i rummet. Göran och Camila fortsatte att titta på Anton. De ville för allt i världen inte missa om det skulle komma någon mer info. Men Anton verkade klar, i varje fall för nu eftersom han bara kunde titta tillbaka med en min som mycket tydligt sa. *Japp nu var jag klar.*

Så vad blir vårt nästa steg chefen? Sa Anton med sin frågande blick. Göran förstod blicken, tänkte i två sekunder och tog sedan till orda.

-Bra jobb Anton Lundström, mycket bra. Ibland skall man ha tur med det räknas det också som Arne Hegerfors skulle ha sagt.

Det blev tyst i rummet innan de andra förstod att Göran bara
köpte sig lite mer tid, med Arne Hegerfors citatet, innan han
skulle börja dela ut uppgifter för gruppen att jobba vidare med.
-Anton, sa Göran. -Fortsätta med detta, ta reda på allt du kan
om denna... Han stannade upp och tittade på Anton.
-Åke Svensson, sa Anton.
-Just så, fortsatte Göran. -Åke Svensson, kolla särskilt upp den
sista tiden alltså det som ledde till fängelsedomen, samt det där
om hans mamma och dödförklaringen. Med lite tur så kanske
hon kan vara kvar i livet eller vad tror ni?
-Jag är på, sa Anton och gjorde sig redo att bryta upp och gå
tillbaka till sin dator och sina anteckningar.
-Camila, sa Göran.
Camilla såg nyfiket upp, hon hade lyssnat med stort intresse på
Antons berättelse och var också på för nya uppgifter.
-Ta en sväng till flyktingförläggningen och träffa den där ...
killen igen.
-Adman, sa Camila.
-Adman, sa Göran. -Bara för att ett namn inte sätter sig i min
skalle första gången jag hör ett nytt namn så betyder inte det
att jag inte lyssnar, eller bearbetar den fakta som ni har.
Göran såg på sina kollegor på samma sätt som han hade gjort
förut, och säkert skulle göra flertalet gånger igen. De visste och
han visste att de visste. Men han behövde för sin egen skull
säga det igen. Att det skulle vara så förbaskat svårt att få namn
att fasta, det var ett mysterium som han inte kunde lösa.
Detaljer om hårfärg på misstänkta, om de hade haft rutiga eller
randiga strumpor, hur vädret hade varit för två veckor sedan.
Allt sådant kom han ihåg, han behövde sällan tänka efter utan
det satt direkt. Men att namn skulle vara så förbaskat svårt
kunde han inte förstå. Han lärde sig alltid namnen efter ett tag.
Kanske efter tredje eller fjärde gången han hörde samma namn
och därefter var det lugnt. Men just detta att ha koll på namnen
direkt, det gick bara inte, så var det bara.

-Vi vet, sa Anton och Camila tyst och unisont med sina blickar.
Göran slappnade av, det behövde bara vara denna lilla process
innan alla var tillbaka igen på samma ruta där de hade stått
innan denna namnförvirring började.
-Ta dig som sagt till flyktingförläggningen, jag tror det vore bra
redan nu. Om det skulle vara så att Anton hittar något som
eventuellt kan kopplas till denne .... Adman så ringer du direkt
eller hur.
Göran tittade på Anton med en blick som inte gav Anton något
alternativ, vilket han i och för sig inte behövde.
Att ta direktkontakt med sin lilla grupp om något som kändes
relevant för utredningen skulle dyka upp kändes rätt självklart.
Här rådde det fullständig konsensus, informationen till de
andra var utredningens a och o.
-Absolut, sa Anton.
Göran tittade åter på Camila.
-Kolla med lite andra människor där, om det går förstås. Försök
att få en bild om vem han alltså Adman är och varför han verkar
spendera tid i den där kojan.
-Jag satt faktiskt och skrev just detta, sa Camila.
Det var ingen lögn för att smöra för sin chef utan det var dagens
understatement. Just vad andra, inklusive personalen, hade för
bild av denne Adman var nu Camilas mål för den utflykt som
hon snart skulle göra.
-Bra, sa Göran. -Jag vill att vi, direkt efter lunch samlas här inne
igen. Hinner du Camila?
-Jag skall göra mitt bästa sa Camila som redan var på väg ut ur
rummet.
Anton ryckte till och tog rygg på sin kvinnliga kollega.
-Efter Lunch om jag inte hittar något innan, sa Anton.
Medan han med snabba steg försvann ut ur Görans rum han
också och mot det skrivbord som han hade ockuperat dagen till
ära. Göran tittade efter dem.
Jag skall göra mitt bästa, tänkte han.

-Jo det behöver jag inte fundera två gånger på, mumlade han tyst för sig själv.

Han bet sig i läppen, Eva-Britt på kommunen, tänkte han. Hon skulle vilja veta hur det låg till med invigningsplanerna. Ja djävlar var en tanke som for som en blixt genom hans huvud. Slussen den är fortfarande att vara ansedd som en brottsplats och därmed stängd för allt och alla inklusive killarna från Ottossons mekaniska. Bäst att kolla med tekniska om det gick bra att ta bort de blåvita plastbanden och öppna upp slussen igen. Han hoppades på det. För då skulle det vara lite lättare att ringa till Eva-Britt och berätta att „„ mellanlagringen, eller vad nu bassängen mellan slussportana kallades, åter skulle kunna bli en arbetsplats. Då skulle Ottossons mekaniska kunna göra vad de nu måste göra för att invigningen skulle kunna ske på lördag som det var tänkt.

Lördag, tänkte Göran. Det var redan onsdag, tiden bara rusade fram. Göran funderade på vad det var som gjorde att tiden nu bara accelererade och det kändes som allt bara gick fortare och fortare. Förr så sa man att det känns som veckan segade sig fram, men till helgen då det äntligen blev fredag ja då kom söndagskvällen som ett brev på posten. Lördagarna hade då en tendens att bara försvinna undan. Ja då var det var Lördagen och helgen som var den period i veckan då allt gick mycket fortare. Men nu, nu flöt allt bara samman till en ständig ramsa. Måndag-fredag-måndag-fredag-måndag och så vidare. Han reste sig och gick ut i kontorslandskapet utanför. Göran mindes plötsligt att han hade, för ett tag sedan, råkat fastna framför en radiodokumentär som handlade om världsrymden.

Berättarrösten i dokumentären hade sagt att rymden var inte bara oändlig utan det var också krökt. Krökt, hade Göran tänkt för sig själv. Hur kan något som är oändligt också vara krökt? Han ansåg sig själv vara mer allmänbildad än rikssnittet men detta översteg hans förstånd.

Krökt, tänkte han igen. Han kände då inom sig att hans tankar nu drog i väg i ett håll som inte på något sätt var kopplat till deras fall med mannen i slussen.

Om man ligger i en kurva och snurrar, så där som vagnarna gjorde i den klassiska karusellen virvelvinden. Virvelvinden är en karusell som har ett stort bord som snurrar runt runt och på det bordet finns det korgar eller vagnar som också kan snurra men då runt sin egen lodräta axel. Han såg framför sig en äldre herre som gick uppe på det stora bordet och satte extra fart på de mindre vagnarna där man satt.

Ja fy då brukade det snurra till ordentligt, tänkte Göran och mindes plötsligt en svunnen tid.

Han hade kanske varit runt 12-13 år. Han mindes marknaden med alla marknadsstånd och tivolit som alltid kom till den lilla ort där han hade vuxit upp. Virvelvinden hade då varit en given favorit. Lika skrämmande som lockande. Han kliade sig i huvudet och log för sig själv.

Så är det förstås, han var tillbaka i världsrymden med sina tankar. På radion hade de också sagt att vår galax vintergatan rörde sig i universum. Hela galaxen samt vårt solsystem låg alltså inte stilla vid en fast punkt i den oändliga rymden.

Vår galax har kommit in i kröken, tänkte han. Så då har säkert denna krök i universum påverkat jordens rotation. Alltså jordens rörelse runt sin egen axel. Detta måste då göra att jordens hastighet runt sin egen axel har accelererat och det är då det som gör att tiden går fortare nu än vad det gjorde förr.

Han stannade upp i sin tanke. Jaa det kunde faktiskt vara så. Hur var det nu, Göran slöt sina ögon och tänkte så hårt han bara kunde. Han tryckte lätt insidan av sina händer mot var sin tinning. Var det inte så att de tre Giza pyramiderna i Egypten hade byggts under totalt på cirka 50-60 år, alltså ca 20år per pyramid. Han tog upp sin telefon öppna google och sökte på Giza pyramiderna.

Fantastiskt detta, tänkte Göran. Surfa på telefonen. Om man hade sagt så för 30 år sedan hade man troligtvis blivit inspärrad någonstans.

Idag var det kanske det vanligaste uttrycket som ungdomar gick runt och sa. Kanske hänga på Facebook var vanligare i och för sig tänkte han sedan.

-Ha, brast Göran ut för sig själv när han läste.

För att verkligen förstå pyramidens storlek samt vilket enormt arbete som ligger bakom kan man betänka att om det tog till exempel 20 år att bygga Cheops pyramiden så innebar det att den byggdes på med 800 ton sten varje dag. Vilket i sin tur innebär att 12 stenblock om 2,5 ton tillfördes varje timme, 24 timmar om dygnet i 20 års tid.

-Försök göra det i dag utan verktyg och maskiner och bara när solen är uppe, sa Göran. Nu lite högre än vad som kanske var meningen, men har var nu så inne i sina funderingar.

-Vadå, sa Dubbel-Klas som precis råkade gå förbi med en bunt papper i handen.

-Inget, sa Göran. -Bara ett uttryck, fortsatte han. Men nu med en mycket nöjd och belåten min i sitt ansikte. Dubbel-Klas nickade och fortsatte bort mot skrivaren. Han såg att Göran verkligen såg ovanligt nöjd och belåten ut. Detta måste vara ett gott tecken tänkte han, kanske var de något på spåret gällande mannen i slussen.

Göran var visserligen mycket nöjd för tillfället, inte för att han hade kommit längre med lösningen för fallet med mannen i slussen. Men han hade nu lösningen på varför tiden rusade fram och det var inte en liten sak. Han skulle konsultera någon och diskutera vidare om sin upptäckt. Vem det visste han inte på rak arm, men det skulle lösa sig. Nu kände han sig redo för Eva-Britt, bäst att passa på när humöret var på topp. För det fanns inom honom en bestämd känsla att efteråt skulle humöret i bästa fall vara tillbaka till ett mer lite små buttert känsel läge.

Kapitel 12
Dåtid

Åke Svensson satt på en parkbänk och rökte. Förbannade pack, tänkte han samtidigt som han spottade mot en skata som hade kommit rätt nära honom.

Vad ska de hit och göra, de bara skitar ner, det är det ända de gör. Tar våra jobb gör de också. Skitar ner tänkte han igen, det var kanske en överdrift eller, han var inte riktigt säker. Han hade för sig att han hade sett på TV att det var fruktansvärt skitigt där i slummen i Sydamerika, eller var någonstans de nu kom ifrån. Så det är klart om det är så skitigt där så har de knappast ändrat sig och börjat med att städa bara för de har kommit hit till Sverige.

Vårt rena fina land, tänkte han. Här är luften ren och allt är prydligt, ja städat skulle man kunna säga. Inte så där skitigt som det var där de kom ifrån tänkte Åke.

-Fan vad de skitar ner, sa han till sig själv igen.

Rätt nöjd med vad hans tankar hade rett ut åt honom.

-Åke, ropade en röst.

Det var Sonny. Dumma djävla Sonny, tänkte Åke.

Han reste sig upp. Sträckte på ryggen. Kliade sig så där av bara farten, först i baken och sedan i örat. Han fortsatte sedan utan att direkt tänka på det att lukta på sina fingrar.

-Vad är det, skrek han sedan. Spottade i marken igen och slängde sedan fimpen, också den på marken. Det fanns faktiskt ett runt fat med sand som någon tänkande person hade placerat vid bänken. Ett ställe där det var tänkt att man skulle fimpa sina cigaretter. Men det var placerat knappt två meter från där Åke befann sig så, rakt ner i backen med fimpen. Han tittade mot det runda fatet med en frågande blick utan att riktigt kunna koppla vad det var.

-Vad är det? Skrek han igen.

Lite högre denna gång. Inte för att det behövdes men han ville att de andra skulle förstå att den var han som bestämde, inte den dumma djävla Sonny som kom hit och började domdera.

-Han, den där svartskallen har mage och visa sig nere i affären, och du skall se vad de handlar. Han har också med sig en snorunge till svartskalle också. Sonny tittade nöjt på Åke och väntade på någon bekräftelse eller liknande som skulle tyda på en uppskattning av hans upptäckt.

Åke var egentligen ingen dumbom. Han var faktiskt riktigt smart men allt här i livet hade kanske inte gått riktigt som det skulle kunna ha gjort. Kanske hade Åkes liv sett annorlunda ut om han hade haft lite mer tur. Åkes farsa och morsa hade ständigt grälat, samtidigt som de hade kämpat med att få allt här i livet att gå ihop. I och för sig inget märkligt eller för den delen så mycket svårare än för många andra familjer. De hade den typen av vanliga vardagliga problem som många familjer hade. Men Åke var ett lite speciellt barn. Ett barn som hade funderat för mycket och där tankarna verkade ha gått i självspinn. Han var ett barn som faktiskt var vad man idag skulle kalla för överintelligent. Men det var då, när Åke växte upp, förstås ingen sjukdom. Eller för den delen något som gjorde att man behövde eller fick hjälp. Han skulle foga sig och behövde lära sig att vara som alla andra och inte sticka ut. Det var i varje fall det han fick höra från vuxna i hans närhet. De barn som hade problem med att läsa och skriva, de försökte de vuxna att hjälpa. Dessa problem var något som var relativt lätt att upptäcka och det fanns också rutiner för hur man skulle åtgärda sådana saker. Men barn i Åke situation som också behövde hjälp. I detta fall en hjälp i form av mer konstruktiv stimulans var en större utmaning. Hans fall var annorlunda och inget som man då hade några rutiner för. Det var helt enkelt en mycket svårare uppgift att jobba med. De vanliga uppgifter som alla andra barn i hans klass satt och slet med var ingen som helst utmaning för Åke. Detta gjorde att han aldrig riktigt

förstod varför han måste sitta här i skolan och lära sig saker
som han redan kunde. Han fick snarare höra att han inte skulle
glänsa och visa sig duktig. Så Åke hade gjort som man sa. Han
lutade sig tillbaka och struntade helt enkelt i skolan. När han
väl hade dragit sig tillbaka och tystnat så fick han förstås inte
den stimulans som han hade behövt för att utvecklas vilket han
säker hade gjort om rätt utmaningar hade presenterats för
honom och han hade fått något att bita i. Nu ett antal år senare
så satt där han satt. En person som efter flera år i en konstgjord
osynlig bubbla till slut bokstavligen hade rest sig upp och klivit
ut från bubblan. Han hade då ett enormt uppdämt behov att
synas men han inte hade kvar strävan efter kunskap. I varje fall
inte på ett sådant sätt som gjorde att det var just inlärandet
som aktivitet han eftersträvade. Då hade hans sinne tagit en
annan vändning och han hade blivit våldsam istället. Han hade
fortfarande kvar förmågan att tänka snabbt och analysera
situationer. Det tillsammans med en naturlig fallenhet för
boxning hade gjort honom fruktad i samhället där han bodde.
Denna mer våldsamma tillvaro var också en situation som
faktiskt tilltalade Åke. I varje fall så intalade han sig själv att det
var så. I verkligenheten så gick tankarna i ett ständigt spinn och
det var svårt att skapa ett inre lugn. Det tillsammans med en
ständigt lätt molande huvudvärk som aldrig verkade försvinna
som till slut han bara hade varit tvungen att acceptera, gjorde
Åke till en lättirriterad och farlig person.
-Vad sa du? hojtade han nu mot sin underhuggare Sonny.
-Är de djävla förbannade skitiga svartskallarna i affären och
handlar med sina förbannade socialpengar.
-Mina pengar, la han sedan till för att som förstärka och
legitimera det de redan visste skulle hända.
- Det stämmer, fyllde Börje i.
Börje den tredje länken i kedjan som såg upp till Åke så som en
lillebror ser upp till en storebror. Ingen av dem var släkt med
Åke men Åke hade på ett sätt tagit platsen som storebror till

Börje. Börje hade haft en riktig storebror men som han hade förlorat i en olycka när han var liten, så det fanns en plats inom Börje som behövdes fyllas ut och den platsen hade nu Åke tagit. Börje gjorde nu allt som Åke sa att han skulle göra. Just denna egenskap gjorde honom till en behövd person i deras lilla gäng. En plats för alla. Åke som bestämde, Sonny som var överallt och hade koll på allt och alla. Börje som alltid befann sig en meter bakom Åke och lydde minsta vink.
-Stämmer, sa Börje igen. Skitiga, tänkte Börje lite frågande. Han hade aldrig uppfattat dem som smutsiga bara för att de hade kolsvart hår men om Åke sa att de var skitiga så var de säkert det.
-De var jättesmutsiga, la han sedan till.
Åke stannade upp och tittade frågande på Börje. Han skakade lätt på huvudet men lät det vara och sa sedan.
-Vi drar, det är dags att lära dem en läxa.

När de kom ut ifrån affären gick hon och höll sin pappa i sin hand. Hon var egentligen för stor för att hålla sin pappa i handen men det kändes bra, så hon fortsatte. Det kändes bra för pappa också. Det hade nu gått några månader sedan han hade fått ett riktigt jobb. Han hade blivit anställd på ett verkstadsföretag i staden. Närheten till arbetsplatsen gjorde att han kunde cykla till jobbet vilket var en stor fördel. De hade inte haft råd eller skulle få råd inom den närmsta framtiden att köpa en bil men köpa en cykel, begagnad i och för sig det hade gått bra. Jobbet skulle var en start hade man sagt till honom. Arbetet som han skulle göra var att tillhandahålla allt förbrukningsmaterial för de arbetsstationer som hamnade i hans ansvarsområde. Det var kanske inte det jobb som han alltid hade drömt om men de hade som sagt att det skulle vara en början. Efter ett tag så skulle de se om det inte kunde bli något annat. Det var i varje fall vad mannen på arbetsförmedlingen hade sagt till honom. Det hade hur som helst känts bra på hans första dag, människorna som tog i mot honom på fabriken hade inte heller varit otrevliga eller något sådant. Snarare väldigt trevliga och välkomnande när han hade blivit presenterad som deras nya materialfonerare, som jobbet officiellt hette. Men det hade varit det där med språket hade de sagt till honom. Han behövde lära sig svenska bättre. Språket var mycket viktigt för att klara jobbet på ett bra sätt. Att inte kunna prata och kommunicera med sina arbetskamrater på ett sätt som gjorde att jobbet flöt på skulle vara ett hinder. Kommunikation mellan arbetskamraterna under själva jobbet var A och O förstod han direkt. Det hade varit det mest tydligt budskap under hans första dagar som anställd. Ett råd som hennes pappa också hade tagit åt sig. Det gick undan på jobbet och det var på ett sätt ett farligt jobb. Inne i fabrikslokalen där man tillverkade stora tryckkärl var det en ständig rörelse och aktivitet. Svetsar som lös mer eller mindre konstant kändes det som. Traverser som lyfte en det ena och en det andra. Det gällde att sköta sitt jobb och samtidigt inte vara i vägen för den övriga verksamheten. Man jobbade i par och det gick verkligen undan. Konsekvensen av att inte ha fyllt på med det materialet som behövdes för den operativa verksamhet gjorde att allt stannade upp och då blev hela det taktade flödet lidande, det fick bara inte hända. Att jobba i par gjorde att man inte bara kunde tänka på sig själv utan det var en ständig kommunikation med sin partner. Man måste med små korta fraser i ett högt tempo kunna kommunicera och även förstås lita på sin partner. Samtidigt måste ens partnern också kunna lita och kommunicera tillbaka till en själv. Han hade förstått och tagit åt sig detta på en gång. Därför gick sedan en tid tillbaka hennes pappa och lärde sig svenska. Själva lektionerna var på sena kvällar efter jobbet. Det var kämpigt med lektioner efter en tuff och lång dag på jobbet, men han hade nu bestämt sig så det var bara att kämpa på. Hans lärarinna var en äldre och troligtvis pensionerad före detta skollärarinna. Han visste inte säkert och han hade inte vågat fråga om så var fallet. Han hade berättat för sin dotter att han inte hade frågat eftersom han var rädd att han skulle kunna ge ett intryck att han inte trodde på henne som lärarinna. Han hade helt enkelt inte vågat chansa och nu var det i varje fall för sent att fråga hade han sagt till henne. Därför fick han fortsätta att gissa om hennes tidigare yrke. Hon förstod att hennes pappa på ett sätt var avundsjuk på sina barn, som inte verkade ha några problem med sitt nya språk. Men tänkte hon, det skulle bli bättre och nu var han mer som en riktig pappa. Det var i varje fall vad han hade sagt till dem. Nu när han hade börjat tjäna egna pengar och de hade råd att köpa lite mer saker och även mer och bättre mat gjorde att han nu kände sig mer hel och värdig som person. Att ha ett jobb det var den riktiga vägen till att verkligen komma in i samhället där de nu bodde. Ett bra sätt att få vänner och bekanta också, allt det där som är så viktigt för att kunna skapa sig en plats i detta nya liv och land som de nu levde i. Just detta var en mycket viktig känsla för pappa det hade hon förstått. Idag var också en speciell dag eftersom de båda systrarna hade fått varsin liten godispåse att själv råda över. Det var en stor sak för de båda men störst förstås för lillasyster Ana, hon fullkomligt älskade denna känsla av att hon hade fått något eget. Något att helt och fullt bestämma över helt själv, förvisso ett litet ansvar men likafullt ett ansvar. Hon kände sig nu som en riktig storasyster. Solen sken och allt kändes perfekt, kanske nästan för perfekt var en tanke som bara som hastigast passerade genom hennes medvetande. Tanken om det perfekta försvann dock lika snabbt som den hade dykt upp, för det var då hon fick syn på dem. Det var hon som såg dem först, pappa och Ana verkade titta åt ett annat håll. Hon gjorde ett snabbt övervägande men konstaterade fort att det inte skulle gå att obemärkt kunna ta sig därifrån. Hennes pappa tittade på sin stora dotter, han hade precis frågat något som hon absolut inte hade hört. Hon hade nu all sin uppmärksamhet mot det ansikte

som hon fortfarande såg i sina mardrömmar. Detta var faktiskt
första gången som hon hade stirrat rakt in i dessa ögon sedan
den där natten när korset hade brunnit, utanför deras fönster,
men hon hade inte glömt bort hur ansiktet såg ut. Hon hade
hoppats att allt hade varit just en ond dröm men hon förstod nu
att så inte var fallet. Nu hade hon också fått det verkliga beviset
på att hennes mest onda aningar hade besannats.
-Jaha, sa Sonny. -Här skall det bli fest ser jag.
Han la till med ett snett leende för att visa att han var ironisk.
Det fanns inget festligt i de ord som precis hade yttrats, mer av
en elak och frän underton. Åke kände direkt att han hade fått
till röstläget bra och blev med ens på bättre humör.
Pappa hade nu stannat upp och såg nu vad sin dotter redan
hade uppmärksammat.
-Vad villa ni, sa han på sin bästa svenska och med sin mest
myndiga ton.
-Vad vill NI heter det, ...vad villa ni.. ha, sa Åke.
-Jo det skall jag berätta. Jag vill att du ger mig påsen med allt du
har handlat. Du har handlat för mina pengar så det är inte mer
en rätt att jag får det du har i påsen.
Det var tyst några sekunder, sedan kände Åke något konstigt
inom sig och humöret som nyss var på väg uppåt störtdök på
direkten. Han upplevde faktiskt någon form av motstånd från
de som stod där någon meter framför honom.
-Nej, hörde han då, det var en av flickorna som hade pratat.
Han vände blicken mot flickan.
-Nej, sa mannen också. -Du inte få den.
Åke tänkte några sekunder, han kunde inte på rak arm minnas
när någon hade sagt i mot honom senast. Det var ovant och han
kände faktiskt att han tvekande lite.
Även Sonny hajade till och skulle precis säga något när Åke
återtog kommandot och mer skrek än pratade till svar.

-VA SA DU... Ge hit påsen. Fick han också till samtidigt som han sträckte sin högra hand framåt, i en gest som på håll faktiskt såg ut som han lite ödmjukt bad om att få påsen.

Ingen påse byte dock ägare. Påsen och dess rättmätiga ägare drogs sig bakåt vilket fick Åke att stäcka på sig lite extra och det i sin tur ledde till att han nästan tappade balansen. Han korrigerade dock sitt lilla felsteg snabbt med att hoppa till med bägge fötterna samtidigt, och tillsammans med ett diskret litet viftande med ena armen så återfick han tyngdpunkten på sin rätta fot. Nu stod han så lite svagt framåtlutande och såg rak fram. Balansen hade han återfått men ingen påse med matvaror. Åke kände att detta inte hade riktigt blivit som han hade tänkt sig. Den skitige svartskallen hade trotsat honom och det gjorde Åke rasande. Han skulle precis ta ett steg fram och tänkte samtidigt en snabb tanke att han nog skulle behöva ta till knytnävarna idag. Då hördes plötsligt en ny röst. Den kom snett från vänster, det var något bekant som gjorde att Åke frös till där han stod med händerna halvt knutna.

-Åke Svensson, nu slutar du.

Åke kände något som han inte hade känt på en mycket lång tid. En blandning av osäkerhet och skam, ja han skämdes faktiskt. Det var i varje fall vad han trodde. Det var länge sedan han hade skämts eller varit osäker för den delen, så det var nu en Åke som för några sekunder inte stod riktigt att känna igen.

-Åke Svensson, sa rösten igen. -Att du inte skäms.

Åke skakade på huvudet för att försöka få dessa konstiga känslor att lämna sinnet och även resten av kroppen för den delen. Han tittade sakta bort mot den punkt som rösten kom ifrån. Där stod en äldre dam som Åke först inte kunde placera men så kom minnet i fatt honom. Berit hans gamla skollärare på mellanstadiet. Berit hade faktiskt förstått Åke och hans problem med att vara understimulerad redan då i mellanstadiet. Hon hade efter bästa förmåga gjort vad hon kunde för att få Åke intresserad och glad i skolan. Berit hade

kanske inte lyckats helt men det var nog i och för sig inte så
konstigt. Denna diagnos var inte speciellt vanlig och Berit hade
nog egentligen inte heller förstått hela bilden. Men hon hade
märkt att när Åke fick svårare uppgifter att jobba med i skolan
så hade han blivit en annan person, mer normal skulle nog
någon kunna säga. Åke fungerade bäst när hans hjärna fick
jobba med en riktig utmaning till uppgift. Så Berit hade matat
Åke med svåra problem, men inte ens hon hade kunnat
stimulera Åke till den grad att han hade blivit helt fri från sina
inre demoner. Men Åke mindes Berit. Han mindes henne med
värme och det var faktiskt den känslan som först kom tillbaka
när han förstod vem han stod och tittade på. Då skrek Sonny
till.
-Håll käften kärring.
Åke reagerade först med att ge Sonny ett ilsket ögonkast, han
skulle precis säga åt Sonny att han kunde dra åt helvete, men så
kom han på vem han var och vad han höll på med. Han andades
några gånger reste på sig och tog in alla med blicken. Den
skitiga familjen, Sonny och Börje samt Berit. Alla såg på honom
med en blandning av respekt och rädsla, förutom Berit då som
mer verkade vara riktigt arg och blängde tillbaka på Åke.
-Jaja, sa han. -Det är lugnt vi bara lattjar lite, ett litet
missförstånd, jag måste ha tagit fel helt enkelt.
Åke stirrade på mannen som stod med sina döttrar bredvid sig,
han log ett snett leende.
-Ni kan gå, Jag misstog er för några andra, hoppas ni får en
trevlig kväll.
Han tittade långt efter dem när de snabbt lämnade platsen med
sin påse med mat och godis i behåll. Åke såg att pappan nickade
igenkännande mot Berit, kunde de känna varandra? Nej så
kunde det väl inte vara heller. Han vände sig nu helt om så han
stod mitt i mot Berit och såg på henne. Han visste inte om han
skulle le eller vara arg så det blev mest en grimas som
formades i hans ansikte, en grimas som verkade säga att han

hade sålt smöret men tappat alla pengar. Åke skulle precis ta
sats för att säga något men Berit han först.
-Åke Svensson jag har hört en del om dig men jag trodde inte på
det först. Men nu förstår jag att det är sant. Att du inte skäms.
Skrämma de två lillflickorna och deras pappa. Varför?
Åke såg på Berit, det satt i ryggmärgen att när Berit ställde en
fråga så skulle man svara men han visste eller kunde inte svaret
på denna fråga. Det hade bara varit naturligt och så lätt allt det
han hade planerat. Planerat eller planerat, det var kanske inte
rätt ord. De hade inom sig bestämt att de helt enkelt skulle
stjäla påsen som den skitiga familjen hade handlat. Det skulle ju
vara enkelt. Skrämma dem ta påsen med mat och eller vad det
nu var han hade handlat. Saken var ju den att de fick en massa
pengar i bidrag. Pengar som han och hans kamrater hade mer
rätt till, det hade han i varje fall ansett för några minuter sedan.
Det hade varit helt självklart men nu när han blev ifrågasatt så
var han inte riktigt lika säker längre.
-Ööhhh, var det läte som han först kunde få fram.
Han harklade sig sedan snabbt och fortsatte.
-Ett missförstånd det är allt.
Han kom inte på något mer. Han såg i ögonvrån att Sonny
tänkte säga något. Åke sökte då upp Sonny med blicken och
visade med all tydlighet utan att säga något.
Du är TYST, inte ett ord från dig.
Sonny förstod direkt och sjönk ihop.
-Bra, sa Berit. -Det var länge sedan vi sågs, la hon sedan till.
-Om du vill så kanske..... Åke tittade på Berit, denna gång med
en kraftigare och mer bestämd blick.
-Ett missförstånd, sa han igen.
Han blängde på sina kompanjoner samtidigt som han nickade
bort mot torget som låg i andra ändan av gatan.
-Vi drar, det är klart här.
De släntrade i väg bortåt stadens lilla torg som i praktiken var
mer bara en öppen plats framför kiosken, och inte ett fullskaligt

torg. Men det så kallade torget fungerade i varje fall som en samlingsplats för de tuffa grabbarna. Berit såg länge efter dem innan hon gick in i affären. Anspänningen som hade legat i luften hade gjort att hon nästan glömt bort vad hon skulle handla. Hon tog ett djupare andetag för att försöka få hjärnan att klarna men hennes tankar bara fortsatte att snurra runt runt inne i hennes huvud. Hade hon gjort något som var bra eller hade hon kanske rent av förvärrat något. Hon visste inte vad hon skulle tro och tanken om att hon kanske hade gjort något som skulle få en motsatt effekt mot vad hon hade velat stoppa spred sig inom henne och följde henne som ett vått töcken ända fram till bröddisken. Där fick hon dock äntligen nya tankar att brottas med och Åke försvann lite längre bak. Men, tänkte hon en sista gång.

Jag skulle behöva söka upp den där pojken och tala med honom, han verkar inte må riktigt bra.

Kapitel 13
Nutid.

Chicago USA.

Lars la ifrån sig telefonen. Facebook det var faktiskt riktigt roligt tänkte han. Han hade haft sin profil sedan knappt ett år, att göra små inlägg samt läsa vad andra skrev stimulerade honom faktiskt på ett konstigt sätt. Han tittade återigen mot klockan som stod på det lilla nattduksbordet. Det var tidigt på morgonen, nja egentligen var det ju redan långt efter frukost i varje fall enligt svensk tid tänkte Lars. Det var alltid lite svårt så här första dagen i en ny tidzon och nu låg han klarvaken i sin säng eller rättare sagt på sin säng. Han var redan fullt påklädd, det hade han varit en timme redan och väntade nu bara på att frukosten skulle börja serveras på hotellet. Han hade faktiskt sovit riktigt bra på planet över Atlanten så han var inte lika trött som han hade befarat att han skulle ha varit innan resan. Resan hade börjat med ett litet skutt till Amsterdam och Schiphol flygplats bara för att där byta plan och sedan vidare med direktflyg till Chicago. Han hade haft huvudet fullt med så mycket tankar att han hade blivit fysiskt utmattad, det var i varje fall så han kände det. Så han hade somnat mer eller mindre direkt efter att det hade lugnat ned sig på planet. Som tur var så hade personalen ombord varit mycket snabba med att börja sin servering. Så han hade hunnit få isig lite mat innan han slocknade och en konjak också det mindes han. Inte för att han hade varit berusad på något sätt, men han hade faktiskt lite svårt att minnas alla detaljer på planet. Vem var det som han hade suttit bredvid? Hade det varit hon den kraftiga damen som från Säffle, hon som skulle besöka sin syster. Eller hade det varit han Hassan nej Hossein hette han visst. Nej damen från Säffle hade han suttit bredvid på planet från Arlanda. Hon hade pratat på utav bara den. Hon var lite flygrädd det var i varje fall hennes förklaring till att hon inte kunde sitta tyst och vila. Som tur var hade hon hamnat några rader bakom honom på planet till Chicago. Han hade ryckt till när han hade fått reda på att hon skulle med samma plan som honom till USA också. Men på grund av att hon hade hamnat längre bak på atlantflygning så hade det inte blivit något problem, inte för honom i varje fall. Han hade hört att hon höll låda där hon satt några rader bakom hans stolsrad men det hade inte stört honom. Hossein var mannen i bordning kön som han hade råkat i samspråk med. Affärer i Chicago hade han sagt och det var inget konstigt med det. 80 % av alla på planet hade någon koppling till en affärsresa, så även han tänkte Lars.

Nej det var ju den trevliga tjejen från Chile som han hade suttit bredvid på planet. De hade småpratat lite och hon hade sneglat på honom i smyg, han trodde det i varje fall. Men han hade somnat innan de hade fått någon riktig kontakt. Lika bra det tänkte han nu. Han hade verkligen behövt den där sömnen för det skulle bli en lång dag i dag. Han tittade på klockan igen 06.45. Frukosten skulle öppna om en kvart men han kunde lika gärna gå redan nu. Kanske skulle de andra redan var där, lika tidiga och förväntansfulla som han var. När han hade checkat in under gårdagskvällen så var han alldeles för trött av jetlagen för att söka någon kontakt med de andra. De hade sedan tidigare också kommit överens om att det var först idag, på morgonen amerikansk tid, som de skulle sammanstråla. Han misstänkte också att även de andra skulle vara uppe med tuppen, så varför inte gå ned redan nu. En glad Lars Tjulin gick några minuter senare in genom den öppna dörren till frukostrestaurangen där han konstaterade mer eller mindre i samma sekund som han kom in att han var först. Inte bara först från sitt sällskap utan han var först utav alla. Under en kort sekund blev han lite osäker, han hade nog aldrig någonsin varit i en frukost restaurangen som var helt tom på gäster tidigare, enbart en kort mörkhårig man klädd i vitt som stod och

placerade ut nygräddat bröd i en korg gjorde Lars sällskap i rummet. Nåja de andra skulle nog snart komma in släntrande tänkte Lars samtidigt som han återigen for med blicken runt i lokalen nu med syfte att hitta en plats som skulle bli hans frukostplats. Samtidigt som han bestämde sig för en plats där han hade ryggen fri och var trevligt placerad i närheten av ett stort fönster med en fantastisk utsikt över Chicagos skyline så hörde han en bekant röst bakom ryggen.
-Lars Tjulin, it was not yesterday som jag såg dig.
Det var Chris Newtons röst som han hörde och förstod då att han stod bakom honom. Lars vände sig om och fann sig själv titta in i Chris stora leende. Lars log tillbaka, han var glad ända in i själen. Det var mycket som kändes riktigt bra nu och att då kunna lägga till att också få stå här och möta Chris stora leende som han gjorde, ja det gjorde inte saken sämre.
-Hello Chris It feels bra att se dig också, sa han tillbaka.
De stod så någon sekund innan de kom på sig själva.
-Yee right frukost, sa Lars.
-Absolut, sa Chris. -Have you seen anything som ser bra ut.
Lars vände blicken mot frukostbordet som verkligen såg delikat ut. Bröd i ett antal olika former, frukt, pålägg, ägg och ett antal olika yoghurt sorter.
Hmm, tänkte han, Det känns faktiskt som en svensk frukost.
Han vände sig mot Chris.
-Jodå det verkar finnas något för alla smaker, sa han och log igen.
-Perfect, sa Chris, -Det passar oss alltså.
De log igen och tog varsin mindre tallrik för att börja lägga på det de ville äta. När de var nöjda och hade satt sig vid bordet som Lars hade paxat så dök ett bekant ansikte upp i dörröppningen till frukostmatsalen.
-Hello Dietmar, ropade Lars och Chris med en mun.
Dietmar såg sig omkring när han hörde de bekanta rösterna.
Han sken upp när han såg de bekanta ansiktena.

-Hello guys, sa han lite halvhögt samtidigt som han vinkade med sin högerhand.

Efter en stund satt de tre halvt bakåtlutande, nöja och mätta efter en riktig bra frukost faktiskt.

-USA det land som har den bästa och största av alla frukostar i världen, sa Lars lite skämtsamt.

De nickade och konstaterade att detta kunde de faktiskt vara helt ense om. Resan hade börjat mycket bra och detta stora hotell hade överraskat dem alla med att få till den där hemtrevliga känslan fast man egentligen var på ett stort opersonligt skrytbygge. Även vädret var fantastiskt, solen sken utanför de stora fönstren och lyste majestätiskt upp Chicagos skyskrapor. De satt på våning 18 och kunde därför beskåda många av stadens byggnader ovanifrån vilket var en lite märklig känsla. Det gick inte att ta miste på att det var tre mycket nöjda och belåtna människor som satt där. En utomstående som hade betraktade dem hade definitivt märkt att det låg förväntan i luften. Till slut var det Chris som bröt den på ett sätt njutbara tystnaden.

-OK we har kommit långt och vi är redo.

Som om någon hade viftat med ett trollspö, så ändrade de tre männen sig från att ha varit just välmående och avslappnade individer till att med ens bli koncentrerade på just en sak, en gemensam sak. Just nu låg allt deras fokus på Chris som med några korta små ord hade kallat på deras uppmärksamhet.

-Vi visste, sa han självsäkert. -Att denna dag skulle komma. Vi visste det redan för två år sedan, detta var förutbestämt. Men på ett sätt har vi det enkla bakom oss.

De andra såg lite skeptiskt på Chris.

-Enkla, vad menar du med det? Sa Lars.

-Jo, sa Chris. - Hittills har vi sysslat med sådant som vi kan och behärskar. Jag menar du och Bo-Inge har i Sverige jobbat på och verkligen presterat, det visar resultaten.

Han stannade upp en sekund.

-Hur är det med Bo-Inge förresten?

-Jo då, svarade Lars. -Han hade nog velat vara här också men det finns fortfarande så mycket att samla ihop där hemma så vi kände att vi inte kunde lämna stället båda två. Så ni får dras med mig.

-Ehh det var inget elakt menat, sa Chris. -Det hoppas jag att du är med på.

Han såg lite bekymrat på Lars för att försöka se om Lars hade reagerat på ett sätt som absolut inte var hans mening att förmedla.

-Nej då, sa Lars och skrattade lite. -Du kan inte få mig på dåligt humör, inte idag. Sa han samtidigt som han tittade på Chris med en varm blick.

Chris andades ut log lite osäkert men en sekund senare var de åter alla fokuserade på sin uppgift.

-Ok, sa Chris. –Så här är det. Vi behöver köra ett totalprov nu. Det är dags att se om vi verkligen kan utvinna och sedan styra ut kraft på nätet utifrån den faktiskt efterfrågan. Det är det vi har framför oss idag. Labbet är iordningställt efter alla era anvisningar. Det skall nu bara finjusteras av er båda innan vi startar på riktigt. Jag la min sista touch redan i går kväll så nu tänker jag bara se på när ni jobbar. sa Chris samtidigt som han drog med handen genom sitt hår och skrattade.

-Det blir bra så, sa Dietmar.

-Vi får besök redan i kväll av en av våra välgörare. Ja ni vet att jag gillar att kalla dem för det, fortsatte Chris.

Chris hade redan från dag ett börjat kalla investerarna som de hade fått med sig i båten för sina välgörare. Detta var ett led i allas säkerhet och för att hålla högsta möjliga sekretess så hade de valt att inte använda namn i onödan. Namn som skulle kunna hamna i orätta händer om man slarvade. Det var kanske att oroa sig för mycket men å andra sidan så kunde de aldrig tillåta sig att slappna av. Allt hade pekat på att de inte hade objudna gäster i sin närmsta omgivning men man kunde aldrig

vara tillräckligt noga och försiktig. De skulle bara få en chans
och det visste de om allt för väl. Det blev åter tyst runt bordet.
Matsalen hade fyllts på och var nu rätt full med folk som åt eller
skulle börja äta sin frukost. De kände gemensamt att de började
bli lite uttittade, det fanns andra som ville åt deras bord för att
slippa äta sin frukost stående. Så som på en given signal reste
de sig unisont upp. Med en kort nick och en kort fras från Lars.
-Om 20 min i receptionen då.
Med de orden så var frukosten klar. Den lilla gruppen om tre
följdes åt ut genom dörrarna till matsalen för att sedan stanna i
hallen utanför, precis där hissarna i byggnaden fanns. De kunde
konstatera att de alla bodde på olika vånings plan. Det hade
inte funnits tid att få till den detaljplaneringen innan resan, så
de skulle kunna bli grannar så att säga. Eftersom de alla också
kommit in vid olika tidpunkter i går så hade det heller inte varit
praktiskt möjligt att träffas i receptionen och försöka att byta
rum till en och samma våning. Så Dietmar tog trappen, han
skulle bara en våning upp. Lars som skulle uppåt några fler
våningar samt att Chris skulle nedåt tog sikte på de glänsande
hissdörrarna. Lars och Chris tryckte på var sin hiss knapp, en
på pilen uppåt och den andra på pilen nedåt. Chris hiss kom
först. Han steg in, sneglade på Lars tryckte på kappen som var
lika med det våningsnummer han bodde på.
-Om 20 då, sa han när hissdörrarna stängdes.
Lars hann inte säga något för just då plingade hans hiss till och
han vände instinktivt blicken mot hissdörrarna. Han kunde
höra att hissen anlände och stannade bakom dörren som sedan
sakta gled upp. Ett svagt sshussande ljud var det enda som
hördes och avslöjade att dörren öppnades. Lars steg in i hissen.
Han slapp att åka ensam i hissen för där inne stod redan en
man som hade blicken fäst i sin mobiltelefon.
Ha tänkte Lars. En modern amerikansk surfare var tanken som
for genom hans medvetande samtidigt som en ny fundering
upptog hans koncentration.

Kan man säga så, på Hawaii, surfa på sin telefon? Troligtvis inte. Han avslutade dock inte sin tanke för just som hissdörren sakta stängdes med samma sshussande ljud så såg Lars ett ansikte som han hade sett förut, eller? Hans kropp spände sig för en sekund men sedan så slappnade han av, han fick inte bli paranoid nu. Det kunde lika väl vara någon som hade befunnet sig i receptionen i går kväll när han checkade in, istället för någon som höll honom och de andra under uppsikt. Lars kände sig säker på att han hade lyckats förmedla ett lugn och att denna resa var, för alla utomstående, just en resa som var helt lika med en vanlig affärsresa, och med det ingen speciell händelse eller aktivitet som skulle diskuteras. En resa som man på engelska skulle kalla "business as usuall" och inget mer. Men Lars hade inte sett fel. Ansiktet utanför hissdörren tillhörde Hossein samma Hossein som Lars hade mött i boarding kön. Hossein kände att en liten svettdroppe nu bildades i hans panna, en svettdroppe som nu sakta rann nedför hans ansikte och stannade på näsroten. Automatiskt så lyfte han handen och torkade borde den mikroskopiska droppen. Det hade inte gått att hejda sig utan Hossein hade slängt en blick mot hissen precis efter när Lars hade klivit in och dörrarna höll på att stängas. Just som Lars plötsligt lyfte på blicken kändes det som att han hade tittat rakt på honom, ja som han hade sett rakt igenom honom faktiskt. Det var inte bra, men det var en så kort tid. Max en sekund så han intalade sig att Lars inte kunde tolka att detta skulle betyda något. De hade förvisso kommit i samspråk på planet men det hade inte gått att undvika. Det var ju också Lars som hade tilltalat honom när de stod i boarding kön. Så vad skulle han göra, låssats som det regnade, nej. Han hade sagt några ord, det var allt. De flög ju till samma destination så att de också var på samma hotell var faktiskt inte så konstigt, det kunde absolut hända. Världen är inte så stor som man ibland vill att den skall vara tänkte han. Skulle de springa på varandra igen så var det bara att spela kall, skratta lite åt att världen just inte är stor för att sedan vänligt ta avsked och gå därifrån, en bra plan enkel men verksam.

Lars stod och borstade tänderna. Han kunde inte riktigt släppa det lilla uns av oro som han kände i kroppen. Det var inte fjärilar i magen på grund av att han var spänd och förväntansfull av vad dagen skulle ge, nej det var en annan känsla. Han kände igen känslan, han hade haft det förut och han visste av erfarenhet att det var väldigt sällan han hade oroat sig i onödan. Kanske var det så att nu till skillnad från andra tillfällen, som hade varit lite liknande som detta, så var det inte han som kontrollerad situationen, inte i varje fall så mycket som han brukade kunna göra. Kanske var det så men han var inte säker på sig själv och sina tankar, han var fortfarande osäker på varför han kände som han gjorde men han kom inte längre här och nu. Just varför, alltså att det inte gick att sätta fingret på anledningen var nog enskilt den största anledningen till hans oro. Var det något som han hade missat? Något som inte kom fram från där bakom pannloben. Något som bara låg där och retades med honom. Han lämnade badrummet och klev ut i sitt hotellrum. Han hade till slut gett upp och något irriterat accepterat att han inte skulle komma på vad det var som låg fast förankrat där inne i hans bakre del av hjärnan och störde hans sinne. Det värkte i tänderna, han tittade på klockan 08.25. Fan, tänkte han. I femton minuter hade han stått och bara borstat tänderna, inte konstigt att det värkte i det nu röda tandköttet. Han var sen, tjugo minuter hade de sagt efter frukosten, det var nu det. Han kastade på sig kläderna och ryckte till sig väskan med sina saker och anteckningar. Två steg senare stod han i den lilla hallen och ryckte han upp det lilla nyckelkortet som satt i sin lilla hållare precis innanför dörren. Ett kort som gjorde att han hade ström i sitt rum. En snabb tanke for genom hans medvetande när han småsprang genom korridoren bort mot hissen.

Jag undrar om någon hade någon gång fått en stöt av nyckelkortet, nej det gick väl inte eller?

Han kom fram till hissdörrarna och släppte sin tanke om det eventuellt strömförande nyckelkortet. Han tryckte ivrigt och irriterat på knappen utanför hissdörrarna som gjorde så att hisskorgen skulle stanna på hans våningsplan. Äntligen plingade det till och hissdörrarna gled upp med samma sshussande ljud som förut. Han kastade en snabb titt på klockan efter att han hade tryckt in knappen som var märkt med ett grönt E, måste vara för entré hoppades han.

Fan, jag blir någon minut sen, konstaterade Lars med en svag suck.

Ok han var sen lite sen, han brukade aldrig vara sen men å andra sidan så brukade alltid Chris vara några minuter efter utsatt tid, så denna gång skulle de kanske komma samtidigt. Några sekunder senare, som kändes som en evighet, så började hans puls att öka farten igen. Lars kunde återigen inte riktigt sätta fingret på varför, men hjärtat började nu att rusa i bröstet kände han. Han fick tillbaka känslan av att det var något som var fel. Han tog nästa spjärn med benen och spände kroppen i ett försök att göra sig tyngre och på så sätt öka hissens hastighet nedåt. Han hade nästan börjat trott att hissen hade stannat mellan våningarna men så till slut så bromsade den in så där mjukt som bara en hiss kunde göra. Vår tids teleporter, man går in på ett ställe trycker på en knapp och kommer ut på ett annat ställe. Han skrattade faktiskt till för sig själv när han tog två snabba steg ut ur hissen, tittade på klockan igen. Han kunde konstaterade att hissfärden hade tagit exakt trettiofyra sekunder, det var i varje fall långa sekunder tänkte han. Han höll sedan på att springa omkull en kvinna, i en alldeles för stor hatt, som för en sekund var allt som upptog han synfält. Ett halvtyst excuse me, dock med en liten irriterad ton på slutet, senare så kände han plötsligt sig lugn igen. 20-30 meter längre fram strax innanför de stora dörrarna i mörkt elegant träsnitt,

med stora matta glasrutor som ledde ut mot gatan, stod Chris
och Dietmar och pratade med varandra. Allt var lugnt. Han
stannade till och såg på de båda. Vad var det som han oroade
sig för egentligen. Det var ju han som hade kontrollen, åt båda
sidorna. Det var han och ingen annan som låg steget före, det
var han som bestämde. Så var det faktiskt konstaterade Lars
och kände att andningen började bli normal igen.
Det var då som han såg det. Det var som en scen ur en film och
plötsligt föll allt på plats. Det är konstigt hur hjärnan faktiskt
fungerar och hur många ord som man hinner tänka på en kort
sekund. Ord som bildar ens egna tankar. Ett sammanhang av
ens tankar som plötsligt bara finns där, något som har vuxit
fram ur ingenting och sedan blixtsnabbt är helt självklart.
Något som hjärnan kan analysera på en tiondels sekund men
ändå något som man sedan inte kan omsätta i handling på
samma korta tid. En handling som då kanske skulle kunna
förhindra vad som man redan har förstått är på väg att ske.
Strax till vänster om Lars stod Hossein. Det var honom som
Lars fick syn på först. När han sedan såg denne persons mycket
förvånade ansiktsuttryck, som stirrade rakt mot Chris och
Dietmar, så upptäckte Lars sedan den mörkt klädda man, som
var i färd med att snabbt och beslutsamt närma sig Chris och
Dietmar. Mannen i de mörka kläderna kom från deras döda
vinkel och blev på så sätt som osynlig för de båda. Lars blev nu
på en sekund kall och alldeles stel.
Någon annan men vem, tänkte Lars, har fått kalla fötter och
beslutat sig för att ingripa. Någon eller några hade kanske fått
panik, tröttnat eller bara bestämt sig att denna sak nu skulle
avslutas. Lars såg den mörke mannens högra hand röra sig
snabbt uppåt när han passerade precis framför Chris och
Dietmar. Han förstod att han egentligen inte hörde de fyra tysta
knallarna, men när den mörka mannen hade passerat Chris och
Dietmar och Lars återigen såg sina vänner så bekräftade de
rörda märkena i deras huvuden de tysta knallarna. Lars kunde

därifrån han stod se att benen på Chris och Dietmar unisont vek sig, det var ett ytterligare bevis på att något verkligen hade skett. Lars frös fast i sin position och kunde bara se på när hans vänner ramlade in i varandra, det var nästan som början på en vänskaplig omfamning men det blev en kram som aldrig fullbordades. Istället så valde de två kropparna varsin sida och lade sig efter ett kort fall tillrätta på golvet. Det var bara Lars, Hossein samt den mörke mannen i hela hotellobbyn som förstod vad som precis hade hänt. Det var en del förvånade människor som uppfattade att de båda ramlade omkull, men inte egentligen inte mer än så. Lars hade dock förstått allt och nu släppte han inte den mörke mannen men blicken. Hossein hade han redan avskrivit som ett potentiellt hot och med det så kunde han rikta hela sin fulla uppmärksamhet mot mannen i de mörka kläderna. I ögonvrån kunde han se att Hossein fortfarande bara stod och stirrade samtidigt som Lars tryckte sig förbi honom och i samma rörelse tog fram sitt eget vapen. Han skannade av lobbyn för att se vart den mörkklädda mannen var på väg. Mannen gick med snabba steg rakt mot receptionen. Han var alldeles säkert på väg mot en personalutgång eller en nödutgång eller liknande som skulle leda ut från hotellet. Lars gjorde ett snabbt val. Han tog två steg åt höger och kom på så sätt i en perfekt vinkel för att genskjuta mannen på hans väg mot receptionen och dess hägrande bakdörr. Nu var det den mörkklädde mannens tur att bli förvånad när han i ögonvrån fick syn på Lars. Han hade fått order om att det var bara två mål inte tre. Därför var det enligt hans uppfattning fel att se en tredje man, med ett höjt vapen till på köpet. Någon mer tanke hann dock inte passera i hans medvetande. Nästa sak som borrade sig in i hans hjärnas var en hård och något svagt spetsig metallkula. Mannen var död innan han hade nått golvet. Lars trängde sig fram och tog tag i mannen innan han föll omkull. Med ett snabbt ryck så slet han upp mannens skjorta och såg med stor tydlighet den lilla men ända klart lysande tatueringen av en sfinx, som var placerad på bröstet precis ovanför hans vänstra bröstvårta. Lars släppte mannen samtidigt som han högt och tydligt sa, -Excuse me. Han tog sedan fart och stegade snabbt mot receptionen och bakdörren som han förstod måste finnas där. Just då så brände det som till i hans bröst eller rättare sagt precis ovanför hans vänstra bröstvårta. Han kliade sig hårt och bestämt samtidigt som han med snabba steg passerade receptionen och försvann in bakom densamma. Lars fick syn på nödutgångskylten samtidigt som han hörde ett skrik som snabbt eskalerade till ett flertal höga röster som ömsom skrek ömsom grät tyckte han sig kunna höra. Hans hjärna, som nu gick på ren instinkt, sa att allt detta var han nu tvungen att lämna bakom sig och det fort. Samtliga Lars tankar måste från och med nu vara fokuserade enbart på framtiden.

Samtidigt som allt detta skedde och alla händelser bearbetades av Lars hjärna så gick det samtidigt upp för det stora flertalet av människorna i lobbyn att något mycket fruktansvärt precis hade hänt. Att de faktiskt var mitt uppe i ett mindre slagfält med tre fallna kämpar.

Kapitel 14
Nutid

Camila satt i bilen på väg tillbaka till stationen och funderade. Hon hade tidigare på dagen tagit sig till flyktingförläggning. Där hade hon fått reda på att Adman var gift och det visade sig att han hade även sin fru på flyktingförläggningen. Själv var han tydligen ute i något ärende men hon skulle visst kunna träffa hans fru, hade de sagt i receptionen. Det var mycket som var annorlunda på en flyktingförläggning jämfört polisstationen och samhället i stort tänkte hon.
-Jo särskilt i dessa tider som man nu befinner sig i, sa hon lite halvhögt för sig själv där hon satt i bilen och tänkte på vad hon hade sett.
Hon hade mycket riktigt fått träffa Admans fru. Det hade tagit ett tag innan de hade börjat samtala. En trevande inledning där de två kvinnorna försökte läsa av varandra, det var i varje fall Camilas konstaterande så här i efterhand. Admans fru Leisha som hon hade presenterat sig som, det var i varje fall vad hon hade sagt. Egentligen hade hon väl ingen anledning att inte tro på detta men det hade varit något under hela samtalet som hade gjort att Camila var osäker på vad som hon kunde ta för sanning och vad som var en lögn. Lögn, hon smakade på ordet, inte för att det var något som hon hade sagt som var en uppenbar lögn, nej så var det inte. Men alla år som polis hade gjort att Camila hade en känsla, det var i varje fall vad hon intalade sig själv. Att kunna avgöra på folk om det som de sa var sanningen eller om det faktiskt var fabricerat. Nu när hon satt i bilen kände hon sig säker på att mycket av det som hade fått höra faktiskt var lögner. Nu kanske man inte skulle dra för stora växlar av det. Hon var en flykting från ett hemskt krig och hennes erfarenheter av polis och militär kunde mycket väl bara vara dåliga erfarenheter. Att flyktingar inte litade fullt ut på

poliser i Sverige skulle man nog inte ta som personlig kritik,
inte efter det första mötet i varje fall det var Camila rätt säker
på. Hon ryckte till, hade hon precis kört mot rött? En känsla av
att något på utsidan var lite fel kom sakta smygande men hon
kunde inte avgöra riktigt vad som precis hade hänt. Någon hade
tutat ilsket och hon trodde sig ha hört en bil tvärbromsa. Hon
släppte foten från gaspedalen men bilen fortsatte i samma fart.
Hon satte foten på bromsen, blinkade in till höger och stannade
intill vägkanten. Det här med att moderna bilar inte
motorbromsade längre utan bara rullande på hade hon inte
riktigt fått in i sitt medvetande ännu. Det var visst bra för
bränsleförbrukningen men det hade gjort att hon vid ett flertal
tillfällen nästa hade rullat in i bilar framför henne. Så nu tog
hon det säkra framför det osäkra och istället för att rulla på så
hade hon nu stannat bilen helt och hållet. Så var det med den
bränslebesparingen tänkte hon. Men just nu var det nog bättre
att släppa ut lite onödiga doser koldioxid istället för att krocka
tänkte hon samtidigt som hon tittade i backspegeln, men såg
inget konstigt som ett gäng krockade och brinnande bilar till
exempel.
Skönt ingen olycka i varje fall, tänkte hon.
Hon satt där någon sekund och skrattade lite för sig själv. Det
hade just varit snyggt, *Polis kör mot rött och orsakar seriekrock
mitt i centrum.*
-Jo det hade varit en fin rubrik i länstidningen sa hon till sig
själv.
Men så kom tankarna från flyktingförläggningen tillbaka. Det
kanske är lika bra att stå stilla här ett tag, nästa gång har jag
kanske inte samma tur, konstaterade hon samtidigt som hon
stängde av motorn. Vad var det nu Leisha hade sagt egentligen.
Hon och Adman hade kommit till Sverige bara för några
månader sedan, fyra månader för att vara exakt. De kom båda
från Syrien hade hon sagt. Adman hade sagt att var från Irak
men det var kanske sant både och, alltså Adman var född i Irak

men de bodde nu i Syrien eller hade bott kanske man nu skulle
säga. De hade tillsammans lämnat Syrien för Sverige, så skulle
det kunna vara förstås. Nu bodde de alltså tillsammans på
flyktingförläggningen. Bodde de tillsammans hade Camila
frågat. Jodå det gjorde de. Leisha hade nästan svarat för fort
tyckte Camila. I och för sig så skulle det helt normala svaret
vara ja men nu trodde eller till och med visste Camila att
Adman sov i kojan nere vid slussen så hon var lite på sin vakt
när hon ställde denna fråga. Leisha hade sedan frågat Camila
om varför hon var där och varför hon frågade om Adman.
Camila berättade att de hade hittat en död man nere vid slussen
nära centrum och Adman kunde ha varit ett vittne, eftersom
han bevisligen hade varit i området och då kanske sett något
misstänkt. Leisha hade sett lite fundersam ut för att sedan fråga
om Adman var misstänkt för någonting.
Nej då hade Camila svarat och försäkrat Leisha att hon vara
bara där för att få vittnesuppgifter, om nu Adman hade något
sådant att lämna förstås. Leisha hade dragit som en suck av
lättnad, det hade Camila varit säker på. Det var i och för sig
inget konstigt. Om hennes man skulle ha varit misstänkt för
något och polisen var där och frågade om Adman så var det
självklart att hans fru skulle bli orolig. Men nu när hon fick reda
på att han inte var misstänkt så skulle vem som helst slappnad
av, men det var något med sättet som hon gjorde det på. Att det
egentligen inte var Adman hon brydde sig om utan det var
något annat som gjorde att hon blev lättad. Jo så var det nog
faktiskt. Camila kunde inte minnas att Leisha vid något tillfälle
hade på ett, som hon tyckte, normalt sett pratat om eller betett
sig som en fru till Adman. Hon hade faktiskt varit mer som lite
distanserad till Adman, jo så var det konstaterade Camila för sig
själv.
Ok vad betyder det då, tänkte Camila där hon satt i sin bil.
-Kanske inget alls, sa hon högt för sig själv som faktiskt gjorde
att hon ryckte till av ljudet från sin egen röst. Hon kom sedan

på sig själv att tänka på det hon hade hört om uppgjorda
äktenskap, en sed som tydligen var vanligt i den delen av
världen där de kom ifrån. Kanske var detta ännu vanligare än
vad ryktena sa. Kanske var en majoritet av alla äktenskap i
mellanöstern uppgjorda av föräldrarna till de båda. Det är klart
om det är så, då kanske det inte alls var så konstigt att hon
kände mer kyla än värme när Leisha hade pratat om Adman. En
annan tanke fladdrade förbi, kanske var det så att de hade
hittat på allt om att de var gifta. Var det så att gifta par kanske
hade någon fördel i asylprocessen och vägen till att få ett
svenskt medborgarskap. Det var i varje fall vad Camila
misstänkte var målet för dem båda. Det skulle också förklara
varför hon kände som hon gjorde angående Leishas beteende
och ordval hon hade haft i deras diskussion om Adman. Camila
satt nu tyst både i tanken och i småpratet för sig själv. Efter
några sekunder kom verkligheten tillbaka till henne. Camila tog
ny sats och började återigen spela upp samtalet med Leisha i
sin egen reprismaskin. Hon hade inte uppfattat något som
skulle ha betytt att Adman var skyldig till mordet i slussen eller
att han för den delen hade diskuterat den händelsen med
Leisha. Camila kände sig så säker hon nu kunde vara på att
Leisha var helt ovetande till händelserna i slussen. Betydde det
något tänkte Camila. Den enda logiska slutsatsen hon kunde
dra var det faktum att Adman inte hade sagt något
överhuvudtaget till Leisha om händelserna nere vid slussen och
centrum.
-Vad betyder det då? Nu pratade Camila återigen med sig själv.
-Antigen är det så att Adman vet och kan något om mordet som
han inte vill berätta, eller så är det så att Adman pratar
överhuvudtaget inte med Leisha om slussen och kojan.
Camila var nu helt säker på att Adman faktiskt utnyttjade kojan
om nätterna. En ny tanke for förbi i hennes medvetande.

Det skulle i och för sig kunna vara så att Leisha var en otroligt kall person och kunde spela helt ovetande fast hon faktiskt visste något.

Betydde det något eller var det bara en personlighet helt utan betydelse. Camila startade bilen, såg sig noga om innan hon la i en växel och sakta gled ut i vägbanan igen för att ta sig tillbaka till polishuset. Hon trodde inte det skulle ge mer att prata med varken Adman eller Leisha. Leisha visste nog inget mer, det var i varje fall vad alla hennes tankar nu hade summerat upp till. Adman hade hört något men inte sett något, i varje fall inget som han skulle kunna återge med någon exakthet. Hur det nu var med deras förhållande till varandra spelade nog i sammanhanget ingen större roll tänkte Camila. Om de nu hade problem på det personliga planet så var det faktiskt inte hennes sak att gräva i. Det fick de lösa själva. Undra hur ett praktgräl mellan två syrier ser ut tänkte hon. Troligtvis som det ser ut i Sverige, i varje fall ingen större skillnad. För inte är det så att de kommer till en punkt när de faktiskt bokstavligen kan komma att spränga varandra i luften, tänkte hon samtidigt som hon sekunden senare förbannade sina egna fördomar.

På flyktingförläggningen satt Leisha och funderade. Polisen hade varit här och frågat om Adman. De hade i och för sig frågat om en redan död person. En person som man tydligen hade hittat nere i centrum. Polisen som var en hon, det var lite svårt för Leisha att ta in just detta att polisen var en kvinna. Samt att denna polis kvinna också verkade agera ensam alltså inte underställd en man. Hon visste i och för sig nu att sådant inte var ovanligt i detta land. Men för henne var det ovanligt och första gången hon upplevde något man bara hittills hade tagit in som information i lärandet om det nya landet som de nu befann sig i. Hon konstaterade att även om man var påläst så gjorde inte det att just det första mötet alltid gick som man hade planerat. Hon trodde nu inte att hennes förvåning runt en kvinnlig polis hade spelat någon större roll i det stora sammanhanget, så detta var egentligen inget hon brydde sig om. Det hon funderade på var just det faktum att polisen hade varit här för att prata med Adman. Kunde hela historien om en död man i centrum vara en täckmantel för att komma nära henne och Adman. Var det någon eller något som hade gjort att polisen var intresserade av dem bägge. Hon kunde inte vara säker på motsatsen så hon skulle nog behöva ringa det samtal som hon var instruerad att göra. Det var i och för sig sagt att de inte skulle ta onödig kontakt, normalt var det de skulle bli kontaktade. Om det nu inte var en speciell situation som kunde liknas vid en risk för hela deras syfte. Att polisen var här och personligen ville prata med henne och Adman var nog tillräckliga skäl tänkte hon för att kunna misstänka att det faktiskt förelåg en risk. Så att hon skulle ringa och informera om detta kunde nog faktiskt vara befogat. Tänk om det var en riktig risk och om hon inte ringde. Hon hoppades för sig själv att det var så som det skulle uppfattas i varje fall. Bättre att ringa en gång i onödan intalade hon sig själv. Leisha kände nu en plötslig smärta från underläppen. Hon var så inne i sina tankar att hon inte märkte att hon hade bitit hål i sin egen underläpp. Den söta smaken av blod på tungan gjorde att hon rykte till en aning.

-Aj, sa hon som en ren reflex.

Hon tittade sig omkring men ingen verkade bry sig. De andra som fanns runt omkring henne i det relativt stora dagrummet fortsatte med att göra ingenting, samt att den lilla personalstyrka som var på plats gjorde allt för att hålla så låg profil som det bara gick. En så låg profil att de i princip inte syntes. Hon var rätt säker på att personalen höll sig undan med flit för att inte hamna i diskussioner om allt och inget. Folk härinne hade ett konstant behov av information. En information som personalen normalt sett inte hade och kunde därför inte svara på alla frågor som fullkomligt haglade över dem när de ändå faktiskt visade sig. Något hade också hänt, på en annan flyktingförläggning, trodde Leisha. Något som nu gjorde att personalen alltid jobbade i par. Oftast var de faktiskt till och med tre som rörde sig tätt tillsammans, precis som de skyddade varandra tyckte sig Leisha kunna se. Hon svalde undan blodet och slickade sig om läpparna, hon hade bestämt sig nu. Hon skulle ringa. Hon reste sig sakta från sin stol och tog sikte på sitt rum och den mobiltelefon som hon hade gömd i sin väska.

Kapitel 15
Nutid.

Nere på centrum, på ett mindre café eller konditori som det visst hette här i Sverige, satt Adman. Han hade en olustig känsla inombords där han nu satt och tittade in i två par helt döda ögon, det var i varje fall så han uppfattade det. De två männen som satt framför honom med sina ryggar tryggt placerade mot väggen bakom betraktade Adman unisont med en fullkomligt likgiltig och helt kall blick. Det var som de båda förstärkte varandra och det Adman kände var en otroligt stark isande blick. Ett tag till så här tänkte Adman och jag fryser till döds av den kyla som omgav de två männen. Adman både kände och inte kände männen. Han visste vad de representerade och vilka de representerad. Han hade ingen personlig relation till dessa män som nu satt framför honom. Samtidigt var han personligen knuten till dessa män på ett sätt som var mycket starkt, så starkt att det inte gick att bryta upp. Han förbannande återigen den dag han hade träffat dessa män för första gången. Han hade stått framför sitt sönderbombade hus med enbart en plastpåse i högerhand. I plastpåsen låg allt han hade lyckats rädda från huset och det var inte mycket. En tandborste, sin väckarklocka och en varm tröja plus högerskon av sina relativt nyinköpta promenadskor. I vänster hand höll han i ett krampaktigt, alldeles för hårt grepp, sin dotter. Hon gnydde lite svagt men hon var samtidigt alldeles för rädd och oförstående för hela situationen för att säga något. På knä framför dem satt Admans fru och grät tyst. Han visste och hon visste. En vetskap om att resten av familjen. Admans mor samt svärmor och svärfar plus Admans bror med fru och två barn aldrig mer skulle komma ut från huset. De hade klarat sig men de andra hade inte haft samma tur. Så här i efterhand funderade han ibland på om det var han som hade haft otur och de andra som hade haft tur. De

hade den dagen börjat göra upp planer för att fly Syrien. De visste att det bara var en tidsfråga innan de själva skulle bli mycket hårt drabbade av kriget. Lika hårt som tusentals innan dem hade blivit. Nu var det för sent och han kunde konstatera att de hade väntat för länge. Flygplanen hade kommit precis efter att det hade blivit mörkt. Han hade känt denna gång att något var annorlunda. Kanske var det berömda sjätte sinnet för han hade ryckt åt sig några grejor och med tandborsten i munnen hade han skrikigt så högt han bara kunde att alla måste ut ur huset. På vägen mot dörren hade han i ett grepp omfamnat sin fru och dotter för att sedan vräka sig ut genom dörren och ut på gatan. De hade hunnit springa några meter innan tryckvågen hade kastat omkull dem. I fallet hade de hamnat på andra sidan av en låg mur som omgärdade grannen hus. Denna mur hade sannolikt räddad deras liv. Han hade reagerat utan att tänka. Det hade också varit nyckeln till att han nu stod upp och tittade på ruinhögen som hade varit hans hus. Resten av natten hade hans lilla familj spenderat under bar himmel. Nu var det morgon och de hade gått tillbaka till huset för att leta efter något, någon eller bara för att inget annat fanns att göra. Han hade stått där, tryckt sin dotters hand och tittat på sin fru när en röst bakom honom sa.
-Vill du hämnas?
Då hade det varit självklart. Han hade gjort precis som de hade sagt. Han skulle resa till de skyldigas hemmaplan för att slå till i lejonets kula. Hans fru och dotter skulle stanna i hemlandet men de skulle vara säkra. Det fanns tydligen platser som var säkra, utom räckhåll för stridsflyg och andra bomber.
Då hade han trott på allt som sades kanske mest för att ville tro, idag var han osäker på vilket. Nu var han dock pinsamt medveten om att han hade blivit lurad och utnyttjad. Det var dock en svag tröst för han visste också att det fans ingen väg tillbaka, de hade hans fru och dotter i "tryggt förvar". Han ville inte tänka för mycket på hur de behandlades om hans tankar

började fantisera för mycket så skulle han bli tokig det visste
han. Så Adman hade helt enkelt valt att tro på männens ord när
de sa att de hade det bra. Hur kunde det hjälpa honom att inte
tro på vad de sa. Han hade ingen chans att kontrollera något, så
med en för honom själv iskall tanke, så hade han bara
accepterat detta.
Männen framför honom hade en plan, en plan som han dock
inte till fullo var insatt i. En plan som han heller inte var ensam
i. Männen hade så mycket resurser och förmågor så de hade till
och med skaffat honom ett resesällskap för att han inte skulle
kunna få en enda chans att fly eller på något annat sätt ta
kontakt med hans nära och kära där hemma. Hemma i det land
som han en gång hade kallt sitt hemland. Han tänkte på sin fru
här i Sverige. Han hade svårt att se henne i ögonen och att sova
i samma säng eller samma rum för den delen det hade varit helt
otänkbart. Som tur var så hade hon accepterat detta så hans
nattliga eskapader var ok för henne. Han kände sig övertygad
om att hon faktiskt hade litat på honom när han hade sagt att
han inte skulle rymma eller göra något annat som han inte fick
göra. Adman hade lugnt och sakligt förklarat att gränsen skulle
passeras om han skulle behöva sova tillsammans med henne.
Hon hade tänkt några sekunder innan hon hade sagt ja och nu
var det som det var. Han hade hittat kojan. Den fick duga och
allt eftersom dagarna och nätterna gick och hon märkte att han
alltid kom tillbaka på morgonen så hade ett nytt normalläge
infunnit sig. När samtidigt inga signaler kom från de som hade
hans riktiga fru och dotter under uppsikt, till exempel om att
han hade försökt kontakt dem på något sätt, så hade detta
arrangemang blivit accepterat.
Hämnas, tänkte han.
Inte skulle han få hämnas, han var lurad så till den graden att
han någonstans hade accepterat sin egen dumhet och valt att gå
vidare med denna sanning. Den fanns nu inga andra val eller
lösningar. Hans familj som var kvar i helvetet förtjänade en

andra chans, det var allt han tänkte på. Att andra människor skulle drabbas på grund av hans dumhet var något som han skulle behöva acceptera konsekvenserna av. Han började glida in i de filosofiska tankar som han hade brottas med i 100 tals timmar redan. Han visste att han aldrig skulle få ro med tanken om vissa liv var värda mer än andra liv. Vilka som skulle få leva, vilka som skulle dö. Han slöt ögonen och gled motvilligt bort. Men rycktes tillbaka till verkligheten av en skarp stämma.
-Skärp till dig, sitt inte och blunda, sa den obehagliga rösten, skarpt och väsande på en och samma gång.
Adman hostade till, knäckte på nacken en gång innan han smuttade på sitt te.
-Vi har funderat och vi har nu en plan för dig, sa den andra mannen.
-Någon månad till, sedan kommer detta vara över och din fru och dotter kommer att få lämna Syrien och hjälpas till Tyskland. Visst var det där ni hade släktningar?
-Jo, sa Adman. -Hannover.
-Hannover ja, väste den första mannen som ett bekräftande. Adman kände en svettdroppe bildas under luggen, den växte sakta, fick sällskap av flera som sedan i en större grupp sakta började rinna ner och fram över pannan.
-Är du osäker? Sa den andra mannen och tittade noga på Adman.
Adman mötte den döda blicken, han försökte se så lugn ut som möjligt när han tittade tillbaka på mannen för att svara.
-Nej, jag vet vad jag har lovat att göra och det kommer jag också att göra. Sedan är det ni som måste göra vad ni har lovat.
Han var tyst någon sekund, funderade och fortsatta sedan.
-Jag kommer att märka om ni håller ert ord. För om ni inte gör så då kommer vi att träffas igen och då är det jag som sitter med trumfen på min hand.
Han letade efter något i de båda männens blick eller kroppsspråk som skulle säga till Adman om han hade valt en

bra taktik eller dålig taktik. Han visste inte om de kunde genomskåda honom och att hans hot var tomma eller om de faktiskt kunde tro att det var sant det han hotade med. Men männen satt bara lugnt och studerade Adman.

-Du kan vara lugn, vi kommer aldrig mer att träffas varken i detta liv eller i nästa.

Adman visste inte riktigt om han skulle bli glad när han hörde dessa ord men det var ändå något som sa Adman att männen inte sa som de gjorde för att luras, utan de sa detta för att de trodde på dessa ord. Det fick vara som det var, Adman bestämde nu att detta var en försäkring som var positiv för hans riktiga fru och dotter och det var i slutändan bara det som betydde något. De satt så några sekunder och tittade på varandra. Sedan var det mannen med den väsande rösten som började prata igen.

-Som sagt, detta är sista gången vi träffas så här öga mot öga. Du vet vad som förväntas av dig.

Han gjorde en konstpaus och sökte Admans blick. Adman besvarade blicken och la till en liten rörelse med huvudet för att tydligt bekräfta att han var med på noterna.

-Bra, sa mannen med den väsande rösten.

-Du kommer att få instruktioner om när och vart du skall bege dig. Du kommer också få veta var exakt du kan hämta upp din packning.

Återigen en konstpaus för att bekräfta att Adman var med på vad som menades. Adman svalde hårt för att sedan så bestämt han bara kunde bemötte han blicken som tittade på honom med samma kyla och bestämdhet. Han la också till den lilla huvudrörelsen igen för att återigen bekräfta att han förstod. Ett nytt kort dödläge uppstod när de tre männen bara tittade på varandra. En kamp för sinnenen tänkte Adman, en kamp som han var dömd att förlora på förhand. Det spelade som ingen roll hur mycket kyla och bestämdhet ha la i sin blick, han skulle i varje fall förlora i slutet. Då bröts dödläget av att den andre

mannens telefon ringde. Alla tre ryckte samtidigt till. Adman
såg att detta var oväntat och inte något som männen
förväntade sig. En tanke for genom Adman huvud, kanske
skulle det kunna få en annan vändning i varje fall, eller?
En isande kyla drog genom hans kropp för att sedan stanna upp
mitt i hans hjärta. Hans fru och dotter, hade något hänt. Han såg
spänt på mannen som efter att ha svarat i telefonen nu satt tyst
och lyssnade till vad som sas. Adman kunde inte höra något om
vad som sades men han förstod att det var något som inte var
som de hade planerat, något som störde upplägget. Mannen
nickade som för sig själv och bekräftande till den personen som
var i andra ändan. Efter någon minut så avslutades samtalet.
Återigen blev det tyst, Adman tyckte att hela världen blev tyst.
Det var en kuslig känsla som sakta spred sig från golvet genom
hans fötter, vidare upp genom benen och in i magen. Där
började det som att snurra och Adman blev faktiskt lite
illamående där han satt och väntade på vad som komma skulle.
Den andre mannen viskade något i mannen med den väsandes
röstens öra. De tittade på varandra ett kort tag. Mannen med
den väsande rösten lutade sig fram och viskade något han med.
Sedan blev det återigen tyst. Adman kände att känslan i magen
nu fortplantade sig uppåt, mot huvudet, den rusade genom
bröstkorgen, den måste stoppas tänkte Adman.
Når detta min hjärna kommer jag att förlora förståndet.
Just detta med det odefinierbara som rusade genom hans kropp
var nu allt han nu kunde tänka på. Han stålsatte sig för att med
sina nackmuskler kunna stoppa vad det nu var som i full fart
rusade fram genom hans kropp.
-Varför vill polisen prata med dig? Sa mannen som inte hade
den väsande rösten plötsligt.
-Polisen? Sa Adman frågande.
-Polisen har varit nere på flyktingförläggningen där du bor och
letat efter dig, varför? Adman tänkte fort, Polisen, varför?

Men sedan kom han ihåg samtalet med den mörka kvinnliga polisen som hade räknat ut att han sov i kojan inne i skogen. Hon som ville veta om han hade sett något eller hört något i slussen natten till måndag. Det var ju någon som hade dött, kanske mördad för allt vad han visste.
-Jag, sa Adman och tänkte nu många tankar samtidigt. Vad visste de om hans nattliga vistelse i kojan? Visste de om kojan? Han vågade inte chansa så han besluta sig för varken att bekräfta eller dementera detta. Nu märkte han plötsligt att känslan av att något hade rusat igenom hans kropp var tillfälligt borta.
Det var i varje fall skönt, tänkte Adman innan han tog ett lite djupare andetag en normalt och började sakta att berätta.
-Jag vaknade mycket tidigt i måndags morse, så jag gick ut, sa Adman.
Han tittade efter någon respons hos männen, inget. Han fortsatte.
-Jag vandrade runt ett tag, det var helt ödsligt ute men skönt och stilla. Det finns en del att fundera på i min situation, eller hur? La han till.
Ingen respons men han hade i varje fall de båda männens uppmärksamhet, det var något som var säkert.
-Jag hamnade, ja faktiskt mer av en tillfällighet nere i centrum. Jag menar att jag hade egentligen inget mål med min promenad, utan det var promenaden som var syftet. När jag var i närheten av slussen, ni vet den som de renoverar nere i centrum, så hörde jag en del konstiga ljud och jag såg också något eller någon. Det var fortfarande mycket mörkt ute så jag kunde egentligen inte avgöra vad jag faktiskt såg, eller hörde. Men det var ett ljud. Ett bankande ljud som jag inte kunde placera samt att jag såg något eller någon. Troligtvis en person, han eller hon, som inte verkade vilja bli sedd.
Adman var nu i sinnet tillbaka på plats nere vid slussen. Han slöt ögonen och koncentrerade sig hårt för att återuppleva det

han faktiskt hade sett och hört. Hade det varit en människa han hade sett. En människa av kött och blod som på ett mycket märkligt sätt hade lösgjort sig från marken och verkade sväva. För att sedan helt plötsligt bara stått där och tittat mot Adman. En människa eller varelse som sedan, innan Adman hade kunnat bestämma sig för vad han såg, försvunnit bort från Adman.

-Jag blev förvirrad men kunde inte avgöra vad som var verkligt eller vad som var mina egna fantasier. Hur som helst, fortsatte Adman.

-Så insåg jag plötsligt, där jag stod mitt i alla mina grubblerier och mystiska ljud, att jag hade missat frukosten eller i varje fall skulle missa frukosten om jag inte skyndade mig tillbaka till förläggningen så det gjorde jag.

Adman andades några gånger, drack lite av kaffet som nu var kallt i koppen. Han ryste till men svalde i varje fall ner det kalla kaffet för att sedan fortsätta sin redogörelse.

-Känslan och kanske nyfikenheten vad vet jag gjorde att jag inte kunde släppa detta så dagen efter gick jag ned mot slussen igen för att söka någon form av förståelse för vad jag hade sett eller inte sett. När jag stod där nere vid slussen så kom en polis fram till mig och började ställa frågor. På något sett så lyckades hon...

Adman tittade upp för att söka männens blickar.

-Polisen var en kvinna. Det var kanske därför som hon lyckades få ur mig att jag hade varit på samma plats på måndagens morgon, och faktiskt var ett vittne. Jag förstod inte sa jag. Vittne till vad frågade jag. Då berättade hon att de hade påträffat en död människa nere i eller vid slussen.

Adman tystnade och såg försiktig på männen som för att avgöra om de lyssnade intresserat eller om de redan bestämt sig för att allt var påhitt. Eftersom det Adman nu berättade var hundra procent sant, i början så hade han dock behövt använda sig av en vit lögn, så kände han sig nu relativt trygg i sitt berättande.

Han kunde också se till sin lättnad att han också fick
bekräftande blickar tillbaka. I varje fall tyckte han sig få detta,
så han fortsatte.
-Jag var tvungen att berätta var jag bodde och jag kände att jag
inte kunde ljuga om det. Så jag förklarade att jag bodde på
flyktingförläggningen. Hon sa då att hon mycket troligt skulle
komma och besöka mig igen för att få mer information. Det är
det enda förklaringen till varför jag tror att polisen har varit
och sökt mig. Alltså att de ville fråga om jag hade kommit på
något mer som jag hade sett eller hört där nere vid slussen.
En tystnad följde men han tyckte sig se en bekräftande rörelse
med ögonen hos mannen som hade svarat i telefonens. Adman
kände nu att det konstiga i hans kropp återigen hade fått ett
eget liv. Det odefinierade hade sakta började ta sig uppåt igen.
Genom låren sedan motsols genom magsäcken och därefter
med blixtens hastighet genom hela hans bröstkorg. Återigen så
spände han sina nackmuskler så hårt det bara gick.

-Någon som vill ha mer kaffe? hördes plötsligt en röst säga.
Det blev med ens lugnt i Adman kropp, den mystiska känslan
föll tungt mot golvet och magen började kännas normal igen.
-Sorry, sa Adman när han förstod att de andra två männen inte
skulle säga något.
-Sorry, don't understand swedish.
-Ok sa den unga killen som hade frågat om mer kaffe.
-I'm just wondering if anyone wanted more coffee?
-Ehh, yes thank you, sa Adman lite förvånat.
Han lutade sig lite tillbaka så killen med kaffekannan kunde
fylla på Adman kaffekopp. Killen tittade sedan med en frågande
min på de andra männen. De nickade unisont, nästan med en
militärisk inövad precision. Killen fyllde på kaffet och dröjde
sedan sig kvar på platsen där han stod vid bordet.
Måste passa på att öva på min engelska, tänkte han.
-Kul att ni är här, fortsatta han på sin skolengelska.

-Inte så ofta det kommer turister till vår stad så här tidigt på säsongen.
Han tittade på de tre männen för att försäkra sig att de förstod.
Han drog slutsatsen att de förstod, för han fick inga frågande blickar riktade mot sig.
-På sommaren brukar det vara mängder med turister här.
Killen hejdade sig en sekund sedan fortsatte han.
-Då blir man blir nästan trött på alla turister. Men nu så här på våren då saknar med dem faktiskt.
Han såg återigen på de tre männen för att söka någon form av respons. Han fick dock inget svar men samtidigt inte heller något som sa åt honom att sluta, så han fortsatte att vara trevlig.
Det kan inte skada någon tänkte han.
-Kommer ni stanna några dagar eller är ni bara på genomresa?
Ingen respons vad han kunde se.
-Jag hoppas att ni kan stanna för snart så smäller det.
En liten respons kunde han nu urskilja från den mannen som satt i soffan, mitt i mot honom från där han stod med sin kaffekanna i ett fast grepp. Ett öga som ryckte till lite svagt.
-Jo förstår ni, det kommer att bli fest till helgen. Vi skall inviga den nya slussen, vår stolthet här i staden, turistmagneten så att säga. Det kommer att bli massor med folk, en riktig folkfest skulle man kunna säga.
Nu fick han faktiskt mer av respons och det från de båda männen som nu satt stirrade stint på honom. Det blev nästan lite obehagligt.
-When? Sa den ena mannen.
Han väser nästan som en orm, tänkte killen innan ha fortsatte.
-På lördag alltså dan efter i övermorgon.
Det var nästan som en magisk stämning la sig runt bordet, ett magiskt lugn tänkte killen. Han kunde inte ta på känslan med det var något som hände där och då, det var han säker på.
Adman såg på de två männen och han fylldes på ett sätt med ett

lugn, fast han hjärta slog i hundraåttio. I magen kände han dock
ett svagt illamående. Ett illamående som sakta blev större när
det började stiga upp i matstrupen och när han förstod att de
två männen hade bestämt sig.

Kapitel 16
Dåtid

Åke satt och tuggade nervöst på en tandpetare. Han kände sig dum och visste inte riktigt vad han skulle ta sig till härnäst. Sonny och Börje satt tysta och tittade ömsom på Åke och ömsom på sina händer och de bruna naglar som prydde deras fingrar. Incidenten vid ICA hade blivit ett komplett misslyckande. Ett tillfälle hade yppats men också ett tillfälle som hade glidit honom ur händerna. Berit hans gamla lärarinna hade dykt upp och förstört allt. Det var förvisso till stor del hennes fel, men han var egentligen inte arg på Berit. Åke brottades inombords med sina känslor, men denna gång gick helt enkelt inte att få till den där bubblande ilskan som han brukade känna och hade känt vid så många andra tillfällen. Det enda han kom fram till, om och om igen, var att Berit var en person som Åke inte kunde vara arg på. Hon var nästan som hans mamma, eller i varje fall som den mamma som han alltid velat ha tänkte han lite flyktigt. Nej han var mest arg eller faktiskt riktigt arg på den där skitiga familjen. De hade talat till honom på ett sätt som inte var värdigt tänkte han. Det började nu åter sakta kännas mer normalt. Åke kunde känna hur ilskan började bubbla igen, djupt där nere i magen. Den där skitiga familjen saknade respekt för honom och nu var han faktiskt lite rädd att hans maktställning i den lilla grupp han befann sig i var hotad. Inte för att den tanken verkligen bildades i hans huvud men det var den känslan han ständigt återkom till och som han hela tiden fick slänga av sig, innan den fick riktigt fäste, med en svordom som mer eller mindre nu löpande for ut från hans halvstängda mun. Respekten måste återtas, så var det. Till och med ungarna hade pratat med honom, de borde ha varit tysta och insett sitt bästa men nej då de sökte konflikt. Ja så var det de sökte konflikt, hela familjen sökte konflikt. De

hade faktiskt utmanat honom. Det började kännas ännu lite
bättre i magen men han var tvungen att göra något åt denna
nya situation det var han säker på, men vad tänkte han.
Sonny slutade stirra på sina naglar och började nu lite nervöst
bita på dem innan han tittade på Åke.
-Öhh vad skall vi göra?
-Vad menar du, fräste Åke tillbaka.
Inte för att han egentligen ville veta om Sonny hade någon plan
utan han ville få bara få tyst på honom så han kunde tänka
klart.
-Jo, fortsatte Sonny. -Jag tänkte att vi borde sätta åt
svartskallarna eller något. Jag menar som de betedde sig nere
vid ICA, de borde få något straff tänkte jag.
Åke avbröt sin tanke och titta skarpt på Sonny, nu gäller det
tänkte han. Han var utmanad, inte nu för att Sonny verkligen
förstod det men så var naturens lag. Om ledaren visar sig svag
så börjar flocken att omedvetet testa gränserna. Efter ett tag
om de inte stöter på något motstånd så förstår även flocken att
ledaren kan utmanas. Men detta skulle inte ske här och nu
tänkte Åke.
-Jaha, sa han. -Och vad hade du tänkt dig för straff då? Åke
tokstirrade på Sonny.
-Joo, sa Sonny, -Först så tänkte jag att de skulle...
-Jaha, Åke avbröt honom. -Du inte bara tänker utan de
resonerar med dig själv också, gör planer och analyserar eller?
Nu vaknade Börje till, han gav upp ett kort skratt samtidigt som
han tittade på Sonny. Sonny blev faktiskt lite röd i ansiktet.
-Ok, tänkte Åke. Ordningen är återställd men man får inte håna
för mycket utan nu är det dags att informera om nästa steg.
-Du har faktiskt rätt, sa Åke. Man får inte bränna sina broar,
tänkte Åke sedan.
Han må vara ledaren men en ledare är ingen ledare om han inte
har någon att leda, så han var på ett sätt lika beroende av Sonny
och Börje som de var av honom.

-Ett straff skall de ha. Särskilt gubb-fan som inte kunde ge mig påsen. Hade han bara gett mig påsen så hade allt varit lugnt. De kommer hit, får ett hus att bo i och sedan får de pengar för att göra alltså ingenting. Sedan får de mer pengar för de måste ju kunna handla mat också.

Åke förställde sin röst och försökte låta så feminin som möjligt.

-De får väl för fan odla potatis på baksidan, hur svårt kan det vara.

Åke tittade på sina undersåtar som nickade instämmande.

-Den fan hade sedan vett att prata till mig på ett sätt som om det var han som bestämde och kunde diktera villkor.

Det blev tyst ett tag. Åke tänkte några snabba tankar. Sonny och Börje tittade på varandra för att tyst se om den andra var med på vad Åke höll på att fundera fram. De konstaterade rätt fort att de två var på samma våglängd vilket var lika med att de hade för tillfället ingen aning om vad Åkes innersta planer var. Åke var dubbelt irriterad, dels för detta med ICA och påsen och så att det sved som fan i skinnet efter de tatueringar som han hade bränt in på sin kropp. Han var mycket nöjd med resultatet, tredje rikets symboler satt nu för alltid på hans kropp, men det sved som fan.

-Vi kör korset, sa han plötsligt. -Det var ett tag sedan och om de kommer ut så skall jag fan skära tungan av den fan, ja djävlar det ska jag. Jag skall skära tungan av den fan. Han försökte inte bara pratade med mig, han försökte tillrättavisa mig och det skall han få ångra.

Åke var tillbaka, ordningen i gruppen var normal igen. Sonny och Börje såg på Åke med den där blicken som sa att de var med på vad än Åke befallde.

Åke var på bra humör igen.

-Satans djävlar vad han skall få ångra det.

Kapitel 17
Nutid

Lars satt på ett Starbucks coffee house någon kilometer från hotellet. Han tänkte inte gå tillbaka. För honom var Lars Tjulin också död. Han hade egentligen allt på sig som han behövde, kläder, pengar och sitt pass. Han hade också en adress i huvudet. En adress som gick till ett speciellt ställe här i USA. Ett ställe dit han skulle kunna ta sig till för att få en ny identitet. Det var nog också en aning bråttom tänkte han. Det fanns absolut en chans att utnyttja resurserna som stod hon tillgängligt men det skulle nog vara sista gången, det var han rätt säker på. Någon skulle snart lägga ihop två och två och klura ut vad som egentligen hade hänt där i lobbyn. Han behövde också ta kontakt med Sverige. En sista gång, en sista gång som Lars i varje fall. Han skulle se om det skulle kunna gå att komma tillbaka senare men först fanns det vissa saker som han behövde ta tag i. Vad exakt det kunde och skulle leda till var han inte riktigt säker på, men hade ingen väg tillbaka. Han kunde planera i princip allt som han skulle göra men det gick inte till fulla att planera vad andra människor gör med sin fria vilja. Så hur saker och ting utvecklade sig skulle också på ett sätt besvara om han någon gång i framtiden skulle kunna återvända. Men först skulle ha nu ta tag i vad som nu behövdes göra.
Behövdes göra, tänkte han. Behövdes det verkligen. Jo det behövdes göras.
Han skulle aldrig få ro i kroppen annars. Han hade innan resan bestämt sig för att det var nu dags att välja sida. Det hade i och för sig inte alls gått som han hade tänkt eller planerat men han hade bestämt sig som sagt. Nu var plötsligt vägen till målet något längre och krokigare men det var en väg som han fortfarande behövde vandra. Sverige fick vänta ett tag till. Nu

var det dags att ta sig till flygplatsen och en tripp till Las Vegas i Nevada, speldjävulens hem. Men det var också hemvisten för den bästa personen som fanns på denna jord för att skapa och ge nya identiteter till folk som behövde det. Lars behövde verkligen en ny identitet nu, det hade han inget problem med att konstatera. Han reste sig och sköt in stolen. Han la sju dollar på bordet och tog sin tunna jacka och gick sedan ut på trottoaren för att vinka till sig en taxi.

USA taxins förlovade land, En strid ström av gula taxibilar flöt fram på vägen. Denna första etapp skulle i varje fall inte bli någon utmaning.

Alltid något, tänkte Lars. För utmaningar är inget som det kommer råda brist på i framtiden. Så en lätt start på denna resa var verkligen att föredra.

Morden i Chicago hade blivit en liten notis i Aftonbladets nätupplaga. Bo-Inge råkade få syn på den som mer av en tillfällighet när han i sin väntan på att de sista resultaten från testet skulle bli klart satt och slö-surfade på datorn. Han fick direkt en känsla att detta faktiskt kunde gälla Lars och då även honom. Det stod i och för sig inte att det var någon svensk inblandad men det var rätt stad, Chicago. Det hade utspelat sig på ett hotell där två män kallblodigt hade mördats mitt i morgonrusningen. Fast allt hade skett mitt i lobbyn till ett mycket välbesökt och populärt hotell så hade ingen sett något av själva morden. De enda som folk i efterhand kunde minnas var att de bara hade lagt märke till var att de två männen hade ramlat omkull och att de senare konstaterade att de var döda. I artikeln stod det också att man något senare hade man påträffat en tredje man, en man som också var död. Han hade också påträffats i lobbyn men lite mer undanskymt och inte i de två första männens absoluta närhet. Artikeln berättade även att polisen på plats inte ännu hade kunnat fastställa något motiv. Den enda förklaring som nämndes i artikeln var att man klassade detta som en enskild och oförklarlig vansinneshandling. Artikeln uteslöt inte terroristdåd men det fanns i praktiken inget i nuläget som tydde på det. Bo-Inge hade läst artikeln tre gången och sedan kommit på sig själv med att han hade slutat att andats. Denna korta notis som inte hade fått något stort utrymme i aftonbladets nätupplaga borde inte ha fångat hans uppmärksamhet under normala omständigheter, men i detta fall så var det just ordet Chicago som hade fått Bo-Inge att trycka på just denna länk och läsa dessa ord som artikeln bestod av. 174 ord var det, varken mer eller mindre men i dessa ord läste nu Bo-Inge in mycket så mer. Kunde det verkligen vara så att någon eller några hade så bra koll på dem och visste vad de hade lyckats med. Att de var nära att lösa problemet med jordens oljeberoende så att någon eller några hade bedömt detta som ett mycket allvarligt hot mot sin existens. Dessa personer ville då alltså inte att Bo-Inge och Lars med övriga skulle lyckas med sitt projekt. Det de hade spekulerat om var nu troligtvis ett konstaterat faktum. Varför kunde man undra förstås.

Pengar såklart, tänkte Bo-Inge. Det fanns förstås en chans att dessa tre stackars satar inte var de tre personer som Bo-Inge närmast tänkte på. Om chansen var stor eller liten att dessa personer som hade mördats i Chicago var Bo-Inges vänner eller inte, det kunde han inte riktigt avgöra. Att det mycket väl kunde vara så det förstod han, men så länge inget var bekräftat så fanns det förstås en chans att Lars och de övriga var säkra och oskadade. Han måste göra vad han kunde för att se om det gick att få tag i Lars. Om en svensk person hade varit bland offren så borde det ha stått i artikeln tänkte han sedan. Artikeln borde då också ha varit en av huvudnotiserna vilket den inte var, så detta lilla halmstrå måste greppas. Ringa Lars var nu det enda som fanns i Bo-Inges huvud. Han var så upptagen med denna tanke så han märkte inte att printern nu hade tystnat och att rapporten låg färdigutskriven i den lilla blåa plastlåda som man hade ställt under printerns pappersutkast. Plastlådan hade dock råkat hamna lite snett som en följd av att Bo-Inge hastigt hade rest sig för att leta fram sin telefon som låg i innerfickan i hans kavaj. Kavajen hängde på en krok bredvid dörren till det lilla rum där han, datorn och printern och den lila blå plastlådan befann sig. I detta trånga utrymme var det nästa omöjligt att röra sig utan att stöta i mot något. Hade man samtidigt bråttom så var det i princip en garanti att man skulle ha ikull något. Detta hade då lätt till att de tre sista A4 sidorna hade ramlat ner på golvet eftersom de hade missat plastlådan. Detta var dock inget som fångade Bo-Inges uppmärksamhet när han med bestämda steg lämnade rummet med telefonen i fast grepp i sin högra hand. Han måste upp till sitt eget rum, mottagningen i printerrummet för mobiltelefoner var obefintlig det kom han ihåg.

Lars stod på terminal 1 på O´Hare terminalen tillika Chicagos flygplats och väntade. Att köpa en inrikes biljett till Las Vegas hade inte varit ett problem.
Så här långt inga problem, tänkte Lars samtidigt som han log för sig själv.
Problem, ta en taxi och köpa en flygbiljett borde inte kunna anses som ett problem resonerade Lars med sig själv. Men det är klart har man precis skjutit och dödat en annan människa så kanske det skulle kunna bli ett problem, så han borde nog vara tacksam för allt som nu gick som han planerade det. Lars tänkte tillbaka till lobbyn han såg dessa händelser som i ett annat ljus eller omständighet nu. Han hade som gått in i en annan skepnad efter hotell händelsen. Några tankar till sina två döda vänner fanns inte det nu inte tid till. Fokus nu var enbart till för ett kallt och analytiskt tänkande. Hade han begått något misstag? Han trodde i och för sig inte det. Visst, han hade av självklara anledningar inte haft tid och planera morgonens händelse. Allt hade gått på ren intuition eller på rutin kanske.

Han hade varit i liknande situationer tidigare men det var självklart en fördel om man hade kunnat planera och analyserat en situation innan den faktiskt hände. Men sannolikheten att någon hade observerat vad han hade gjort var inte så stor. Fakta var också att mannen som han hade skjutit hade inte ens förstått vad som hände och inte heller Hossein som han nu mindes att mannen hette, han som också hade befunnit sig i lobbyn hade förstått. Lars hade i taxin funderat på om han skulle söka upp Hossein, det kunde bli svårt men inte omöjligt men han hade insett att det bara skulle vara tidsödande. Lars hade insett att han hade fått syn på sin egen osynliga bevakare. Hossein var med allra största sannolikhet den person som bevakade den svenska delen av denna helhet, det hade Lars konstaterat i taxin på sin väg till flygplatsen. Pusselbitarna hade började falla på plats mycket förstås på grund av att han hade och på ett sätt fortfarande var en aktiv del av detta och vare sig han ville eller inte ville så skulle han fortfarande spela en stor roll i fortsättningen. Han hade i och för sig bytt sida, inte för att någon förutom han själv visste detta ännu men snart som han redan hade konstaterat så skulle även någon annan kunna lägga samma pussel som Lars precis hade gjort. Lars hade varit den perfekta reserven en person som hade utnyttjat sina grundläggande ingenjörskunskaper när ett tillfälle hade yppats. Han hade hamnat inne i lejonets näste när han hade av en slump sett att Master of plastic front tech AB sökte en person som faktiskt skulle kunna vara han själv. Han hade den grundläggande kunskapen som efterfrågades, inga referenser dock men han hoppades att hans fejkade men ändå vattentäta amerikanska referenser skulle funka. Han hade sökt jobbet på plats där han helt enkelt gått in i receptionen och förklarat sitt ärende. Han hade fått träffa Bo-Inge, ägaren och det hade klickat direkt. De var rätt lika som personer och han hade fått jobbet mer eller mindre direkt. I och för sig hade hans anställning börjat som en tre månaders provanställning. Jo eftersom det var lite av en chansning hade Bo-Inge sagt till honom men även lagt till ett stort leende som kändes mycket förtroendeingivande. Inget konstigt med det hade Lars tänkt, att få börja dag 1 med full lön utan att ha bevisat något egentligen hade nog varit att hoppas på lite för mycket. Allt hade dock gått jättebra och eftersom Lars redan visste vad pågick bakom den låsta dörren så hade han med ett systematiskt planerande och små kommentarer om energisituationen i världen och vad man egentligen borde göra fått Bo-Inge i fällan. Detta hade sedan lätt till att Bo-Inge en kväll hade bett Lars att stanna kvar efter jobbet, för ett sent PoU samtal hade Bo-Inge sagt. Det blev dock inget PoU samtal utan ett långt samtal om det sidoprojekt som pågick på Master of plastic front tech AB. Många frågor om vad Lars tänkte och tyckte om detta, om han ville bli en del av detta istället för att jobba med egenskaper av varm flytande plast i formsprutningsverktyg. Lars hade inombords varit eld och lågor men på ytan behöll han en upphetsad och förvånad attityd mot Bo-Inge. Hade dock gjort klart att detta var som att en dröm hade slagit in och han var till hundra procent med på detta. Han hade lett inombords mindes han eftersom för hans båda personligheterna så var detta dagens sanning. Han var nu inne i gruppen som han eventuellt skulle komma att bevaka. Han var som sagt reserven. De efterföljande två åren hade dock inte gått riktigt som planerat. Han orubbliga lojalitet mot gruppen som han representerade hade börjat naggats i kanten. Han hade inte förstått det först, kanske var det för att allt i detta projekt var så genuint intressant och tilltalade hans ingenjörs sida. Det var också så fantastiska resultat som de åstadkom samtidigt som hans mer mänskliga sida började komma tillbaka. Det var en sida av honom själv som han först inte trodde fanns kvar, men tydligen så fanns det något långt där inne kroppens ben och märg som var kvar. Något som nu sakta hade börjat ta sig ut eller mer över den mur av militärisk

korrekthet och robot likt beteende som hade varit hans
verklighet i mer än 20 år. Han hade sett glädjen och livskraften
i den grupp av människor som nu hade kommit i kontakt med.
Vad de ville åstadkomma för mänsklighetens bästa. Visst fanns
det även ett affärsmässigt driv i detta alltså de såg en möjlighet
till att om de lyckades så skulle de inte bara ösa världens
energiproblem utan de skulle också kunna bygga ett
affärsimperium som inte bara skulle göra dem själva till
miljardärer utan de skulle också kunna skapa jobb och välstånd
till många personer. Något som politiker ofta pratade om men i
princip aldrig lyckades med. Sverige var inget undantag tänkte
han, det förlovade landet där alla har det så bra. Det var en bild
som ofta målades upp både internationellt och nationellt tänkte
han, men den stämde så grymt illa. Sedan när det i mellan åt
dök upp ett privat initiativ som faktiskt skapade jobb åt
människor. Ja då var politikerna snabba med att berätta att de
hade skapat så bra förutsättningar och dylikt för just detta
initiativ medan de i verkligheten mest hade funderat på hur de
skulle kunna smyghöja skatten för de som bidrog i samhället
och samtidigt gömma den höga arbetslöshet och utanförskap
som fanns i deras ofta helt meningslösa och påhittade politiska
åtgärder. Han skakade på huvudet, nu var inte rätt tid för att
drunkna i tankar om den politiska situationen i Sverige.
Tankarna gled återigen tillbaka till Bo-Inge och de andra i
gruppen och deras arbete som han inte bara hade drunknat i
utan efter ett tag också hade blivit ett med. Det var då
någonstans han hade förstått att hade levt i lögn och detta var
den verkliga sanningen. Så här i efterhand kunde han
konstatera att det var då han bestämde sig för att han skulle
byta sida. Han hade någon vecka efter att han för sig själv hade
tagit detta beslut, lite pinsamt kommit på att den telefon som
enbart var till för en sak, att någon kunde ringa till honom för
att aktivera hans ursprungliga uppdrag, fortfarande låg i hans
innerficka på kavajen. Han hade förvisso bytt sida men han

hade samtidigt inte glömt bort varför han befann sig här och vad andra människor kopplade till hans ursprungliga uppdrag fortfarande litade till att han skulle genomföra om de så krävde det. För att inte glömma bort detta så beslöt han sig för att ha kvar telefonen i innerfickan, en symbol för det som var fel. Tiden hade sedan flutit på och han hade levt sitt dubbelliv. På jobbet hade han bidragit till deras framgångar, samtidigt som han också hade påmint alla om säkerhetsaspekten och vikten av att hålla deras arbete så hemligt som möjligt. Han hade kommit på sig själv med att bygga upp en särskild relation med Chris från USA delen av deras arbete. För en sekund blev det alldeles grumligt i hjärnan och han kunde inte få kontroll över sina tankar. Lars slöt ögonen riktigt hårt och tömde sig på allt personligt. Det skulle komma en annan tid hoppades han på. En tid då han skulle behöva ta tag i de mer personliga känslor och tankar som fans djupt inne i både hjärna och hjärta. Telefonen ringde plötsligt och han mindes då den dag då plötsligt hans speciella I-Iphone hade ringt och en röst hade förklarat att han nu var med och spelade i matchen. Den person som var utsedd som 1:a bevakare hade av någon anledning blivit bortplockad, försvunnit eller kanske fått ett annat uppdrag. Lars visste inte vad och brydde sig då inte heller. Hans världar hade till slut kolliderat och den ena sidan skulle nu få en överraskning, men han skulle göra allt för att försena den insikten det var hans beslut. Nu tittade han på telefonen igen. Det var hans arbetstelefon från Master of plastic front tech AB som ringde. På displayen lyste det STENIS, ett smeknamn på Bo-Inge Stenmark som han visste retade Bo-Inge. Det var också därför som han hade han valt detta som kontaktnamn. Han funderade i två sekunder sedan svarade han.

Bo-Inge satt på sitt rum med telefonen i ett krampaktigt grepp i sin högra hand. Han pressade mobilen så hårt mot örat att det nu hade började värka. Hur många signaler hade gått fram, 7 kanske 8 tänkte han. Det var i varje fall inte Lars mobilsvar som kickade in.

-Alltid något, sa han lite halvhögt för själv.

-Svara då, sa han för sig själv med en monoton och svagt metallisk stämma.

Det var konstigt att tiden ibland kunde uppfattas att gå så långsamt, han visste förstås att det egentligen inte hade gått så många sekunder men det kändes som en evighet där has satt inne på sitt svagt upplysta kontor. Då klickade det till i andra ändan.

Andra ändan, tänkte Bo-Inge precis som om det ur tomma intet hade skapats en lång ledning som nu kopplade ihop hans telefon och Lars telefon var han nu befann sig.

Det var tyst i telefonen men Bo-Inge kunde uppfatta ett svagt bakgrundsljud, ett ljud som lät bekant men han kunde inte riktigt placera det. Han väntade i tre sekunder innan han tog ton själv.

-Lars är du där?, frågade han men det var fortsatt tyst i andra ändan bortsett från det ännu mer bekanta bakgrundsljudet.

Han väntade kanske 4 sekunder denna gång.

-Lars, sa han nu med en något desperat underton kände han.

-Ja, hördes det då plötsligt i mobilens högtalare.

-Det är Bo.

Bo-Inge brukade kalla sig själv enbart för Bo med sina vänner. Sitt fulla namn Bo-Inge använde han mest i arbetslivet, lite för att på så sätt skapa sig ett namn som folk kom ihåg.

-Lars är det du? fortsatta han.

-Jo, fick han till svar. -Hur är det? Är du ok? Har allt gått bra? Eller..... är det något som har hä.... Han kände instinktivt att det var för många frågor på en gång samtidigt som han inte hade vågat ställa den viktigaste frågan av dem alla, om Lars hade varit inblandad i incidenten på hotellet i Chicago. Det var tyst i några sekunder innan ett kort –Nej, hördes i telefonen, följt av kortare förklaring.

-Nej det är inte ok, du vet kanske redan eftersom du ringer. Att Dietmar och Chris är borta. Någon hade koll på oss och tog till en desperat handling men jag är fysiskt ok.

Det blev tyst igen. Även Bo-Inge var tyst i sin ända av den digitala ledning som nu hade sammankopplat deras telefoner.

-Varför, fick han fram till slut.

-Någon gillar inte vad vi håller på med. De har på något sätt vetat mer om våra resultat än vad jag trodde att de visste. Troligtvis så fick någon panik och beordrade detta. Jag borde kanske ha insett att det skulle kunna hända. Men samtidigt så trodde jag, eller i varje fall inbillade jag mig att jag hade bättre koll på dem än vad jag bevisligen hade.

Lars slutade tvärt. Det surrade nu många tankar samtidigt i Bo-Inges huvud. Han hade haft rätt i antagande när han hade sett den lilla notisen i aftonbladets nätupplaga. Han kände att han rös till men kom snabbt tillbaka till verkligheten. Det var något i Lars röst som han inte kände igen, han hade inte förväntat sig denna på ett sätt iskalla respons. Lars lät nästan lite robotlik när han talade samt han lät samtidigt också väldigt kall och analytiskt.

-Vad menar du? Fick Bo-Inge fram. -Vilka är de och vad menar du med att någon har haft mer koll på oss än vad du trodde? Jag levde i tron att vi hade bra koll och var tillräckligt försiktiga.

-Inte tillräckligt försiktiga, sa Lars kort.

Det blev tyst i bägge ändar av den fiktiva tråden som höll ihop deras ihop koppling. Till slut var det Bo-Inge som frågade.

-Vad skall vi göra nu?

-Säkra upp allt material om vad vi har kommit fram till, sa Lars plötsligt och bestämt.

-Ta back-uper på allt digitalt och printa gärna de rapporter som du anser skall vara i pappersform. Sedan skall du radera allt som finns i våra datorer och det är fort. Någon eller några kommer snart att knacka på hos dig. De kommer att berätta att de är från någon myndighet eller så. Du kommer inte kunna dubbelkolla det men de ljuger så klart. De kommer att ha någon påhittad anledning till att konfiskera material de vill ha. Om du hinner göra vad jag sa samt gömma det på något bra ställe så kommer du att kunna köpa dig och oss lite tid. Sedan bör du sätta dig i säkerhet. Inte gå under jordens yta eller något sådan dumt. Men försök alltid vistas tillsammans med en eller flera personer samtidigt. Håll dig synlig med aldrig ensam, har du förstått?

Det blev åter tyst några sekunder innan Bo-Inges röst hördes. Rösten var stadig men det fanns där en ton av förvåning.

-Jag förstår vad du säger men inte att du säger det. Vad är det som du vet som du inte har berättat?

-En hel del, sa Lars. -Jag trodde eller rättare sagt inbillade mig att jag skulle kunna klara av detta dubbelliv, men det gick inte.

-Dubbelliv? Frågade Bo-Inge kort.

-Nu är varken tid eller plats för den historien, sa Lars.

-Jag har mycket att göra nu och kommer inte ha tid att varken komma tillbaka eller höra av mig på ett tag.

-Men, sa Bo-Inge. -Du kommer alltså att komma tillbaka eller i varje fall höra av dig igen.

Det blev tyst i några sekunder innan han fortsatte.

-För du är väl på vår sida eller?

-Jo, sa Lars. -Jag är på vår sida nu, till hundra procent det är ett som är helt klart. Gör nu bara som jag sa så får vi se vad som händer.

Sedan bröts samtalet och Bo-Inge kunde bara konstatera att Lars hade på en kort sekund avslutat samtalet. Sekunden senare hade Lars demolerat sin andra Iphone på bara några dagar.

Jag börjar bli bra på detta med att förstöra Iphones, tänkte Lars samtidigt som han slängde resterna i en papperskorg och tog sikte på sin gate och i förlängningen planet som skulle ta honom till Las Vegas.

Bo-Inge stod som ett fån och bara stirrad på sin mobil. Han var inte riktig säker på hur han skulle tolka samtalet som just hade ägt rum. Lars hade verkligen tagit befälet det kände han. Vilket på ett sätt gjorde det enklare att även för honom själv. Han kände i hjärtat han hade inget annat val än att följa Lars råd till fullo samt även genomföra allt detta som Lars hade befallt så fort han bara kunde. Med Chris och Dietmar döda, mördade i en hotellobby i USA, så var det en stark indikation som inte kunde misstolkas. Han insåg att allt detta var på riktigt och inte någon hemsk slump och enbart ett vansinnesdåd av en galning som tyvärr händer i världen då och då. Det som de innerst inne inte hade velat tro på var nu ett faktum.

Ta back-uper och sedan förstöra eller i varje fall radera det de hade på sina datorer hade Lars sagt. Bo-Inge undrade för en sekund om det var möjligt att fysiskt förstöra digitalt sparat material men han funderade inte klart utan satte högsta fart för att ta tag i allt det som Lars hade instruerat honom i att göra.

Kapitel 18
Nutid

Camila klev in på polishuset. Hon hade huvudet fullt av tankar och var nära att kollidera med Dubbel-Klas när hon med snabba steg tog sin in i huset. Klas blev tvungen att hoppa undan när de möttes i den lilla trapp som skulle ta henne en halvvåning upp, och in i deras kontorslandskap.
-Oj då, sa han. -Här var det till att vara koncentrerad och att ha tankarna någon annanstans.
Hon stannade till och såg frågande på Dubbel-Klas.
-Men det är bra att du är här, chefen frågar efter dig, fortsatte Dubbel-Klas.
-Han är lite irriterad eftersom han har sökt dig och du svarar tydligen inte i din telefon, bara så du vet, la han till i steget.
Han var sedan borta och ute ur polishuset. Camila stod stilla ytterligare några sekunder och tittade efter Dubbel-Klas. Sedan mindes hon vad han hade sagt, om att Göran hade ringt till henne. Hon tog upp sin mobil ur fickan och tittade på den, aha fortfarande inställd på ljudlös. Hon hade helt enkelt glömt att slå på ljudet efter att hon hade lämnat flyktingförläggningen. Undra vad som var angeläget tänkte hon när hon i ett långt steg tog de två trappsteg som var kvar upp till deras våningsplan taget. Hon klev därefter in i deras egna domäner. Camila såg Göran stå i andra ändan av rummet och stegade fort mot honom. Han såg upp mot henne och skulle precis säga något men Camila som var förvarnad tog ton först.
-Sorry hade visst kvar telefonen på ljudlöst så jag märkte inte att du ringde, det skall inte hända igen, sa hon och undrade om den lögnen skulle gå hem.
Göran log lite snett.

-Ok, men jag blir sur när ingen hör av sig. Varken du eller Anton har kommit tillbaka med något matnyttigt och jag sa faktiskt efter lunch, nu är det eftermiddag skulle jag säga i varje fall.
Camila tittade på klockan, eftermiddag jo det stämde faktiskt. Klockan hade blivit kvart över två och med samma hastighet som en blixt från klar himmel så blev hon nu akut hungrig.
-Jag har inte ätit sedan frukosten i morse och inte heller fått något kaffe, kan vi inte ta detta om en halvtimme så kan jag hinna få i mig en macka och en kopp kaffe först.
Camila la till en något vädjande blick men hon kände också att hon var tvungen att få i sig lite energi för att kunna göra ett bra jobb. Det var annars en stor risk han hon bara skulle gå runt resten av eftermiddagen och vara en tvär kärring.
-Ok, sa Göran. -Om 20 minuter på mitt rum så hinner jag kanske få hit Anton också.
-Ok, sa Camilla kort och tog sedan sikte på deras kylskåp där det fanns lite nödproviant för tillfällen som detta.
Göran stod stilla och funderade en kort stund, vände sedan sig om och gick mot den något lite lugnare del av kontorslandskapet där han misstänkte att Anton satt och jobbade.
20 minuter senare var de tre samlad inne på det tysta rum som Göran hade gjort till sitt eget.
-De första timmarna och dygnen är de kritiska och vi måste få upp något som vi kan bygga vidare på vad det gäller motiv och misstänkte. Vi vet identiteten på mannen i slussen han som hängde på väggen i sluss????
Göran väntade på att någon skulle fylla i det ord som saknades, men det förblev tyst.
-Alltså Åke hittas hängande eller korsfäst rättare sagt på väggen i slussens mellanparti och utan tunga dessutom.
-Mellanparti? Sa Anton med en frågande min.
-Ja just det, mellanpartiet, sa Göran.

Den benämningen fick duga tillsvidare för att beskriva delen mellan de båda slussportarna, det var nu hans åsikt.

-Men nu då? Vet vi något mer, Camila något nytt från han, Adman?

Göran sträckte på sig som för att visa att han nu hade lagt namnet på minnet.

-Jag träffade inte honom, sa Camila. -Jag träffade bara hans fru.

-Ok, sa Göran. -Gav det något?

-Jag vet inte, sa hon ärligt.

-Det är något som inte stämmer men jag vet inte vad. Små saker, som att jag upplevde att hon, Leisha heter hon förresten, inte borde ha i tonen, alltså i rösten. Jag menar en ton som en fru borde ha när hon pratar om sin man. Jag kan som inte placera det men det kändes som att hon pratade om vem som helst, om ni fattar. Jag kan inte svära på att det är så men något är det. Till exempel som att hon sa att båda hon och han kommer från Syrien medan Adman sa att han kommer från Irak. Det har kanske sin naturliga förklaring men, ja ni vet. Sa hon med en röst som meddelade att hon fortfarande bearbetade mycket av den information hon hade fått tidigare idag.

-Jag upplevde det också som att hon blev rejält bekymrad över att jag, alltså polisen var där och frågade om Adman. Det var ett problem som hon såg mycket allvarligt på, det är jag säker på. Men det kanske också har sin förklaring. Kanske är det i slutändan våra olika religioner som ställer till det. Göran du är ju troende har du någon teori?

Göran tittade lite förvånat upp från sitt anteckningsblock.

-Vad då? sa han.

-Jo du är ju religiös. Har du någon teori om det kan vara just våra olika religioner som ställer till det när jag skall försöka analysera vad Leisha säger och antyder?

-Blanda inte ihop Gud och religion, sa Göran med sin myndiga ton.

Både Camila och Anton tittade förvånat på sin chef.
-Gud är Gud och religion är något som människan har hittat på.
Men ibland tror jag faktiskt att det är djävulen själv som har
hittat på detta och gett den till mänskligheten, som hans sätt att
balansera upp allt det positiva som Gud har gett oss.
Nu var det två ännu mer förvånade blickar som mötte Göran,
som suckade och fortsatte.
-Nu var det inte meningen att jag skulle sitta här och ha
teologiska utläggningar för er men så här menar jag att det
ligger till. Gud skapade jorden, livet och allt därtill. Gud gav
sedan till människan en större intellektuell kapacitet än andra
levande varelser. Inte nog med detta, Gud gav också människan
den största gåvan av de alla, den fria viljan. Sedan är det enligt
mitt sätt att se det så här. Då tyckte djävulen att detta minsann
var alldeles för bra och för gott för att vara sant. Så djävulen
gav mänskligheten religionen och sedan kom han på sitt mest
snillrika drag. Djävulen gav inte mänskligheten en religion utan
ett flertal. Det har sedan gjort att ett antal män, ja oftast män,
från historien som ville skaffa sig mer makt än de redan hade,
kunde nu med en ursäkt ge sig på sin granne som han eller de
var avundsjuka på av någon anledning. *Fel religion bestämmer
jag, så då får jag anfalla er. Gud är på min sida*". Ni kan titta på
historien eller nutiden för den delen och avgöra själv vad ni
tror, I rest my case.
Göran gav dem några sekunder att fundera innan han tog
tillbaka fokusen på den historia som nu var deras
arbetsuppgift.
-Så Camila tillbaka till din analys.
Camila rycktes tillbaka till nuet. Precis när hon hade börjat
förstå Göran poäng och kanske också börjat att hålla med, lite
svagt förvisso men ändå.
-Jo, sa hon och ryckte lite diskret på axlarna.
-Adman har sett något nere vid slussen det är jag hundra på
men han kan inte riktigt säga vad han har sett eller för den

delen hört. Nu bör vi också vara medvetna om att Adman vet
att vi har hittat en död man hängande på väggen i ...... slussens
mellanparti.
La hon till samtidigt som hon tittade på Göran.
Göran gjorde ingen min så hon fortsatte.
-Med den vetskapen så jobbar en mänsklig hjärna med att göra
egna beräkningar och kan också komma till egna slutsatser.
Saker som nödvändigtvis inte behöver vara ett riktigt minne,
mer något som hjärnan har konstruerat fram som troligt. Så då
är det svårt att veta, även för Adman. Alltså vad som är ett
riktigt minne eller vad som är ett resultat av det som hjärnan
tror kan ha hänt. Min slutsats är att han egentligen inte är
inblandad i detta. Om han är något så är han ett vittne, men
troligtvis inget vittne som vi kan använda oss av. Vi är krasst
sagt tillbaka där vi började. Det är min analys.
Hon satt stilla och tyst ett tag och såg på de andra innan hon
fortsatte. Nu med en annan ton i rösten.
-Det är dock något annat som jag började med att säga, något
som jag inte kan sätta fingret på. Något som troligtvis inte har
med denna historia att göra. Något annat som känns .....
Hon letade efter rätt ord.
-Obehagligt, sa hon sedan.
-Obehagligt? Sa Anton.
Innan hon han svara så bröt Göran in.
-Vi får ta det sedan. Vi har fortfarande en död man som gäckar
oss. Anton vad har du fått fram?
Anton började bläddra bakåt i sitt lilla anteckningsblock.
-Jo, började han lite försiktigt. -Åke Svensson, idag när han är
död på riktigt så att säga, blev 57 år gammal. Han växte upp i
ett mindre samhälle mellan Borås och Göteborg. Han var då ett
mindre bus som gjorde en del dumma saker men inget som då
ledde till några riktiga repressalier, ni vet fängelse eller dryga
böter. Men i slutet 1988 så hände något. Åke verkade ha varit
inblandad i del trakasserier och då speciellt mot en familj som

hade kommit som politiska flyktingar till Sverige från Chile. Det spårade ur skulle man kanske kunna säga, och på Åkes konto hamnade grov misshandel och vållade till annans död.

Anton gjorde en liten paus, såg ömsom på sina anteckningar och ömsom på Camila och Göran. Han fick ingen reaktion från varken anteckningarna eller hans kollegor, så han fortsatte.

-Åke dömdes till fem år i fängelse. Han hade en bra advokat eller vad man skall kalla det så han slapp en morddom. Det fanns inget uppsåt att döda står det i domen. Men Åke hamnade på anstalten hur som. Jag är lite osäker på om man egentligen kan kalla det för fängelse eftersom det var en så kallad öppen anstalt, eller mer av ett behandlingshem. Jag är inte riktig säker här. Hur som helst, det verkade ha varit bra för Åke. Jag menar från hans vistelse där så finns det inget att rapportera. Inget tjafs eller så mellan han och andra interner, så Åke verkar ha lugnat ner sig. Det finns faktiskt inga klagomål eller incidenter överhuvudtaget rapporterade efter denna dom. Åke verkar mer ha ägnat sig åt studier. På rekordtid så skaffade han sig en ingenjörsexamen i maskinteknik. Efter fem år så muckar han från anstalten. Skaffar sig en bostad i Göteborg. Han går alltså inte tillbaka till sitt tidigare liv. Han verkar ha brutit med det livet helt och hållet faktiskt. Han får ett jobb som stämmer överens med den utbildningsprofil han skaffade sig inne på anstalten. En konsultfirma som inriktar sig på mekanisk konstruktion anställer honom. Han jobbar där i två år innan han försvinner till utlandet, USA har jag lyckats lista ut. Stället han jobbar på ingår i en större grupp med sitt huvudsäte i staterna.

Anton tittade upp från sina papper för att se efter att han hade de andras fulla uppmärksamhet. Det hade han så han fortsatte lugnt och metodiskt.

-Jag har inte lyckats hitta något speciellt från hans tid i USA, utan det är tyst ända fram till 2005. Då hans gamla mor anmäler honom saknad i den hemska tsunami olyckan i Asien.

Anton stannade upp och tittade på de andra för att återigen
förvissa sig om att de var med i berättelsen. Göran tittade också
lite förvånat upp med en blick som sa
Vad är det? Varför slutar du?
Anton stäckte på nacken och fortsatte sedan
-Det är något mer som inte stämmer med den historien, om att
Åke skulle ha dött i Thailand. Vi vet idag att så inte var fallet,
det är ju helt uppenbart men det finns en sak till. Åkes mor, ja
hon är död idag, så henne har jag inte kunnat prata med men
det hade nog inte hjälpt hur som. Hon var vid sin död mycket
kraftig dement och det var hon faktiskt också vid tidpunkten
för Åkes så kallade försvinnande. Kanske inte lika gravt, hon
hade en del friska stunder ska sägas, men de var väldigt
sällsynta.
-Jaha, sa Göran. -En mor vet väll alltid ändå. Eller tror du att det
var någon annan som låg bakom denna anmälan?
Anton såg på Göran med en blick som sa att han kunde inte
vara säker men han antog att så var fallet.
-Man hittade en hel del vykort från Åke som han under drygt en
månads tid verkade ha skickat till sin mor från Thailand. De
vykorten samt ett mycket sakligt formulerat brev av Åkes mor
till myndigheterna i Sverige låg till grund för Åkes sedermera
dödförklaring. Som jag sa så verkade Åke helt ha brutit med sitt
gamla liv. Visst han kan kanske ha ringt eller skickat något brev
men jag tror att det är tveksamt. Så helt plötsligt blir han
rapporterad saknad av sin dementa mor och sedan även
dödförklarad. Sedan dessa vykort som mycket lägligt finns
sparade, ja det kanske var det planlagt av några andra ja. Någon
eller några ville att Åke Svensson skulle försvinna så att Åkes
alias kunde verka ostört med vad han nu verkade inom.
Det blev tyst några sekunder innan Anton la in sin slutkläm.
-Inget som är helt lagligt om ni skulle fråga mig.
Nu var Anton klar och såg återigen på de andra. Både Göran och
Camila verkade sitta och grubbla på vad de nyss hade hört, i

varje fall hoppades Anton det. Han hoppades också att det han
hade luskat fram skulle ta dem ett steg närmare en upplösning.
-Men vad pysslade han med då och varför hamnade han här i
vår lilla avkrok av världen?
Det var Göran som tänkte högt.
-Några teorier, Camila?
Camila såg upp från sitt nästan drömlika tillstånd.
-Va, nej inte direkt, var det enda hon något tveksamt fick till.
Göran såg åter på Anton. Han hade en rätt bister min i ansiktet.
Om det var för att Camila inte kunde ge ett svar eller för Göran
ansåg att det enbart var meningslöst vetande som Anton hade
berättat kunde inte Anton avgöra. Anton kände sig nu tvungen
att dra fram den enda teorin som han hade kommit på.
-Jag tror att Åke har hamnat i ett större sammanhang så att
säga. Någon sammanslutning som inte vill synas för mycket.
Men ändå verka skulle man kanske kunna säga. Min känsla är
att Åke är ingen dumbom egentligen, han är smart. Han har
dock inte förrän efter fängelset eller kanske med början i
fängelset fått utlopp för denna mer kreativa ådra. Åren
dessförinnan var det mest en destruktiv inställning som verkar
ha präglat Åke och hans dåvarande livssituation. Därefter fick
han något av en nytändning skulle man kunna påstå. Något har
sedan fört honom hit, dock inte som Åke Svensson eftersom
Åke är död. Han har nu en annan identitet och är samtidigt
mycket duktig på att inte väcka onödig uppmärksamhet. Men
något händer, kanske är han ouppmärksam, kanske faller han i
onåd eller så träffar han någon som har en historia med honom.
Något gammalt groll eller så kanske. Detta leder sedermera till
Åkes riktiga död.
Anton tystnade och det blev helt tyst i rummet.
Anton tog några djupa andetag för att se om han skulle bli
avbruten av någon, det blev han inte.
-Jag vill fortsätta att gräva i detta med fokus på de delar av hans
liv som går att spåra och se om jag kan hitta något där.

Anton såg på Göran och efter någon form av bekräftande som skulle göra att han fick återuppta sitt grävande arbete.
-Ok, sa Göran till slut. -Jag har inget bättre att föreslå så gör det.
-Camila, la han sedan till.
-Jag vill att du delvis hjälper Anton. Koncentrera dig på den firma där Åke fick jobb efter fängelset och se om det leder någonstans.
Han blev tyst en stund för att sedan fortsatta.
-Släpp dock inte denna Adman helt och hållet. Han kanske bara är ett vittne eller inte men om du har denna obehagskänsla så skall vi nog inte släppa detta vind för våg utan håll minst ett halvt öga på detta också. Jag kanske antydde något annat förut men jag har tänkt om nu.
Han blev tyst några sekunder innan han tog till orda igen.
-Fan halva veckan har snart gått och vi står här med nästan inget. Ni får kämpa på ikväll så tar vi en ny avstämning i morgon bitti.

De såg på varandra med beslutsamhet innan de skiljdes. När Anton och Camila hade gått så satt Göran kvar i en tyst ensamhet. Han skulle behöva diskutera alla sina funderingar med någon utomstående, men han visste inte vem. Han slöt sina ögon så där hårt så att det nästan gjorde ont ända upp i hårfästet. Sedan plötsligt sken han upp och stäckte sig efter telefonen, slog ett nummer som han inte använde allt för ofta men ända var bekant. Det gick fram ovanligt många signaler innan samtalet öppnades och en röst svarade i andra ändan.

Kapitel 19
Dåtid

Åke, Sonny och Börje hade supit på ganska hårt. De var inte
redlösa eller så, mer att de var fyllda av en positiv självkänsla
som nu gjorde att adrenalinet nästan rann ut ur deras öron.
-Nu tar vi de djävlarna, sa Sonny.
-Ja, ja, ja, la Börje till.
Åke kändes sig nöjd nu när ordningen var helt återställd. Han
var kungen i gruppen, inget snack om det. Han hade för en
stund sedan funderat på om de skulle strunta i hela grejen, men
allt eftersom spriten rann till så rann de tankarna ut ur hjärnan
och ut ur kroppen. Nu var han uppfylld av en känsla att allt var
den skitiga familjens fel och nu skulle han, Sonny och Börje
ställa saker till rätta igen. De skulle trycka tillbaka dessa
människor, som inte gjorde någon nytta överhuvudtaget, i det
hål som de hade krupit upp från.
Klockan hade börjat närma sig halv elva på kvällen Det var
ganska kallt men det regnade i varje fall inte. De hade med sig
två plankor som de hade kapat i två olika längder. Den ena
strax över 3m lång, den andra kanske knappt 1,5m. Några
spikar en hammare och en snörstump, samt en flaska med
bensin och tändstickor. Åke kände på kniven i fickan, den
brände som eld mot hans ben, även fast han visste och förstod
att den var mer kall en varm. Det var Börje som hade påmint
honom, precis när de skulle gå.
-Har du med dig kniven?
-Vadå, hade Åke fräst tillbaka.
-Du sa ju att du skulle skära tungan av killen.
Åke mindes då sina ord. Då hade det hade bara varit ord men
nu med denna lilla kommentar från Börje så hade dessa ord
plötsligt blivit mer än bara något som man sa och sedan glömde

bort. Nu hade dessa ord blivit något som Åke inte bara hade sagt i förbifarten utan nu hade det förvandlats till ett löfte.
-Det är väl klart, sa Åke. -Om idioten kommer ut och muckar då åker tungan, då har den fan sagt sina sista ord.
Fast stora delar av Åkes hjärna var inbäddad i ett rus av alkohol så fanns där fortfarande några tankar som var lite mer klara. Bara inte han kommer ut. Han hade inte gjort det förra gången så han borde inte göra det nu heller, tänkte han.
Han lugnade sig något. Åke kände sig relativt säker på att ingen skulle komma ut, för att skära tungan av någon var inget som han såg fram emot.
I utkanten av deras samhälle låg det lilla hus som var målet för Åke och hans undersåtar denna kväll. Huset låg inte ödsligt men å andra sidan så hade inte heller huset några grannar som delade tomtgränser. Det var mist 400 meter till närmsta hus, som för övrigt stod tomt. Detta betydde att närmsta hus där det bodde personer i var fem till sex hundra meter bort. En mindre skogsdunge, eller kanske en samling björkträd var en bättre beskrivning, låg dessutom i vägen för att det skulle kunna gå att ha ögonkontakt mellan husen. Bakom de tre växte endast ett antal glest utspridda granar. Detta, plus det mörker som nu omgav dem, skapade en illusion om att huset låg helt öde, mitt ute i ingenstans. Åke såg upp mot himmeln. Det var inte direkt kolsvart ute. På himlen lyste ett sådant där svagt ljus som bara finns utomhus. Ett ljus som gjorde att molnen på himlen bildade en sorts illusion. Om man inte fokuserade blicken allt för noga så kunde man lätt ta molnen på himlen för en stor och mäktig bergskedja, som majestätiskt reste sig vid horisonten. Hela denna inramning stärkte nu också deras lilla grupp i sitt nattliga uppdrag. De kändes sig redo och helt säkra på att ingen obehörig skulle störa dem i deras nu extremt viktiga uppdrag. En gemensam känsla att de hade fått ett uppdrag från högre ort att utföra spred sig inom gruppen. De såg på varandra och med

några snabba blickar dem i mellan så var det bestämt att de skulle utföra detta uppdrag på allra bästa sätt.

Klockan hade blivit fem över 11 när de kom fram och kunde skymta huset i mörkret. De hade kanske 150 meter kvar, men de tyckte att den plats där de nu stod var perfekt. Det stod på en liten höjd, vilket gjorde att de upplevde det som att de såg ned på huset. Detta stärkte också deras bild av att det var de som hade rätten och övertaget på sin sida. Börje började med att skapa ett hål i marken för den längre pinnen att stickas ned i. Samtidigt tog Sonny tag i uppgiften att med hammaren, spikarna, repstumpen och de två pinar de hade för att skapa ett kors. Åke tog en klunk ren sprit från den plunta, som satt nerstucken i bakfickan, och såg sedan ned mot huset. Han fylldes av ett lugn men också av tillfredställelse. Han luktade lite försiktigt på bensinen som fanns i flaskan de hade tagit med sig. Han tyckte nästan det luktade gott, det fanns ett obehag men samtidigt en lockelse att lukta på bensin tyckte han.
-Klar, sa Börje plötsligt.
Han märkte då också att de diskreta hammarslag som förut hade hörts var borta.
-Jag med. Sonny reste sig upp och titta på sin skapelse.
Detta kors, tyckte han, hade bättre proportioner än det förra kors de hade gjort. Det var för kanske ett år sedan och då hade det mest varit som ett mindre bus, men det hade också varit startskottet av förföljelsen av den skitiga familjen. Sonny hade glömt bort varför de hade börjat med att förfölja dessa människor, men det spelade ingen roll i dag eftersom allt som de hittills hade gjorde kändes rätt och befogat.
Så sken Sonny plötsligt upp när han mindes vad han hade i fickan.
-Kolla vad jag hittade hemma, sa han med triumf i rösten.
Han drog fram tre tygstycken. Vid första anblicken såg det ut att vara tre breda slipsar.

-Jag tyckte att vi skulle krydda våran klädsel lite. Jag hittade de
här hemma. De kommer från min morfar som var präst. Jag
tänkta att vi kan använda det som en symbol för att visa att vi
är ett gäng. Vi har lika, vi blir uni kan man också säga. Ni vet,
uni som i uniform, alltså lika.
Börje stod som ett frågetecken. Åke såg lite skeptiskt på de
breda slipsarna. Sedan såg han lite snett på Sonny.
-Bra, sa han. Vi sätter de bak o fram, alltså så de hänger ner
över ryggen. Jag gillar det, ett gäng, ett farligt gäng.
Åke såg att Sonny njöt åt sin framgång. Det kan jag bjuda på
tänkte Åke. Alkoholen hade gjort honom glad i kväll, så att ta på
sig en gammal bred slips det kunde han acceptera en kväll som
denna.
-Ok, sa han sedan.
–Börje, hitta en sten och smyg i väg närmare huset. Du får
några minuter på dig. När du ser att vi tänder på så kastar du in
stenen genom fönstret. Okey?
Börje nickade och började genast leta efter en lite större sten.
En sten som han med säkerhet skulle kunna använda för att
den, tillsamman med den kraft han hade i kastet, skulle kunna
krossa rutan. Om stenen bara skulle studsa mot rutan så skulle
allt bli rätt misslyckat. Om han valde en för stor sten så skulle
han behöva krypa väldigt nära huset. Då skulle risken för
upptäckt, innan han kastade stenen, bli för stor och det skulle
också förstöra skådespelet. Efter ett tag hittade han vad han
sökte och han gav sig därefter iväg mot huset. Att krypa med en
hand upptagen av att hålla i en sten, samt att benen hela tiden
trasslade in sig i den vita lakan som han hade på sig kvällen till
ära var ingen lätt match. Åke hade också sagt åt honom att
skynda sig så nu började han bli lite smått stressad. Efter någon
minut, som kändes som minst fem, hade han dock nått en
position som han kändes sig rätt säker på skulle fungera. Inte
för nära huset, samtidigt som han kände sig trygg i att kunna
träffa rutan. Han vägde stenen i handen och kände sig säker på

att stenen, efter att ha lämnat hans hand, skulle ha sådan fart och därmed kraft för att också krossa rutan.

Han tackade den person inne i huset som hade låtit lampan i fönstret lysa. Den skapade nu ett perfekt mål att sikta mot. Han reste sig upp på ett knä samtidigt som han spejade bakåt för att se om de andra redan hade tänt på, han kisade för att se lite bättre men där fanns inget som tydde på att skådespelet redan hade börjat. De hade väl inte glömt tändstickor tänkte han. Han smålog lite för sig själv, glömma tändstickor denna kväll, jo det hade just varit snyggt. Precis då när tanken ebbade ut såg han ett mycket litet ljussken som flämtade till. Han kisade igen för att verkligen kunna se om det var de som hade tänt på. Han tyckte sig kunna ana att ljusskenet blev starkare, jo så var det. Nu blev han med ens helt säker och nu fanns det ingen tveksamhet längre. Hela deras konstruktion, byggt av två plankor, flammade upp och plötsligt stod där ett fullt brinnande kors. En kort sekund halvstod Börje, på ett knä, och bara gapade. Det fanns en kraft i det brinnande korset som för en stund gjorde att han glömde bort var han var, samt vad han skulle göra. Men så kom verkligheten i kapp honom och han vände sig om, tittade på lampan som lös i fönstret och siktade noga. Tog en sekund längre tid en vad som han egentligen kanske behövde men han ville vara säker på att träffa. Andades ut och kastade sedan stenen. Det blev ett perfekt kast, stenen var tillräckligt stor och Börje var ingen dålig kastare. Den sista djupa koncentrationen hade också tryckt bort en hel del av alkoholens dimma så det var aldrig någon större risk att han skulle missa sitt mål. Stenen susade fram i mörkret och träffade sedan fönstret med en sådan kraft att stenen knappt bromsades i sin framfart. Den fortsatte fram genom rummet, efter att den först hade krossat glaset, och lämnade nu ett regn av glassplitter bakom sig. Stenen slog sedan in i väggen i andra ändan av rummet innan den ramlade ned på golvet. La sig därefter tillrätta, precis som om den nu var helt nöjd med att ha uppfyllt sitt uppdrag till punkt och pricka.

Åke hade sett när Börje kastade stenen. Han spanade efter någon aktivitet men inget tycktes hända. Det var tyst i några sekunder, så pass länge att Åke han tänka tanken att ingen kanske var hemma och de hade gjort allt detta onödan. De hade faktiskt inte kontrollerat att familjen var hemma. Men var skulle de vara om inte hemma tänkte han sedan. De måste vara hemma. Sedan såg han plötsligt att en eller flera lampor tändes inne i huset samtidigt som han kunde höra skrik från ett mindre barn. Han andades ut, inte förgäves i varje fall tänkte han. Nu måste de löpa linan ut och inte fega ur.
Fega ur, tänkte han. Varför ska vi fega ur? En rädd gubbe, hans kärring till fru och två små ungar. Vad kunde de göra?
Han kändes sig lugn där han nu stod i sin vita dräkt och sträckte på sig i sin fulla längd framför korset som brann med ett vitt och klart ljus. Ingen som var inne i huset kunde missa att se detta.
Elden värmer riktigt skönt om ryggen, hann han tänka innan något störde det lugn som på ett konstigt sätt rådde där de stod. Han hörde en annan sorts skrik eller mer av ett hojtande från huset än det barnskrik han nyss hade hört. Det var mer upprörda och arga skrik, än de ynkliga och rädda skrik som han hade förvänta sig. Han såg sedan rörelser utanför huset, det var någon som sprang tyckte han. Det var svårt att avgöra i det skumma ljus som bildades av ett brinnande kors som stod bakom hans rygg. Men det var bestämt någon som sprang, personen i fråga sprang rakt mot honom och korset. Han hann tänka att han tycke Börje såg lite lustig ut där han sprang på den öppna ytan framför honom.
Men varför springer han? Då insåg Åke plötsligt att det inte var Börje som sprang eller nästan galopperade fram i den låga sly som växte framför den plats han stod på. Samtidigt som han

gjorde detta konstaterande så hördes också Börjes röst snett
från höger.

-Fan vad det brinner. Satan vad häftigt. Åke vad säger du?

Åke svarade inte utan var nu fullt fokuserad på den person som
kom springande mot dem. Personen som kom springandes i full
fart kändes på något underligt sätt liten. Sonny slöt plötsligt
upp på hans sida.

-Kolla, ungen kommer.

Då förstod Åke att det var en av ungarna, som han hade sett
utanför ICA, som nu kom springande mot dem. Många tankar
for genom huvudet. Han hade gått igenom ett antal olika
scenarion som skulle kunna hända, men detta var inte ett av
dessa scenarion. Att bli attackerad av en unge, och en tjej för
den delen, var inget som Åke hade någon plan för. Nu såg han
ännu mer rörelse utanför huset, det måste vara gubben i huset
som hade rusat efter sin dotter. Detta var inte bra, en gubbe
som försvarar sin dotter är mycket värre än en gubbe som
kommer för att mucka gräl. Han hade tänkt slita av sig den
mask som också var gjord av en bit vitt lakan, men nu beslöt
han att behålla den på.

-VAD HÅLLER NI PÅ MED? Skrek hon för full hals.

Svenskan hos flickan var nästan perfekt, det var bara en något
konstig dialekt som han tyckte sig uppfatta.

Detta gjorde honom dubbelt osäker. Var ungen svensk? Tänkte
han.

Hon ställde sig bredbent framför de tre, som stod där i sina vita
lakan. De kände sig plötsligt inte så självsäkra och tuffa längre.
Mer som tre små spöket Laban, istället för tre rättskipare från
en mörkare värld. Osäkerheten spreds nu som en löpeld inom
gruppen. Åke kände att Sonny och Börje, från var sin sida om
honom, bara stod och stirrade och väntade på att han skulle
beordra något. Precis då, som paniken började få ett övertag
hos dem, så kom flickans pappa fram och skrek något åt henne,
troligtvis att hon skulle gå hem. Språket var inte på svenska,

men eftersom han i varje fall pekade ivrigt mot huset där de
hade kommit ifrån så antog Åke att det var det han sa. På grund
av att han inte använde det svenska språket, så gjorde det att
en stor del av den osäkerhet som Åke nyss hade känt försvann.
Han tog ett steg fram och knuffade till mannen som nu stod
mellan honom och flickan. Mannen reagerade inte utan var
fortfarande helt fokuserad på sin dotter. Åke knuffade till en
gång till, denna gång hårdare samtidigt som han skrek.
-Ta bort snorungen härifrån. Är du så feg att du skickar din
unge att försvara din familj?
Mannen tappade nästan balansen av knuffen, vilket gjorde att
han halvt vände sig om och nu såg rakt på Åke. Det var svårt för
Åke att fokusera blicken när han såg ut igenom de små hål i
lakansbiten som de hade klippt ut. Hålen hade inte hamnat
optimalt och nu med all rörelse och tillhörande knuffar så såg
Åke bara med ett öga, det andra hade täckts av lakanet. Han
tycke sig dock se en man som inte var rädd utan mer arg.
Inte bra tänkte Åke som för en sekund kände att han åter var på
väg att tappa övertaget, som han i varje fall fram tills nu trodde
att han fortfarande hade. Mannen hade tryckt i väg sin dotter
några meter bakåt, för att sedan rikta sin fulla uppmärksamhet
mot de tre männen i sina vita lakan. Han riktade in sig på Åke
som han instinktivt kände var ledaren för denna lilla grupp.
-Nu du ni sluta detta, sa han. -Om dy bråka så gör det på mig
inte min dotter.
Ok tänkte Åke. -Har du sagt det så, sa Åke och gav mannen en
rak höger.
Det var inget hårt slag men det träffade på kinden och gjorde
att mannens huvud vreds till, men likt en boxningsboll så
studsade det och resten av kroppen tillbaka lika fort. Åke kunde
se, i det fortfarande relativt klara ljuset som skapades av det
brinnande korset, att mannens kind hade färgats rödaktig. Inte
av blod utan mer av den svullnad som var på gång att växa till.
Åke gjorde sig redo för att slå igen när han möttes av ett vrål

samtidigt som mannen framför honom kastade sig rakt fram,
och rakt på Åke. Detta var heller inte något som Åke hade
räknat med, att ligga intrasslad i ett lakan med en galen man
ovanpå sig.

-Ta bort honom, vrålade Åke samtidigt som han försökte slå sig
fri, både från lakanet och den galne mannen. Sonny och Börje
som hittills hade stått som förstenade ryckte unison till och
kastade sig fram och började slita i mannen. Bakom dem kunde
de nu känna att små händer fullständigt bombarderade dem
med slag över deras ryggar. Börje gjorde sig fri, reste sig upp,
och gav flickan, som var den skyldige, en rejäl knuff som gjorde
att hon for bakåt och satte sig på rumpan. Han såg då också att
frun i huset var på väg upp för backen samtidigt som han också
tyckte sig se att mamman var förföljd av ytterligare en liten
person. Han vände sig om mot Åke och Sonny som nu hade vänt
på steken. Nu var det de som låg över en vilt sprattlande man.

-Kom hit och håll ner den fan, skrek Åke samtidigt som han slet
av sig sin hemmagjorda mask. Mannen skrek en massa ord på
sitt språk som för Åke var helt obegripliga saker, och mest lät
som en förbannelse över honom och hans kamrater. Åke var
inte så bevandrad med språk och kunde inte avgöra vilket
språk det var. Han tyckte sig dock kunna urskilja ordet
demonio. Detta gjorde bara att han blev ännu argare, hade han
inte sagt till att mannen skulle hålla käften. Nu låg gubben på
marken och kallade honom demon eller något likande. Han
kunde då se att Sonny plockade fram något under sitt lakan
som fortfarande prydde hans kropp. Han mindes i efterhand att
han då inte riktigt kunde förstå hur Sonny hade lyckats med
konststycket att få in en hand under särken, så att säga, och inte
bara det utan också få fram en tång, som han tydligen hade
plockat med sig. Han kunde som i en dimma se att Börje, som
nu hade anslut sig till de två, tvingade isär mannens käkar.
Detta gjorde att Sonny kunde sticka in tången i mannens mun
och för att en sekund senare dra ut mannens tunga. Tungan är

en enda stor muskel men det är också en mycket stark muskel. Så det var ingen lätt sak för dem att dels tvinga isär över och underkäke för att sedan dra ut en tunga, från en man som nu var mer vild en tam. Fan vilken lång tunga gubben har, tänkte Åke, när han såg den röda muskeln, som verkade ha fått ett eget liv och sprattlade mellan två fasta punkter. Dels sin egen infästning långt bak i gommen och Sonnys fasta grepp med tången i den andra ändan.

-Nu, skrek Sonny. -Skär av tungan som du sa.

Åke tvekade när han såg mannens vilda ögon men han tog fram kniven som han hade i slidan, som hängde i hans skärp innanför den vita särken. Kniven blänkte till i ljuset från det brinnande korset och mannens ögon fylldes nu med skräck när han såg kniven.

-Skär av den, skrek Sonny igen. Åke lutade sig fram för att ta sikte och tänkte att nu skall jag skrämma vettet ur dig din fan. Han tryckte kniven lätt mot tungan som på en given signal blev helt stilla. Den som frös fast i sitt läge, kanske som en desperat handling och ett försök att be om förlåtelse. Åke kände att hans väl vässade kniv redan hade gjort ett litet jack i tungan. Han såg rakt in i mannens ögon och skulle precis säga att om du inte skärper dig så skär jag hela vägen nästa gång. Men han hann inte ens öppna munnen utan precis då kände han att någon kastade sig på hans rygg. Denna någon började också dra i hans hår och slå på hans nu oskyddade öron. Det gjorde djävulskt ont och som en reaktion av detta slet han hela sin arm samt hand upp mot huvudet för att skydda sig själv. Det var knappt han la märke till det själv, att handen hade i sin färd mot hans huvud, och en för huvudet skyddande position, passerat ett hinder på vägen. Detta gjorde att rörelsen tog något lite längre tid en vad som annars hade varit fallet. Han upplevde det bara som att rörelsen gjordes i två moment istället för i en svepande rörelse. Några extra slag hann därför träffa hans huvud och

öron innan handen som han nu hade slitit upp med all kraft
skyddade hans huvud från de flesta slagen.
Sonny kände att motståndet som hans båda händer, som
krampaktigt höll i tången, försökte övervinna nu släppte och
han ramlade baklänges. Sonny titta lite överraskat ner mot sina
händer som höll hårt i tångens handtag. I tångens grepp satt en
lång röd köttbit tänkte han. Ostekt och blodig men en köttbit
var det. Sedan insåg han var det var och släppte tången rakt ner
på marken. Börje hade också sett vad som hade hänt. Det som
för ett litet tag sedan hade verkat vara så häftigt var nu enbart
äckligt. På en sekund så vände det sig i magen på Börje och han
kräktes som ett barn. Han släppte greppet om mannen som
kröp ihop på marken, med båda sina händer trycka mot
munnen. Händerna började färgas röda, denna gång var det
mer till en följd av varmt blod som rann ur munnen än en
begynnande svullnad. Börje kräktes upp en del magsyra
tillsammans med den leverpastejmacka och de chips som de
hade tryckt i sig innan de gick iväg på sitt uppdrag. Detta
formade sig till en osmakligt ljusbrun smörja som nu hamnade
mitt på marken framför den ihopkrupna och svagt stönade
mannen.
Åke kände fortfarande av de små händer som ömsom slet i
hans hår och ömsom slog på hans huvud och hals. Han gjorde
en vridande rörelse så att flickan som stod bakom honom, och
slog för allt vad hon var värd, drogs med och ned för att
hamnade framför Åke. Samtidigt så kastade sig Sonny till Åkes
undsättning, för att dra bort flickan som uppenbart hade för
avsikt att skada deras ledare. På grund av Åkes vridande
rörelse så missade Sonny flickan och träffade Åkes rygg med
full kraft, vilket gjorde att de alla tre föll till marken i en stor
hög. Sonny överst, Åke i mitten och underst flickan som skrek
och viftade med armar och ben så mycket som hon kunde. Åkes
båda armar var nu låsta under hans mage och han kämpade
febrilt för att komma loss. Med en Sonny som tryckte på med

sin kroppsvikt från sitt håll och med den sprattlande flickan under sig så var det ingen lätt match. Han kände då plötsligt att han blev alldeles varm på händerna. Han fick en märklig känsla av att någon hade placerat en varm filt under hans mage, en filt som nu bredde ut sig mellan honom själv och flickan. Det var faktiskt behagligt på ett konstigt sätt, en våt men varm filt. Han såg då plötsligt att flickans ögon började bli matta, samtidigt som han kände att hon slutade att kämpa. Åke stålsatte sig och lyckades, genom att resa sig på alla fyra, att skapa ett utrymme mellan sig och flickan genom. Följden blev att Sonny rullade av hans rygg och Åke fortsatte då av bara farten till en stående position. Han sträckte på sig och betraktade nu scenen framför honom. Någon meter till höger om honom låg en man ihopkrupen i fosterställning, med båda sina händer hårt trycka mot munnen. Bredvid halvsatt en hulkande Börje. Bakom honom stod Sonny på alla fyra i ett halvt sönderrivet vitt lakan och bara gapade. Bredvid den liggande mannen låg en tång samt en konstig jättestor larv eller mask tänkte han.

Jo en mask var det. För den har i varje fall inget skinn eller en sådan där luden kropp som larver brukar ha, tänkte han. Sekunden sedan så förstod han var det var han tittade på. En konstig känsla spred sig då genom hans kropp och han blev alldeles kall inombords.

Kniven, tänkte han. Var är kniven?

Då kände han återigen den varma filten, nu på sin högra hand. Filten hade dock börjat få mer en kall känsla. Han tittade på sin hand och såg förvånat att han fortfarande hade kniven i ett fast grepp. Han kunde också konstatera att han var alldeles röd, ända upp på underarmen, även kniven var röd. En tjock röd vätska fanns på kniven som nu med gravitationen hjälp började rinna nedåt och sakta droppa på marken. Det bildades nu en liten röd pöl på marken, precis i förlängningen av hans arm. Han hörde då ett skrik bakom sig, så han vände sig om och såg då kärringen i huset plus en snorunge till komma springande.

De passerade honom och sprang mot vad han först trodde var
en samling kläder, som bara låg där på marken. Sedan såg Åke
att det var något mer än bara en hög med kläder. Inne bland
jeansen och den tjocka tröjan låg den flicka som precis hade
kastat sig på honom. Det som han nyss hade trott var enbart en
samling kläder blev nu något annat. Åke fokuserade blicken och
kunde nu tydligt se den stora röda fläck som bredde ut sig på
flickans mage och förändrade den ljusa gröna tröja, som flickan
hade på sig, till att bli mer mörk. Fläcken verkade ha ett eget liv,
där den sakta växte, och skapade nya former för varje sekund
som passerade. En fläck som bara fortsätta att växa och snart
var den gröna tröjan mer mörkröd än grön. Han stod som
förstenad, oförmögen att kunna ta in allt som nu utspelades
framför honom. I bakgrunden kunde han nu höra sirener,
denna gång stod han dock bara kvar, oförmögen att springa
därifrån som han hade gjort förra gången.

Kapitel 20
Nutid

Bo-Inge hade gjort precis som Lars hade sagt. Allt material som hade funnits på deras hårddiskar samt i datorerna, som de hade använt i sitt arbete, var nu raderat. Han hade försökt så gott det gick att förändra deras fysiska testbänkar till att likna relevant arbetsmaterial, som var förknippat med formsprutning av plast. Han hade printat en massa papper och även sparat en massa material från datorer och hårddiskar digitalt. Bo-Inge hade bokstavligen fått rusa ner på den relativt nyöppnade Kjell o Company butiken i centrum och i princip rensat deras lager på bärbara hårddiskar och USB minnen. Så långt allt väl men nu hade han ett problem kvar att lösa. Var skulle han gömma allt detta som han hade sparat och nu fanns på printade dokument eller inbakat i digitala kretsar djupt inne i små de plastlådor, som han nu kallade alla sina minnesenheter. Han hade fyllt totalt tre stora resväskor. Dessa väskor stod nu placerade innanför skjutdörren till hans Lumi garderob, i hallen i hans hus. Han hade varit alldeles villrådig innan han hade som en skänk från ovan fått en lösning, mer eller mindre till sänks, på sitt problem. Han analyserade inte ihjäl denna möjlighet utan bestämde sig tvärt för att detta var den bästa lösningen, och så var det med den saken. Det var nu torsdag förmiddag och Bo-Inge satt och såg på klockan. Klockan halv elva hade de sagt. Klockan var nu kvart i tio. Det skulle ta tre minuter att gå till bilen. Två minuter att packa in väskorna och sätta sig bakom ratten. Sedan skulle det ta åtta kanske nio minuter att köra. Tidsdifferensen på en minut skulle vara beroende på om han skulle få grönt eller rött ljus i den korsning som han skulle passera. Sedan återigen två minuter för att parkera och ta ur väskorna ur bilen, en minut för att fixa en parkeringsbiljett. Sista momentet som var att gå in i

möteslokalen skulle ta en minut, nej med tre väskor att bära så skulle det ta två minuter. Han hade velat om detta, en eller två minuter, ett tag men sedan bestämt sig för två minuter. Så det betydde att klockan 10.11 skulle han behöva resa sig och gå. Om han fick grönt ljus och kom en minut för tidigt så fick det bli så. Lars hade sagt att han inte skulle gömma sig utan faktiskt vara synlig, men absolut inte ensam. Detta hade dock inte gått att efterfölja helt till punkt och pricka från det att han och Lars hade pratat i går fram tills nu. Han hade varit tvungen att fixa allt detta utan inblandning från någon annan, men det hade fram till nu gått ok i varje fall tyckte han. Han hade i och för sig inte sovit något under natten, kanske slumrat något men vid minsta ljud så hade han varit klarvaken igen. Klarvaken var han även nu. Han kom på sig själv med att titta återigen på klockan. Nu hade den släpat sig fram till 10.05 så han gjorde sig startklar. Han blundade och såg sig själv kliva ned i startblocken i en 100m final på OS. Det var egentligen en helt orimlig tanke men den passade just nu kände han. Han öppnade ena ögat och kisade mot klockan som satt på väggen mitt framför honom, kontrollerade mot hans armbandsur, de gick precis som för fem minuter sedan lika, så när som på 15 sekunder. Han hade beslutat sig för att ingen av klockorna gick exakt rätt utan snittet alltså mitt i mellan dessa två klockors snitt tid för 10.11 skulle han resa sig och gå, alltså enligt hallklockan 10.11 plus 7,5 sekund. Hallklockan visade 10.10 och 30 sekunder. De sista 37,5 sekunder gick otroligt långsamt tyckte han. Bo-Inge hade faktiskt börjat fundera på om han skulle hinna med att gå på toaletten, innan han reste sig för att gå mot väskorna. Precis innan han faktiskt tänkte göra allvar av sitt toalettbesök så blev klockan i hallen 10.11 plus 7,5 sekunder och han studsade upp från stolen där han satt.
En bra start, tänkte han på väg mot väskorna bakom Lumi garderobens skjutdörrar och hans korta men minutiöst planerade resa.

Exakt 18 minuter och 35 sekunder senare så öppnade han
dörren till den möteslokal som de hade bestämt sedan förut.
När han kom in så stannade han någon meter innanför dörren
och tittade sig omkring. Han letade efter det bekanta ansiktet
som han antog redan var på plats. Bo kände sig plötsligt
obekväm när han insåg att han borde se lite malplacerad ut,
bärande på tre stora resväskor, men det var för sent att göra
något åt det nu.
-Ska du ut och resa? Hörde han en bekant röst ropa genom den
glest befolkade lokalen.
Han tittade över sin höga axel och där i sin döda vinkel bakom
höger axel där lokalen hade en fönsternisch med sittplatser satt
Göran Person och smuttade på sitt kaffe.
-Va, nej eller jo, jag menar kanske, nästan stammade Bo-Inge
fram.
-Hej förresten, det var ett tag sedan, fyllde han sedan i.
-Jo det stämmer, svarade Bo-Inge. -Det vare ett tag sedan.
-Upptagen? Frågade Göran.
-Jo det kan man nog säga, svarade Bo-Inge samtidig som han
satte sig tillrätta bredvid sin gamle vän och lyckades med
konststycket att samtidigt placera de tre väskorna bakom
bordet och mitt i mellan sig och Göran.
-Ok, och nu skall du resa bort, fortsatte Göran.
-Va, nej.....
-Du kanske skall resa bort? Frågade Göran med en smått
underfundig min.
Bo-Inge samlade sig under några sekunder.
-Vi kommer till det men var det inte du som ringde och ville
träffas? Jag vill minas att när du ringer och låter som du gjorde
igår, då har du ett problem eller kanske fler problem som du
vill dryfta. Så låt oss diskuterade dessa problem först så kan vi
ta mina resväskor sedan.
Göran drack lite av kaffet som nu hade blivit lite kallt.

-Du har rätt, sa han. -Så är det, jag har en utmaning och behöver
någon utomstående som jag litar på för att kunna dryfta några
tankar och funderingar. Men först skall jag ha lite nytt kaffe, och
du bör ju förse dig med något också.
Bo-Inge och Göran var nästan lika gamla och hade träffat på
varandra av en slump för så där tio år sedan. De hade direkt fått
en mycket bra och trevlig vänskaplig kontakt. Även fast de två
hade helt olika arbetsinriktningar så hade det visat sig att de
faktiskt kunde hjälpa varandra. Båda var pragmatiska och
lösningsfokuserade och hade inget i mot att i förtroende
diskutera sina egna arbetsrelaterade problem, med en på
pappret inte insatt. Bo-Inge hade ärligt insett att han var nog
mer intresserad av att lyssna på polisens problem och
ouppklarade fall än Görans intresse för formsprutning av
plastdetaljer. Han hade dock vid några enstaka tillfällen gläntat
lite på den dörr som skiljde den vanliga världen, och den värld
som rymde hans forskningar och tester runt energiutvinning ut
vanligt saltvatten. Kanske inte så mycket tekniska diskussioner
hur man kan utvinna mer energi när man slår isär en
saltvattenmolekyls förgreningar än vad det faktiskt går åt, i
energi räknat, för att göra just detta. De hade talat mer
hypotetiskt, om problemen i världen rörande energitillverkning
samt behov av energi, och vad som skulle kunna hända om man
rubbade den oljebalans som fanns i världen. Bo-Inge hade känt
att detta var en fråga som Göran gärna diskuterade. Han hade
varit väldigt nära att verkligen bjuda in Göran till att ta del av
den stora hemligheten som han bar, först och främst
tillsammans med Lars. I går när Göran plötsligt hade ringt och
lät väldigt fundersam och verkligen ville prata så hade Bo-Inge
tyst för sig själv bestämt att Göran var svaret på den
uppmaning som Lars hade gett honom. Lars hade i och för sig
inte sagt att Bo-Inge skulle lämna bort allt utprintat och digitalt
sparat material till en tredje person. Han hade sagt att Bo-Inge
skulle gömma det, men att gömma allt hos Göran var perfekt

tyckte Bo-Inge nu. Han skulle snart införliva Göran i vad han
hade i väskorna och be Göran om denna tjänst. Han hoppades
vid allt som var heligt att Göran skulle se på detta på samma
sätt som han gjorde, för ärligt talat så hade han ingen plan B.
Först skulle de dock tala om Görans utmaningar.
-Vad är det för mystiskt fall som nu gäckar polisen i vår för
övrigt så lugna och trivsamma lilla stad, sa han för att på sätt
säga åt Göran att han var redo för att lyssna.
Han hade också uppdraget att omöjligt se eller tänka något som
polisen inte hade sett eller tänkt. Samtalet varade under drygt
20 minuter. Det var mest Göran som pratade förstås. Bo-Inge
blev som uppslukad av Görans berättelse, om mannen som de
hade hittat hängande i slussen. Han ställde dock en hel del
frågor där han kände att Göran hoppade över detaljer,
möjligtvis för att Göran eventuellt var lite för ivrig att komma
till slutklämmen tänkte Bo-Inge. När Göran väl hade kommit
till slutet och förklarat att spåret efter Åke försvann i USA och i
den mystiska dimridån med det fejkade dödfallet i Thailand, så
tittade han uppmanade på Bo-Inge.
Nu, sa han med en tanke. Har tidpunkten kommit för dig att
komma in och glänsa. Det är nu du skall peka på den stenen
som finns där, men som ingen har lyft på för att se ledtråden
som ligger där under.
Göran litade nu på sin tankekraft och förblev tyst och tittande.
Bo-Inge satt också tyst och det syntes väldigt klart att han
funderade. I varje fall hoppades Göran att det var det som han
gjorde. Att dra detta för Stenis som även Göran kallade Bo-Inge
för ibland var en chansning. Men å andra sidan om han gick bet
så skulle han enbart ha förlorat lite tid, inget annat. På
pluskonton kunde han alltid räkna in ett godare fika en det som
han normalt fick på polishuset, så helt bortkastat skulle denna
träff inte bli hur som helst.

-Vad är era teorier om varför han var här, jag menar vad gjorde
han i vår stad så att säga? Eller är allt bara en tillfällighet eller
en dimridå för något annat tror ni?
-Jag är säker på, sa Göran. -Att han var här av en bestämd
anledning. Fråga mig inte hur jag vet detta, men det är min
absoluta åsikt. Det är också utifrån den utgångspunkten som vi
arbetar. Vi vet dock ännu inte vad som var hans uppgift. Jag
påstår också att det finns det två olika möjligheter till att han
hamnade som uppspikad på väggen i slussens mellanparti.
Bo-Inge ryckte till. -Mellanparti? Sa han och såg frågande ut.
-Du vet, sa Göran. -Mellanpartiet i slussen är den del som är
mellan de två slussportarna.
-Jaha, sa Bo-Inge. -Du menar slusskammaren. Vad är det för två
olika möjligheter som du ser? Fortsatte sedan Bo-Inge.
Kammaren, tänkte Göran. Hur många namn kan detta utrymme
egentligen ha?
Han fick dock inte många sekunder för att fortsätta med denna
fundering eftersom Bo-Inge lite nervöst trummade med
fingrarna på bordskivan, ivrig att ta del av de två möjligheterna.
-Jo, sa Göran. -Det kan vara så att hans uppdrag misslyckats och
han har hamnat i onåd, antigen hos sin uppdragsgivare eller
hos de eller dem som han hade sitt fokus inställt på. Jag
misstänker alltså att han hade koll på någon eller några som
inte ville bli allt för noga kontrollerade. Den andra möjligheten
är att något från hans gamla liv, alltså det liv han hade innan
fängelsedomen har hunnit ifatt honom och utkrävt någon form
av hämnd eller dylikt.
Bo-Inge satt nu helt tyst och hade blicken fäst på en odefinierad
punkt på väggen bakom Göran. Göran märkte detta och vände
sig omedvetet om för att se vad det var som Bo-Inge tittade på.
-Du ser fundersam ut, sa Göran i ett försök att återfå Bo-Inges
uppmärksamhet.

-Jo, det kanske man kan säga, mumlade han samtidigt som det var uppenbart att hans hjärna gick på högvarv och nu bearbetade på ett sätt en relativt enkel ekvation.

Det var en ekvation som Bo-Inge både trodde på samt inte ville tro på. Frågan var nu om det han visste och såg som var uppenbart, också var sannolikt. Efter ytterligare någon halvminuts betänketid så såg han upp, nu med en helt klar och fokuserad blick. För en kort sekund så var det nästan så att Göran ryggade bakåt och höll han på att spilla av kaffet som han precis skulle till att dricka.

-Om jag skulle säga att jag vet vilka han spanade på, vad skulle du säga då?

Bo-Inge såg på Göran, inte lika hårt som förut kanske men ändå fortsatt mycket fokuserat.

Göran stirrade tillbaka detta var inte det svar som han hade förväntat sig. Han hade hoppats på att Bo-Inge skulle kunna komma med en ny infallsvinkel, som han faktiskt hade gjort i andra fall. Men att Bo-Inge Stenmark skulle sitta på svaret på hans fråga, det hade han inte räknat med. Å andra sidan så var det förstås inte säkert att så var fallet bara för att han sa att han gjorde det. Han hade faktiskt ställt en fråga och inte ett absolut påstående. Men det var något i rösten och i ansiktsuttrycket som gjorde att Göran spontat trodde på att Bo-Inge faktiskt satt på svaret.

-Hur menar du, sa Göran efter ytterligare några sekunders betänketid.

Bo-Inge såg sig omkring i lokalen, han slängde en blick på sina väskor för att sedan luta sig framåt och omedvetet prata lite tystare.

-Jag tror att anledningen till allt detta ligger i dessa väskor, sa han sedan.

-Va, sa Göran. -Vad har din packning och kläder för mystisk dragningskraft som gör att någon måste hålla koll på dig?

-Nej, nej, inte så, sa Bo-Inge och skakade på huvudet.

Han insåg att han inte hade nämnt något specifikt om sina väskor så det var klart att det var omöjligt för Göran att veta vad som låg nerpackat där. Göran tog ett djupt andetag och sa sedan.

-Jag skulle rekommendera att du börjar med att hämta påfyllning av kaffet för jag kommer att prata ett tag.

Göran gjorde som hans vän rekommenderade. När han åter satt på sin stol med en kopp rykande hett kaffe i sin högra hand så började Bo-Inge att berätta.

Han berättade allt, hur de hade bildat sitt arbetslag runt energiframställning ur vanligt saltvatten. Allt jobb med koordinering mellan Sverige, Tyskland o USA. Allt om deras farhågor att de skulle röra upp och rubba en världsordning som var baserad på fossila bränslen. Allt berättade han, inklusive hans sista eller förhoppningsvis senaste samtal med Lars, rättade han sig till, om morden i Chicago. Allt det som Lars hade antytt och som nu på ett sätt stämde med Görans teorier om att de hade varit under bevakning. Men avslutade Bo-Inge. Varför denna person som han nu trodde hade bevakat dem hade mördats och hittats uppspikad på väggen i slusskammaren, det var en fråga som han inte kunde svara på. När han efter ett långt tag slutade att berätta och det åter blev tyst i deras hörn av lokalen så upptäckte Göran att han fortfarande satt med en full kaffekopp i sin högra hand. Kaffet var i och för sig nu iskallt, eller i varje fall enbart rums tempererat. Han hade inte druckit en enda mun insåg han. Allt det som Bo-Inge hade berättat gjorde att han nu såg ett mönster som skulle kunna stämma. Han var förstås inte kunnig nog för att kunna ta del av all den tekniska information av molekyldelning av saltvattens atomer som Bo-Inge hade berättat om, men det spelade mindre roll. Att upptäckten av en helt ny energikälla som bokstavligen över en natt skulle göra all världens oljeförråd mer eller mindre värdelöst, skulle påverka en rådande världsordning det förstod han. Detta skulle också förstås ogillas av de människor som hade byggt upp sin rikedom och existensberättigande runt just oljan, även det förstod han. Värdelös var kanske inte rätt ord men värdet skulle vara radikalt devalverad i varje fall. Så mycket kändes säkert samt att med denna upptäckt så skulle också oljan vara gårdagens teknik och efterfrågan skulle säkert snabbt sjunka dramatiskt för att max inom ett par år vara nere på noll. Att man skulle kunna bygga vidare på denna teknik och även på sikt kunna konstruera bilmotorer som drevs av saltvatten förstod även en polis som Göran. Göran kom plötsligt tillbaka till verkligheten.

-Men, sa han. -För att ha lite bättre koll på era aktiviteter så måste man komma lite närmare än bara stå i en gatukorsning och klocka tider när ni kommer och går från jobbet. Det är ingen person på ditt företag som har försvunnit eller i varje fall inte visat sig denna vecka?

Bo-Inge funderade ett tag.

-Nej jag tror inte det, sa han sedan lite långsamt.

-Det är två personer vad jag vet som är hemma. Det är Kerstin på kontoret som har ringt in och sagt att hon är sjuk. Sedan vet jag att Haglund på rep är hemma och vabbar, så nej...

Göran satt tyst och lät Bo-Inge fortsätta med att i sina tankar gå igenom statusen på alla sina anställda.

Plötsligt så hajade han till.

-Det är en person som saknas, tror jag i varje fall. För ca tre år sedan så lejde vi bort städningen av våra lokaler till ett externt städbolag. Faktiskt mitt absolut sämsta beslut, utan konkurrens, i mitt affärsmässiga liv. Det var ett förslag från en konsult som jag hade inne ett kortare tag. Han skulle gå igenom min verksamhet för att föreslå effektiviseringar. Jo det var en historia det också, hur som, fortsatte Bo-Inge.

-Det enda som jag överhuvudtaget kunde göra, av hans förslag, utan att det annars skulle få stora konsekvenser vara att köpa in städning av mina lokaler utifrån. Ja istället för att ha egna anställda då. Effektiva rationaliseringar hhhöö, frästa han till.

-Ja du skulle ha sett vilka andra idéer killen la fram, äh glöm
det, orelevant i det stora hela. Hur som Gunnel som hade städat
hos oss i mer än tio år och skulle precis gå i pension. Så istället
för att anställa en ny person så beslutade jag att köpa in
städningen utifrån. Jag har ångrat mig varje gång som jag har
tänkt på detta. Men du vet aldrig haft tid eller kommit mig för
att ta tag i detta och anställa en egen person.
-Snälla, sa Göran. -Kom till saken.
-Ja, ja det är klart, ursäktade sig Bo-Inge. -Hur som, i måndags
så var inte vår vanliga städare på plats, jag blev varse om det på
eftermiddagen och bad då Lena på kontoret att undersöka om
det skulle komma någon på tisdagen. På tisdag så dök det upp
en för mig ny och okänd person, en kvinna, lite äldre från
Göteborgstrakten om jag skulle gissa. Ja på dialekten alltså. Så
städaren alltså, ja det är den enda person som jag kan tänka
mig skulle kunna passa in på denna person. Erik Fransson heter
han om jag inte minns fel.
Göran tog fram bilden de hade fått på Åke. Den var i och för sig
tagen på bårhuset men för detta syfte så var den var tillräckligt
bra. Alla anletsdrag fanns där och skärpan på bilden kunde man
inte klaga på. Han räckte över bilden till Bo-Inge som tog den
och tittade på den. Först lite avvaktade när det gick det upp för
honom att han tittade på ett foto av en död man. Dock så var
det aldrig något att tvekan om att han kände igen personen på
bilden.
-Jo, sa Bo-Inge. -Det är han, det är samma kille. Det är Erik.
Göran såg på Bo-Inge.
-Åke Svensson är alltså Erik Fransson, sa han för sig själv.

Kapitel 21
Dåtid

Rättegången mot Åke blev en längre historia än nödvändigt skulle man kunna tycka. Troligtvis för att det också blev en mycket märklig rättegång. Det fanns en hel del att reda ut enligt Åkes försvarsadvokat. Allt var kanske inte så uppenbart som det vid den första anblicken kunde verka.
Åke hade befunnit sig på brottsplatsen, ja runt detta rådde det inga tvivel. Han hade stått där och bara stirrat när polisen kom fram. Troligtvis befann han sig i chock på grund av allt det dramatiska som han precis hade varit med om. Detta skulle faktiskt ses som en förmildrande omständighet, ja det var i varje fall försvarsadvokatens ord. Det var hur som helst inga tveksamheter till vem som var skyldig till flickans död. Det var också polisen bestämda åsikt. Flickan hade blivit stucken med en kniv i magen och Åke hade fortfarande en blodig kniv, i ett fast grepp, i handen när polisen hade närmat sig honom. De hade försökt inleda ett samtal samtidigt som de hade försökt få Åke att släppa kniven. Åke hade dock inte släppt kniven men heller inte gjort någon antydan till att använda eller att hota någon med den. Så efter ett tag så hade två poliser varsamt men ändå tagit sig nära Åke för att därefter mycket bestämt vrida kniven ut Åkes grepp helt enkelt. De hade behövt lägga all sin styrka i detta vittnade de unisont om. Greppet Åke hade om kniven hade först varit stenhårt, men efter ett tag hade handen öppnat sig och kniven ramlat ned till marken. Åke hade inte ändrat något i sitt beteende. Han stod fortfarande på den kvadratmeter där han hade stått hela tiden. Han var nu dock en kniv fattigare och ett handfängsel rikare. Det fanns också vittnen på plats, polisen medgav dock vid en direkt fråga att vittnena kunde ses om part i målet. Dock inte jäviga som försvarsadvokaten hade försökt få det till. Vittnen som i detta

fall var en man, tillika flickans pappa, samt flickans mor och en lillasyster till offret. Mannen hade dock inte kunnat säga något eftersom att han inte kunde tala, hade det snart visat sig. Därför hade polisen varit tvungna förlitat sig på en något hysterisk och otydlig kvinna som med en blandning av engelska, svenska samt spanska ord förklarat att Åke hade attackerat dem och sedan även knivhugget deras flicka. Det måste ha gått till så eftersom när hon hade kommit fram så hade hon sett att Åke reste sig upp, från att precis innan det ha legat ovanpå hennes dotter. Detta var hon helt säker på, hade hon sagt. Det var just av den anledningen, att Åke låg på hennes dotter, som hade gjort att hon hade rusat fram fortare än hon någonsin hade sprungit tidigare. När hon hade kommit fram så hade hon genast kastat sig fram mot flickan, men det hade varit försent. Försent, tarde, tarde hade hon sedan sagt om och om igen. Så att Åke var skyldig till att en ung flicka nu var död, detta var helt klart enligt henne. Inte ens Åke sa något annat heller, han sa i och för sig inget, varken bekräftande eller dementerande. Han hade varit helt tyst ända sedan polisen hade gripit honom den där kvällen. Det skulle förstås varit ett problem för försvarsadvokaten i ett normalt fall. Men inte för denna relativt nya advokat som Åke hade fått sig tilldelad, en Örjan Lambert. Örjan hade blivit glad när han hade fått detta fall på sitt skrivbord. Han förstod att Åke var skyldig men han var också övertygad om att den andra parten var mist lika skyldig till att det hade gått som det hade gått. Örjan hade mycket höga tankar om sig själv och var säker på att allt inte var så uppenbart som det som sagts och vad den första anblicken verkade säga. Att familjen var nysvenskar var i sak inget som Örjan lade någon vikt på. Hans uppfattning var dock att det aldrig var så att enbart en part var skyldig i fall som detta. Han var säker på, hävdade han i varje fall, att även den utsatta familjen i detta fall hade kunnat agera annorlunda. De hade inte gjort allt som man rimligtvis kunde begära för att undvika vad som senare inträffade. Därför var detta fall intressant och den uppenbart skyldige måste i detta fall få en helt rättvis rättegång.

Åke var den enda person som man med säkerhet kunde säga hade gått till familjens hus den kvällen. Det var också det officiella ställningstagandet, alltså det som rätten hade att ta ställning till. Polisen misstänkte fortfarande att Åkes båda hantlangare också hade varit där. Mamman i familjen hade också intygat att det hade varit fler personer på platsen, troligtvis två stycken. Men de hade inte varit på plats när polisen hade kommit fram och inte heller hade Åke nämnt något om medhjälpare. Man hade självklart hämtat in både Sonny och Börje, men de hade blånekat och eftersom inte någon med hundra procents säkerhet kunde peka ut dessa två personer så gick de nu fria. Mycket också på grund av att de andra männen på plats hade varit maskerade. Därför stod nu Åke ensam som ansvarig för detta dåd. Åke hade fortfarande inte sagt något om hela händelsen, inte ens till sin advokat Örjan. Men Örjan som var en driftig man hade ändå samtalat med Åke ett antal gånger och hade med tiden utarbetat ett sätt att kommunicera med Åke. Så, fast Åke var tyst som muren påstod Örjan att han förstod och kunde föra Åkes talan. Åke talade till Örjan utan att verbalt säga något. Det var i varje fall vad Örjan påstod. Därför fick bara Örjan förhöra Åke. Örjan hade på detta sätt också tagit på sig rollen att vara polis. Detta var förstås mycket märkligt men det hördes inga högljudda protester i varje fall, bara en del mumlande om att en kuf pratar med en annan kuf. Eftersom polisen hade funnit Åke på brottsplatsen, med en blodig kniv fast i sitt grepp så ansåg man att detta fall var löst och lät nu Örjan hålla på med vad han nu höll på med. När väl rättegången sedan inleddes så började Åkes advokat Örjan med att förklara att Åke hade under en lång tid känt sig hotat av familjen. Det hade varit något annorlunda och mystiskt som inte riktigt gick att ta på, hade Åke förklarat enligt Örjan. Domaren hade då lutat sig intresserat fram och frågat Örjan.

-Så Åke pratar alltså med dig, jag menar han har alltså sagt detta?

-Ja det stämmer, hade Örjan svarat.

Han hade sedan fortsatt att förklara att Åke inte pratade med ord, men enligt Örjan så rådde det inget som helst tvivel om att detta var Åkes uppfattning. Domaren hade då nyfiket frågat hur Örjan kunde vara så säker på detta. Jo hade Örjan sagt, han hade efter ett tag insett att han kunde kommunicera med Åke. Åke behövde inte prata tillbaka, så som var vanligt i en tvåparts kommunikation. Åke kunde med tecken, huvudvinklingar och med olika typer av ögonkast kommunicera med Örjan. De hade utformat och skapat ett språk som var mellan de två precis lika tydligt som den dialog som nu Örjan hade med domaren. Domaren hade då frågat Örjan om han ansåg att med detta tillvägagångsätt förelåg en risk men felaktiga slutsatser, till exempel på grund av att ställdes för mycket ledande frågor. Nej då, hade Örjan förklarat. Det fanns ingen sådan risk. Visst han kanske ställde en del ledande frågor men det var bara för att få igång dialogen. Då använde han också bara den typen av frågor där det inte förelåg några tveksamheter och i sig. Där svaren redan var kända och inte hade någon betydelse för rättegången och skuldfrågan. Alltså tillexempel om det hade varit en fredag den där kvällen då allt utspelade sig, om det hade regnat eller inte. Om Åke hade varit rädd eller ängslig kvällen i fråga.

Hur kunde advokaten vara så säker på detta, hade åklagaren då frågat. Örjan hade tittat föraktfullt på åklagaren och frågat om han behärskade denna nya förhörsteknik som Örjan använde sig av. Nej det kunde han inte påstå, hade åklagaren svarat. Då hade helt enkelt Örjan sagt att det man inte begriper det skall man heller inte fråga om. Situationen hade då nästan urartat, men efter ett antal hårda ord fram och tillbaka så hade domaren till slut sagt att man skulle, tillsvidare i varje fall, ge detta scenario en chans. Åklagaren hade lugnat sig med en inre försäkran om att denna teater skulle till slut visa sitt rätta ansikte, och den luftbubbla som försvarsadvokaten hade började blåsa upp snart skulle spricka. Ett misstag skulle det dock senare visa sig. Men åklagaren kunde förstås inte känna till det dolda kort som Örjans snart skulle dra fram ur rockärmen. På rättegångens tredje dag så hade Örjan kallat in ett vittne, tillika expert på människor som led av ett syndrom av att kunna anta dubbla personligheter. Örjan hade ställt sig upp i rättssalen och vänt sig mot den lilla församling som var där och förklarat att Åke kunde anta olika personligheter. Åke var den person och personlighet som var hans ursprung och den person som vi kände honom som. Men det fanns andra personligheter, djupt inne i Åke som ibland kom fram, och då trängde undan den Åke som vi känner. Dessa personligheter kunde dyka upp vid olika tillfällen. Triggat av någon händelse som utlöste något inom Åke. När detta hände så var detta inget som Åke kunde kontrollera, utan det bara hände kunde man också säga. Åke kunde då inte heller stå som ensam ansvarig för de eventuella saker, som inträffade i en situation när Åke hade antagit en annan personlighet. Örjan hade sedan förklarat att Åke hade på sitt eget sätt gjort klart att han, den aktuella kvällen egentligen hade velat något helt annorlunda än vad som sedan hände. Han avsikt var att ta sig ut till familjen i fråga för att försöka reda ut situationen som de hade hamnat i. Hans mål hade varit att de förhoppningsvis skulle kunna lägga allt gammalt groll bakom dem, vända blad och gå vidare. Men situationen hade urartat, familjen hade gått till attack och Åke hade i den krissituation som då uppstod tappat koncentrationen och blivit stressad. I det ögonblicket hade då en normalt underliggande personlighet trängt sig fram och tagit kontroll över Åkes kropp. Åke själv hade inga som helst minnen av den aktuella kvällen. Detta var också en del förklaring till att

Åke hade varit helt tyst. Han hade helt enkelt inget att säga.
Detta var ett alternativt fakta som nu Örjan la fram i rätten, och
med detta på bordet så kunde man i sak inte anklaga Åke för
detta brott. Hans kropp hade utfört en mycket beklaglig
handling, men hans sinne och normala personlighet kunde man
inte anklaga för samma sak. Örjan hade vid detta tillfälle
inkallat en expert på dubbla personligheter, schizofreni som
var det vetenskaplig termen. Att kunna ståta med den
vetenskapliga termen var något som Örjan gjorde till en stor
sak, som för att visa att han verkligen behärskade och förstod
vad han pratade om. Experten hade sedan intygat, dyrt och
heligt att han hade undersökt Åke och hittat alla de klassiska
tecken som fanns hos personer som led av syndromet med
dubbla personligheter. Allt fans där, som att Åke var inåtvänd
och saknade kontakt med sin familj och att det inte heller fanns
några riktigt nära vänner. Han hade hallucinationer och ofta
besynnerliga vanföreställningar. De berättade också att Åke
hade framfört i förhören att han kände sig som att han var
ständigt förföljd eller övervakad. Han kände också en mer eller
mindre konstant oro som ledde till sömnsvårigheter samt att
han ofta drabbades av plötsliga vredesutbrott. Ja Åke var som
klippt ur en studiebok med typexempel på patienter som led av
sjukdomen med den vetenskapliga termen schizofreni. Detta
var en relativt nyklassad sjukdom, förklarade experten. Detta
var något som man först under tidigt 1900-tal hade kunnat
konstatera att det faktiskt existerade, och var en sjukdom. I
gamla tider hade detta tillstånd ofta förklarats med att man var
besatt av en ond makt tillexempel djävulen. Men nu visste man
bättre. Ordet schizofreni betyder kluvet sinne, fortsatte han att
förklarat. Denna dissociativa identitetsstörning som på
engelska hette dissociative identity disorder, vilket förkortades
DID, var enkelt sagt en personlighetsklyvning eller multipel
personlighetsstörning. Domaren hade då återigen frågat hur
det var möjligt att få ur Åke allt detta om han inte talade.

Experten hade då informerat om att det faktiskt fanns
ytterligare en dialog än denna, en dialog som fördes med riktiga
ord dock inte med Åke som andra part. Den dialogen fanns med
den andra personligheten, en person utan namn men som
kallade sig själv för frälsaren. När rätten informerades om detta
så hade även Åke rykt till. Åke hade tills denna stund suttit tyst
som vanligt och sett ointresserad ut. Som om detta inte rörde
honom. Hans tankar fanns på annat håll fullt upptagna med,
som det verkade en osynlig konflikt. Men när experten sa att
han hade fört en muntlig dialog med honom reagerade Åke.
Han sa inget men blev för ett ögonblick intresserad och nyfiken
av den rättegång som pågick runt omkring honom, och förstås
om honom. Nu var det väldigt viktigt att Åke fick vård hade
sedan experten förklarat. I den behandling som han föreslog
skulle det ingå samtal med kvalificerad personal, som alla var
experter på att behandla personer med liknade symptom som
Åke. Fokus skulle ligga på att patienten skulle kunna förberedas
för en återkomst i det normala sociala livet. Det är enormt
viktigt att både den som är sjuk och anhöriga får psykologiskt
stöd informerades rätten om. Ofta så går man även i
psykoterapi förklarade experten. Nu fanns även denna
möjlighet inom ramen för samma vårdinrättning som redan
hade nämnts, ett alternativ till en vanlig fängelsedom. Denna
klinik skulle vara den absoluta bästa platsen för Åke att
spendera sin närmsta framtid på, allt enligt försvaret. Med
denna insats skulle troligtvis en framtida mycket längre
sjukhusvistelse kunna undvikas, både för Åke och eventuellt
andra framtida offer som skulle kunna komma att drabbas av
hans sjukdomstillstånd.
Skulle rätten här i fråga vara tillfreds med att fatta ett beslut
om fängelse, istället för ett beslut som skulle kunna undvika
konsekvensen av att kunna återupprepa, i framtiden, detta som
precis hade hänt här och nu. Precis så avslutade

försvarsadvokaten och experten på dubbla personligheter
deras gemensamma framställan till rätten.
Rätten med domaren och åklagaren i spetsen hade alla blivit
tagna på sängen av denna minst sagt annorlunda vändning och
vinkling på fallet. Det fanns i sak inga motargument och
eftersom Åke fortsatte att vara tyst så var det lönlöst att få
någon mer information från det hållet, som inte kom genom
försvarsadvokaten. Experten verkade också ha en bakgrund
som gjorde att han visste vad han pratade om. Han drev
bevisligen en redan etablerad klink, som hade ett flertal
patienter inlagda och som alla led av dissociativ
identitetsstörning. Han hade också skrivit två böcker i ämnet
och eftersom det inte fanns andra personer inom landets
gränser som kunde utmana denna teori, så fanns det heller
ingen motpol att balansera dessa påståenden mot. Det verkade
faktiskt som att det var Sveriges ledande expert på dissociativ
identitetsstörning som befanns sig livs levande i denna rättssal,
och beskrev alla grundläggande fakta. Eftersom åklagaren hade
gjort sin sak klar, alltså att Åke var den fysiska person som
hade utfört dådet. Men samtidigt så hade han inte i sin vildaste
fantasi kunnat se detta scenario om dubbla personligheter, som
nu ledde till att han inte visste på vilket ben han skulle stå på.
Försvaret sa inte i mot detta, alltså att Åkes fysiska
personlighet hade utfört dådet men försvarsadvokaten hade
lagt fram ett alternativt fakta som nu rätten hade att ta ställning
till. Åklagaren hade gjort några tappra försök att få rätten att
bortse från dessa teorier om alternativa eller om det hette
dubbla personligheter. Försvaret hade då mycket sakligt och
grundligt bemött alla dessa argument och hela tiden framfört
att åklagaren inte kunde bevisa att det var bortom alla rimliga
tvivel att det inte var som försvaret påstod. Till detta så hade
försvaret, med hjälp av Sveriges ledande expert, påvisat vad det
kunde betyda samt vad som kunde hända om man hade att
göra med en person som led av schizofreni. Man hade från

försvaret också mycket skickligt spelat på att denna rättegång hölls i tingsrätten. Med det konstaterat så visste man också att det saknades ett bredare juridiskt kunnande, eller i varje fall erfarenheter som var mer vanligt i hovrätten. Rätten hade sedermera dragit sig tillbaka för att fundera igenom det som först verkade ha varit ett solklart fall till att nu framstå som ett mer komplicerat fall. I varje fall när man skulle utdöma ett rättvist straff hade domaren lagt till som ett plötsligt slutord. Kanske var det en mänsklig reaktion mer än en överlagd kommentar, som gjorde att han yttrade just dessa ord. Efter en ovanligt lång tid så hade domaren återigen samlat alla igen. Domaren hade då meddelat att man inte kunde bortse från försvarets linje och om teorin med dubbla personligheter. Åkes kropp, sa domaren hade bevisligen utfört ett hemskt dåd som var både grov misshandel och vållande till annans död. Åklagaren hade under rättegången inte kunnat bevisa att det hade varit Åkes uppsåt att döda, vilket var viktigt att beakta. Det förelåg också att ta hänsyn till att Åke faktiskt hade blivit attackerad där ute på fältet bredvid huset. Att det sedan inte var helt omöjligt att Åke faktiskt hade drabbats av ett anfall och då antagit en annan personlighet. Allt detta var nu något som man måste beakta, förutsatt att alla inklusive försvarsadvokaten hade varit helt ärliga i alla sina inlägg under tiden för rättegången. När domaren sa detta hade han spänt ögonen i Örjan. Örjan hade då antagit en teflonpersonlighet och låtit den tysta anklagelsen bara rinna av honom. Han hade därefter mött domarens blick och visat med all tydlighet att han hade rätt och alla andra hade fel. Åklagaren hade inte heller, under denna framställan från domaren, kunnat påpeka eller komma med något nytt, som gjorde att man skulle behöva ändra på något som nu var på väg att hända. Så domaren dömde visserligen Åke som skyldig till grov misshandel och vållande till annans död. Men straffet blev inte fängelse, utan behandling på lämplig klinik. Den lämpliga kliniken skulle sedan visa sig vara samma klink som experten på dubbla personligheter också var föreståndare för.

Några dagar efter rättegången satt Åke i ett mindre förvaringsrum i väntan på att han skulle lämna häktet. Han hade blivit informerad om att han nu skulle köras till det behandlingshem, som under en tid framöver skulle vara hans nya hem. Han mådde fortfarande dåligt. Han hade ännu inte hämtat sig från händelsen den där kvällen. Att en person, en liten flicka hade dött var något som han inte kunde greppa fullt ut. Han var inte dum så han förstod att han var ansvarig för detta. Men det fanns fortfarande tankar som förgäves försökte hitta ett alternativt scenario. Ett scenario där han faktiskt var ett offer. Han hade inte haft någon strategi för rättegången. Det hade gjort att han hade varit tyst i förhören med polisen, han hade helt enkelt inte vetat vad han skulle säga. Det fanns inget försvar för det han hade gjort. Men så hade den där Örjan dykt upp. Han hade haft en plan sa han. Alla i Sverige hade rätt till en rättvis rättegång och det var alla försvarares skyldighet att se till att den åtalade fick en sådan lindrig påföljd som det bara gick. Det är faktiskt det som är definitionen på en rättvis rättegång förklarade Örjan. Åke hade bara gapat, var den där killen helt stollig eller hade han bara ett stort ego. Åke ansåg att killen mest svamlade så han beslutade sig för att vara tyst ett tag till. Prata med den där killen kunde bara göra saken värre ansåg han. Så Örjan började med sin teater, eller vad man nu skulle kalla det. De så kallade förhören hade inte varit så mycket till förhör egentligen. Örjan hade babblat på om både det ena och det andra. Vid tre tillfällen hade Örjan haft sällskap. En expert på personer med psykiska besvär hade de sagt. Åke hade inte brytt sig. Han visste att han var skyldig. Så något fel var det säker på honom, men psykiska besvär nej där gick gränsen, han hoppades i varje fall att han inte var psykiskt sjuk. Han tänkte att han fick spela med ett tag och se om han var

galen eller inte. Det visade sig dock gå rätt fort. För att om
någon var galen, ansåg Åke så var det de andra två. Han hade
aldrig tidigare stött på personer som så frikostigt hittade på
den ena idén tokigare en den andra. Men det mest konstiga
ansåg Åke var att sedan faktiskt verkade tro på sina egna påhitt.
Åke gav upp mer eller mindre direkt och lät de hållas Han mest
påtagliga minne förutom den show som experten hade spelat
upp på rättegången var att de delade namn, experten och han.
Experten hade visserligen ett dubbelnamn, men Åke det hette
han i alla fall. Dörren till det lilla rum han nu satt i hade sedan
öppnats av en väktare. Två personer hade kommit in till Åke i
det lilla rum där han nu satt och väntade. Väktaren hade sedan
stängt dörren, vilket gjorde att de tre männen var ensamma och
skilda från omvärlden. Åke tittade lite förundrat på dessa
personer. Han hade inte vetat vad som väntade, men dessa två
personer i sin helvita kläder stämde inte in på den bild som han
ändå hade haft någonstans i bakhuvudet. Männen i sina
stubbade frisyrer såg mer ut som militärer eller amerikanska
fängelsevakter, tänkte Åke som hastigast, och absolut inte som
personal på ett behandlingshem för psykiskt sjuka personer.
-Hej Åke, sa plötsligt en av männen.
-Tokig eller inte tokig, man har tydligen sett en potential i dig.
Fråga mig inte vad men så är det tydligen.
Han tystnade och sträckte fram ett papper mot Åke.
-Här, sa han.
-Här finns det svart på vitt att du skall följa med oss. Det står
också varför, och i enkla drag en förklaring eller beskrivning
om den behandling som nu kommer att erbjudas dig. Var nu
vänlig att läs detta.
Åke tittade lite misstänkt på det maskinskrivna pappret. En
massa ord var det men det var något annat som fångade hans
uppmärksamhet. I det övre vänstra hörnet av pappret, som han
nu höll i sin hand, fanns en text som verkade vara namnet samt
logotypen för det behandlingshem han skulle åka till. Vad var

det för symbol han tittade på, den kändes bekant men ändå inte. Men sedan såg han plötsligt var det var, en sfinx. Ett liggande lejon med en människas ansikte.

Kapitel 22
Nutid

Göran satt i sin bil på väg tillbaka till stationen. Fortfarande på ett sätt omtumlad efter sin träff med Stenis. Han log lite för sig själv när han oförhappandes använde det smeknamn som han visste irriterade sin vän. Han slängde en snabb blick över axeln och såg för en sekund på de väskor som nu låg i hans baksäte. Han misstänkte att han personligen inte skulle kunna förstå och tolka allt material som fanns förpackat där, men om Stenis hade rätt i sitt antagande så satt han nu med information som personer ute i den stora världen kunde döda för. Samma material var för andra personer den enda chansen till överlevnad i en värld, som för många inte gav det skydd och näring som de hade vant sig vid. Göran kände att en klump av olust i magen börja växa till, när hans tankar började fara iväg och måla upp en den ena en den andra bilden över jordens framgång eller undergång. Han slog med handens baksida på sin egen panna, för att försöka bli av med dessa bilder och börja fokusera på nästa steg. Han skulle förstås ta hand om detta men det han verkligen skulle jobba med, var att lösa mordet på den man som man nu visste hete Åke eller i varje fall hade hetat Åke en gång i tiden. Stenis hade sagt att Åke nu kallade sig Erik Fransson. Detta var alltså tilltalsnamnet på den person som nästan under tre års tid hade, tyst som en skugga, städat i Master of plastic front tech ABs lokaler. Åke eller Erik skulle hur som helst inte städa något mer, varken där eller någon annanstans. Nu var han var död på riktigt och någon hade påskyndat detta. Därför var det nu Görans jobb att hitta den eller de som var skyldiga till detta. Stenis väskor skulle få ligga till sig lite i polisens bevisförvaringsrum först tänkte han. Cirka tjugo minuter senare stegade Göran in i den lokala polisens kontorslandskap.

-Ska du ut och resa? Hörde han en röst fråga.

Göran stannade till och såg sig omkring. Dubbel-Klas satt på sin stol några meter därifrån och såg lite frågade ut. Dubbel-Klas stäckte på halsen och tittade lite menade på de väskor som Göran bar på.

-Va.. ehh. Nej, ja du tänker på väskorna. Detta är bevis eller jag menar, det kanske är bevis. Det är lite oklart för tillfället men jag eller jag menar vi får sitta på detta ett tag.

-Ok, sa Dubbel-Klas.

Göran såg sig omkring igen.

-Var är Camila och Anton? Frågade han med en halvhög röst så att Klas säkert skulle höra.

-De är här, ska jag hämta dem? Svarade han.

-Gör så, svarade Göran. -Ta med dem hit, ja och du kan hänga på du också.

Göran vände på huvudet och tog sikte på sitt kontor tillika det tysta rummet.

En chef måste kunna få ha ett eget rum tänkte han. Han hade fortfarande vissa obekväms känslor eftersom han hade lagt beslag på det enda tysta rum som fanns. Men de andra verkade inte klaga så det fick bära tills det brast tänkte han.

Göran hann precis stapla väskorna i hörnet, sätta sig i stolen och slå på datorn när de andra kom in i rummet.

-Något som har hänt? frågade Anton och tittade lite snett på väskorna som balanserade på varandra i hörnet.

-Jo det kan man nog säga, sa Göran.

-Sätt er, sa han och såg menade på dem.

Det tittade sig omkring och sedan på de två lediga stolar som fanns i rummet.

-Jag hämtar en stol, sa Dubbel-Klas och sprang ut i landskapet.

De andra gjorde sitt bästa för att Dubbel-Klas skulle kunna få in en stol till i det lilla utrymme där de nu alla var samlade. Klas lyckades till slut böka ner stolen mellan Camila och Anton. Två ben hamnade i dörröppningen vilket gjorde att dörren inte gick att stänga.

-Strunta i det, sa Göran när han såg att Klas undrande tittade på dörren och de två stolsbenen som hade en utrymmeskonflikt.

Han vände sig om lättad i sinnet och satte sig tillrätta, noga att inte stöta till varken Anton eller Camila när han satte sig ned på stolen.

-Jag har varit och träffat en person, började Göran.

-Det visade sig vara en lyckoträff. Kontentan är att jag nu tror att jag vet varför Åke, ja mannen från slussen var här i staden. Alltså en förklaring till vad han faktiskt gjorde också.

Han såg på de andra.

-Klas, du har inte varit fullt inblandat i detta fall ännu, men nu behövs du också. Jag vill ha alla tillgängliga huvuden fullt fokuserade på detta. Vi har några dagar på oss, kanske tre till fyra, i bästa fall. Sedan kommer detta fall vara stendött, alla spår iskalla och vi kan glömma allt vad som gäller en upplösning på detta fall. I alla fall en lösning i närtid.

Det blev dödstyst runt bordet när Göran avbröt sin monolog. Det enda som nu hördes var Görans något upphetsade andning.

-Ok sa han. -Så här ligger det till.

Göran återgav i princip ordagrant hela samtalet som han hade haft med Bo-Inge. Han kunde i och för sig inte förklara alla de tekniska detaljerna om energiutvinning från saltvatten som Bo-Inge hade beskrivet. Men han kunde förklara tillräckligt mycket för att de andra också skulle bli övertygande om varför. Åke hade alltså spanat på Bo-Inge Stenmark och hans forskning, det var den enda logiska slutsatsen. Han hade hållit sig uppdaterad om verksamheten i prototyprummet och troligtvis rapporterat vidare till någon. Även om man nu hade nästa person på sin sida. Det var kanske inte en helt riktigt beskrivning att Lars Tjulin från Master of plastic front tech AB var på deras sida. Men har var dock inget hot ansåg man, varken mot Master of plastic front tech AB eller Bo-Inge som person. Han befann sig också av allt att döma fortfarande i USA. Lars var heller inte mördaren, la Göran till innan någon av de tre åhörarna hade hunnit fråga.

-Så, vi vet nu en massa mer än vad vi visste när veckan började, och Åke dök upp hängande på väggen till sluss...kammaren.

Göran gjorde en liten konstpaus för att se om han fick någon reaktion på sitt ordval.

-Hette det inte mellanlagring, sa Dubbel-Klas.

Göran hejdade sig, han kom nästan av sig när tankarna och bilder på slussar och slussportar samt våta väggar med hängande personer fladdrade förbi på hans näthinna.

-Nej, nu har jag bestämt att det heter slusskammaren.

-Ok, sa Klas och blev lite ljusröd på kinderna.

-Hur som helst, fortsatte Göran. -Vi vet alltså en massa mer saker, men vi vet inte varför eller av vem eller vilka. Han Åke alltså, kan kanske ha gjort bort sig. Vilket då skulle ha fått någon person att besluta att han skulle bytas ut. Jag tror dock inte på det scenariot. Jag tror att det är något annat. Det kan finnas en annan organisation, som också jobbar i det dolda, en organisation som supportar det jobb som Bo-Inge gör. En organisation som kan ta till samma verktyg och metoder som de som vill stoppa detta. Det är vad jag tror. De kom på Åke och ansåg att han måste försvinna. Samtidigt ville de statuera ett exempel. Därför den makabra historien i slussen. Ingen förutom de som ingår i samma lag som Åke skulle förstå. Jag tror också att de eller den som gjorde detta fortfarande är kvar här i krokarna. Håller koll för att se om det blir ett motdrag från andra sidan eller något sådant. Därför är du här Klas.

Klas ryckte till, han hade suttit på helspänn och lyssnat mycket fokuserat och höll med i analysen från sin chef. Men han hade inte varit bered på att bli tilltalad, inte nu i varje fall.

-Ok, sa han lite nervöst. Göran tittade på honom.

-Jag har redan pratat med Bo-Inge om detta. Vi resonerade en del men vi kom fram till samma slutsats. Det kan finnas ett hot men vi tror inte att det är riktigt så skarpt läge, inte ännu i varje fall. Men jag vill att du inställer dig nere hos Stenis, kalla honom inte för det bara, sa Göran och log ett litet snett leende.

-Bara var där och ha koll på honom. Du skall också synas men förhoppningsvis inte verka om du förstår vad jag menar. Vi har kommit överens om, alltså jag och Bo-Inge, att det bästa är att han inte går och gömmer sig utan att han är så synlig eller vad man skall kalla det för som möjligt.

Dubbel-Klas nickade, livvakt ok. Om det var det Göran ville så skulle han inte svika sin chef. Göran tittade på honom.

-Ok? Frågade han.

-Absolut, sa Klas och nickade tillbaka.

-Vill du att jag skall dra redan nu?

Göran såg på Dubbel-Klas medan han tänkte på Stenis. Undrar om han är i verklig fara? Tanken ville inte släppa taget.

Sedan drev hans tankar i väg om vad som hade hänt, och vad som skulle kunna hända. Han grimaserade för sig själv när tankarna spelade upp den ena obehagliga scenariot efter det andra. Den här organisationen eller vad man nu skulle kalla dem verkade ha sina tentakler på många ställen så. Jo detta var på riktigt. Med i tanken så fanns det absolut en förhöjd risk för Stenis, kanske till och med en livsfarlig risk.

-Jo, sa han sedan. -Det är nog bäst att du åker redan nu på direkten.

På direkten, tänkte Dubbel-Klas när han reste sig och lyfte på stolen för att ställa tillbaka den ute i kontorslandskapet. Det uttrycket hade han inte hört på länge. Men det var kanske ett omedvetet sätt för Göran att säga att detta var på allvar och det var bäst att han skyndade sig.

Han stötte till dörrposten med stolen till det lilla krypin de satt i när han skyndade sig därifrån. Det skramlade och lät mer än vad Dubbel-Klas hade önskat. Göran kunde inte låta bli att tänka tanken att det här med enbart ett kontorslandskap och inget eget riktigt rum för honom, var på det stora hela en mycket konstig men framför allt en mycket dålig ide. Undra vad som skulle vara nästa trend. När de om något år eller två skulle få på sig att ta in en ny konsult för att se över arbetsmiljön. Han skakade på huvudet samtidigt som han tittade efter Klas som försvann nedför trappen, bort mot utgången och sedan vidare mot Stenis och uppdraget som temporär livvakt.

-Ok, sa han och tittade på Camila och Anton. -Hur långt har ni kommit och vad är nästa steg?

Anton och Camilla tittade snabbt på varandra. Anton gav ett tecken som Camilla tolkade att hon kunde börja prata.

-Inte så långt, sa hon.

Hon såg på Göran för att försöka läsa av någon reaktion. Hon fick inget tillbaka, hon kliade sig omedvetet på armen och fortsatte sedan.

-Jag har kollat upp den där Konsultfirman, där Åke fick jobb efter att han var fri igen. Jag kan inte hitta något skumt. De verkar ha en helt solid och ärlig verksamhet. De är idag 45 anställda inklusive chefen och två personer som fungerar som sekreterare, eller vad det nu kallas. De som ser till att kontoret eller för den delen att verksamheten flyter. Övriga är konsulter som befinner sig på uppdrag. De jobbar alltså åt andra firmor, Volvo mestadels. Både på personbil samt lastvagnsdelen. Ja det är ju två olika bolag idag. Samma namn men ja ni vet same same but different.

Hon skrattade till åt sin lustighet men fick ingen reaktion tillbaka, så lite buttert fortsatte hon sin rapportering.

-Firman eller konsultbyrån som heter Future tech förresten.

Hon stannade omedvetet upp i sina tankar.

-Finns det ingen fantasi nu för tiden, Future tech, vad är det för namn?

-Var det en fråga, sa Göran.

-Va öhh nej då bara ett konstaterande, svarade Camila.

-Hur som, fortsatte hon. -När Åke jobbade där så var firman mindre, alltså de var då bara runt 25 anställda. Jag har jämfört anställningslistor och det är faktiskt ingen kvar på firman idag, som jobbade då Åke var där. Chefen nu heter Hossein Hamid. Han befinner sig dock i USA på en affärsresa.

-Så bolaget verkar ha kvar sina kontakter med USA i varje fall, klämde Göran in.

-Jo absolut, sa Camila. -Men jag har otroligt svårt att få tag i vad det är för kontakter eller kopplingar som man har i USA. Det är som att springa in i ett mörkt rum utan varken dörrar eller fönster, inget, nada. Hossein väntas hem i helgen så jag planerar att åka dit på måndag. Det var alles.

Hon blev tyst. Tittade på Göran och sedan på Anton.

-Ok, sa Göran. -Det var ett långskott detta med firman han jobbade på. Jag menar för allt vad vi känner till så kan det vara precis vad de utger sig för att vara. Alltså en helt vanlig konsultbyrå.

Camila satt tyst och nickade bara lite lätt.

-Anton, sa han sedan med ett annat tonläge. Inte argt eller så men det blev en signal som gjorde att Anton sträckte på sig där han satt i stolen och såg på sina kollegor.

-Jo, började han lite trevande. -Jag har sökt mig bakåt som sagt. Innan Åke hamnade på anstalt och sedan på..... Han tittade på Camila

-Future tech, sa hon med en ansträngd min.

-Ja just det, sa Anton och fortsatte. -Som ni vet så råkade eller vad man nu ska säga.

Han gjorde en konstpaus innan han fortsatte.

-Åke med att bidra till att en annan människa gick bort, dog alltså. En flicka som var runt 10 år. Det var vad domstolen sa i varje fall, vållande till annans död. Innan detta hände så var Åkes bedrifter mest att ses som små-bus, alltså med den tidens definition. I dag skulle man nog säga trakasserier.

Trakasserierna var mestadels riktade mot utlänningar, och även om det låter lite banalt så var det faktiskt mycket som var annorlunda då. Man gjorde en skillnad på svenskar och utlänningar. Inte officiellt förstås men det var annorlunda som sagt. Så att man trakasserade en familj som var nyanlända till Sverige var inte att se som något allvarligt, eller för den delen brottsligt. Jo brottsligt var det förstås men man kan inte ta dagens måttstock och applicera den på situationen då för knappt 30 år sedan. Jag vill hävda att man såg på saker som detta med en mycket förmildrande syn eller något sådant. Det är den bilden som jag får i varje fall när jag har sökt på vad dagstidningen skrev om några liknande incidenter. Fast det inte är så länge sedan så verkade det faktiskt som att samhället i stort hade någon form av översyn med det som Åke och hans polare höll på med. Jag menar, då skrev man faktiskt om det var någon som hade snattat mjölk på ICA, men att en familj som kom från Chile hade blivit väckta en natt av att någon hade tänt eld på ett träkors utanför deras hus, ja det såg man som ett pojkstreck. Märkligt, eller vad säger ni?

Anton tittade upp men insåg snart att de inte var intresserade av den diskussionen rörande vad man skrev eller inte skrev om i lokalpressen för nästa 30 år sedan.

-Jag har ringt runt som en galning till folk som borde kunnat komma ihåg Åke. Gamla klasskompisar från grundskolan och så, folk som bor kvar i samhället ja ni vet. Jag fick tag i en. Sonny tror jag att han hette, först verkade ha något som han ville berätta. Men det blev inget. *Han hade glömt bort*, var det enda han så småningom kom fram till. Jag höll på att ge upp men.

Anton la in en ny konstpaus för att vara säker på att han hade de andras nyfikenhet riktad mot hans upptäckt. När han såg att både Camila och Göran såg på honom med sin fulla koncentration så fortsatte han.

-Till slut så fick jag napp. Jag började leta efter om det fanns någon äldre, äldre en Åke alltså. Någon som man skulle kunna säga hade någon form av koppling till Åke. Då menar jag förstås inte mamma eller pappa, alltså någon som inte kom från familjen. Till slut så fick jag faktiskt träff. Jag lyckades hitta Åkes gamla skolföreståndare i högstadiet, en Berit Holltén. Och ja hon lever. Rätt gammal men fortfarande klar i skallen. Jag har pratat med henne i telefon och imorgon åker jag dit för att träffa henne personligen. Hon kunde gärna träffa mig och prata om Åke, men inte i telefon sa hon. Så 07.00 i morgon tar jag bilen till Ryd, ja det heter så. Det lilla samhälle där Åke spenderade sin uppväxt.

Anton såg nöjd ut. Han kom på sig själv med att tänka att det förstås inte fanns några garantier överhuvudtaget att denna Berit skulle sitta på några hemligheter, som skulle lösa fallet åt dem. Men de hade haft ont om framgång så detta halmstrå var ändå något att hoppas på, bestämde han sig för.

-Bra, sa Göran. -Det är kanske inget vi skall hoppas för mycket på men eftersom vi inte har något annat så kör vi på detta. Imorgon är det fredag, sa han sedan.

-Hinner du tillbaka innan fem tror du.

-Jodå, sa Anton. -Det skall jag fixa, så långt är det inte att köra och nu är det ju ljust på mornarna, så att köra bil skall inte var något problem.

-Bra, sa Göran igen.

-Det vore bra att få en avstämning innan helgen och festligheterna nere på centrum.

Camila tittade på Göran.

-Har du pratat med Eva-Britt? Frågade hon.

-Jodå det kan man allt säga, sa Göran med en min som Camila inte riktigt kunde tolka.

-Att ställa in slussens nyöppning på grund av att det hade skett ett mord i slusskammaren, icke det ska ni tro. Det var inget alternativ överhuvudtaget. Det har då Eva-Britt förklarat för oss på polisen med mycket stor tydligt. Så om detta råder det inget tvivel. Sa Göran samtidigt som han himlade något med ögonen.

Camila såg på Anton och log ett snett leende. Anton besvarade
blicken och gav en välmenande grimas tillbaka. De skrattade
båda två tyst i tanken när de unisont tänkte på Eva-Britt, som
säkert stod där på sitt kontor och tränade för att trycka på
knappen och öppna slussportarna.
-Ordning i klassen, avbröt Göran. -Nu slutar vi tänka på Eva-
Britt och hennes stund i glamour. Vi har mer jobb att göra.
Det fick bli slutordet för denna gång. Anton och Camila reste sig
hastigt, tog sina stolar och gick tillbaka till sina arbetsplatser
ute i landskapet. Bakom sig lämnade de en grubblade Göran
Persson.

Kapitel 23
Nutid

Lars drog in den kalla kvällsluften i Las Vegas. Vegas var en ökenstad och så här på vårkanten var det faktiskt lite kallt på kvällen. Han hade haft fönsterplats och suttit och tittat ut över staden Las Vegas, som hade glittrat i kvällsmörkret under honom när flygplanet hade gått in för landning. Det var nästan som om hela staden var gjord av ett guldskimrande material tyckte Lars. Det var möjligt att den helt kolsvarta omgivningen gjorde sitt till för att förstärka illusionen, men det var på många sätt en mäktig syn att se på. Han log för sig själv när han tänkte att denna effekt var nog inget som stadens casino och hotellgrundare hade tänkt på. Men å andra sidan så var de var nog inte heller ledsna för denna trevliga och riktigt njutbara effekt. Det gällde att få alla besökare till Las Vegas på ett mycket bra humör. Då var chansen mycket större att de skulle spela bort mer pengar och på så sätt fylla på de redan överfulla skattkistor, som fanns hos de som ägda de lyxiga hotellen och casinon. Samma hotell och casinon som hade gjort denna stad känd över hela världen.

Lars hade rest från Chicagos flygplats. Att flyga inrikes i USA under sitt eget namn var en liten chansning men Lars räknade ännu inte med att man hade kopplat att Lars hade bytt sida och istället borde vara ett jagat byte. Snart borde det nog gå upp ett ljus i organisationen och man skulle nog kunna spåra honom till Vegas. Men det, tänkte Lars skulle inte göra något., Det var dock viktigt att han inte skulle bli spårad när han lämnade Vegas igen. Lars hade strövat omkring lite oroligt i terminal 1 och i närheten av gate C18 på Chicagos inrikesflygplats. Egentligen inte orolig för att han var spårad och iakttagen, utan mer för nästa drag. Just de här stunderna när han väntade och inte kunde göra något, som i detta fall vore att få planet att lyfta

tidigare, gjorde att tankarna ibland for i väg. Han hade gått där fram och tillbaka i den långa gång som var terminal 1. De böjda stålbalkarna i taket och den övriga inredning påminde mer om en tågstation än den flygplats som det var, vilket förundrade honom på ett sätt. En flygplats var nästan alltid som en titta rakt in i framtiden. Lars ansåg att de som designade flygplatser alltid verkade göra sitt bästa för att tolka hur framtiden skulle se ut. Kanske provades olika teman i ett stort globalt fältprov. Det var faktiskt en tanke som hade passerat genom Lars hjärna när han hade gått där och vankat fram och tillbaka. Han hade i och för sig snabbt konstaterat att om detta också hade varit ett fältprov för framtiden, så var det ett mycket gammalt och troligtvis bortglömt fältprov. Men nu låg detta bakom honom och han tänkte på vad han skulle behöva göra. Hans kommande handlingar var inget han såg fram emot men det var likafullt något han inte kunde låta vara ogjort. Lars hade under den relativt långa flygningen från Chicago till Las Vegas funderat om det som nu låg närmast framför honom skulle gå att lösa på något annat sätt. Men han hade inte, efter många försök medgav han, funnit något alternativ. Han tog ett nytt djupt andetag och drog den kalla luften djupt ner i lungorna. Han hade fortfarande inte riktigt landat i tidsskillnaden mellan Sverige och USA och nu skulle det ytterligare läggas på några timmar eftersom Las Vegas låg i en annan tidszon än Chicago. Detta var dock något som Lars var tvungen att hantera eftersom det inte fanns något alternativ och ingen tid för att vänta in att den nya tidszonen skulle kännas bekväm. Att vänta en dag eller två var det dummaste han kunde göra, det visste han av erfarenhet.

Eftersom han flög inrikes så var det inga konstigheter att ta sig ut ur flygplatsens innandömen. Några snabba ögonkast senare hade han lokaliserat taxikön och snart satt han i baksätet på en Toyota. Lars log lite för sig själv. USA det gamla bilandet med betoning på gammalt. Man trodde nog att det var kunderna

som svek men sanningen var att de amerikanska bilbyggarna
hade blivit omsprungna av både Japaner och Européer. Ja snart
var nog också hela Asien förbi USA. Korea var på god väg tänkte
han. om de inte redan hade passerat USAs kunskap i
bilbyggarkonsten. Han hade inte heller haft något problem med
att komma ihåg adressen. Inte heller chauffören verkade ha
någon svårighet att hitta dit Lars hade bett om att få åka.
Chauffören styrde nu bilen utan att konsultera någon karta
eller GPS, vad Lars kunde se i varje fall.
Han har kanske en inbyggd GPS, likt en flyttfågel tänkte Lars
och småskrattade tyst åt sin egen lilla lustighet.
Flygplatsen som hörde till Las Vegas låg nära staden så
taxiresan till hans destination skulle inte bli någon lång resa.
Lars hade sagt adressen till ett hus som låg på den gata han
skulle till men några hus länge upp. Han ville inte att hans
ankomst skulle röjas av en Taxi som stannade på uppfarten.
Samtidigt ville han också se huset först från lite avstånd, innan
han gick fram och ringde på. Taxin stannade och Lars rycktes
tillbaka till verkligheten. Han tittade snabbt på taxametern och
kunde konstatera att det hade blivit dyrare att åka taxi nu än
senaste gången han hade varit här. Då som nu samma agenda
men det var nog också den enda likheten, tänkte han. Lars
fiskad upp några dollarsedlar ur fickan, räknade dem snabbt för
att se att det var tillräckligt. Ögonkastet han fick tillbaka visade
att chauffören inte tänkte ge tillbaka någon växel, utan att de
4,5 dollar som skilde från priset upp till de 30 dollar som Lars
hade lämnat skulle anses som dricks. Lars nöjde sig med det
och bekräftade dricksen med ett ok och en tillönskan om en
fortsatt trevlig kväll. Snart stod han ensam på vägen och såg
efter taxins röda bakljus. Ljusen försvann utom synhåll när
taxin gjorde en vänster sväng och blev ett med mörkret runt
omkring, först då vände han sig om och tittade nedåt gatan.
Samma gata som han just hade kommit åkande på. Bergen som
omgav staden gick inte att se men Lars visste att de att de låg

där. Han kände det som att bergen utstrålade en form av trygghet, det var svårt att säga varför det blev så, men det var något med bergskedjor som gjorde att han slappnade av och kände sig lugn i hela kroppen. Lars började sakta gå tillbaka nedför gatan och mycket snart så såg han huset i ljuset från gatlyktorna. Det såg precis ut som han mindes det. Fortfarande lika slitet men ändå tillräckligt underhållet för att inte skapa någon uppmärksamhet. Ett hus i mängden som varken stack ut åt det ena eller det andra hållet. Lars drog återigen in den kalla kvällsluften, denna gång så fyllde han sina lungor med extra mycket av denna klara ökenluft. Han hade på känn att efter denna kväll så skulle han aldrig mer andas denna typiska Las Vegas luft, så några extra sekunder kunde han kosta på sig. Lars rätade på ryggen och stretchade nacken. Han kände att han fortfaraden var lite stel från flygresan, så att få tillbaka lite mjukhet i kroppen skulle inte skada. Därefter började han långsamt men med bestämda steg promenera bort mot det hus som var hans mål för kvällen. Han närmade sig från söder och såg till att han gick på den sidan av gatan som var lite sämre upplyst. När han kom fram till infarten gjorde han en skarp sväng samtidigt som han ökade farten och steglängd. Hans tempoväxling gjorde att det från trottoaren till ytterdörren tog det max fyra sekunder.

Lars knackade på dörren samtidigt som han ställde sig fullt synlig för det titthål som fanns i dörren. Han visste att det skulle användas av personen som befann sig på insidan och att inte synas skulle bara leda till att dörren inte öppnades. Lars var tvungen att bita sig själv i underläppen för att inte titta på klockan och på så sätt visa att han var otålig och under tidspress. Det kändes som att en mindre evighet passerade innan han hörde ljudet från insidan som sa honom att personen där inne nu låste upp för att kunna öppna dörren. Lars koncentrerade sig för att se så avslappnad ut som möjligt. När dörren öppnades tittade Lars på ett bekant ansikte, ett ansikte

som tillhörde en äldre kvinna som han hade träffat en gång
tidigare i sitt liv. Detta hade varit var knappt 6 år sedan. Det
hade också varit då han hade blivit Lars Tjulin.
Han såg på kvinnan och log lite försiktigt, inte ett överdrivet
leende utan mer ett leende som sa hej hur är det?
Kvinnan mötte Lars blick och Lars såg att hon letade i sitt
minne för att kunna placera Lars.
-Lars Tcjuuliin, sa hon sedan på en bred amerikansk dialekt.
-Yes mam, svarade Lars.
-I was not expecting you, sa hon.
Lars hade funderat på om han skulle dra en lögn men hade
kommit till insikt att det bara skulle göra saken bara värre. Så
han svarade bara kort.
-Yes I know.
Hon tittade på Lars igen, denna gång med en blick som tog in
hela honom, ungefär som en kropps scanner som letar efter
dolda sjukdomar.
-Ok, sa hon sedan kort. -Kom in.
Lars tog två steg framåt och klev in i hallen. Han stängde dörren
bakom sig och såg sedan på kvinnan som han benämnde som
äldre. Hon hade blivit ännu äldre nu förstås, kanske var hon
närmare 70 år gissade han.
-Jag behöver din hjälp igen, sa han kort.
Damen nickade mot honom.
-Och sedan, sa hon.
-Sedan är jag klar, sa Lars.
Damen nickade igen och klev åt sidan för att visa Lars längre in
i huset. På vägen in i huset passerade de en hall och Lars tittade
försiktigt in i de rum som de passerade. Det var tydligt att det
var ett opersonligt hem, även om någon verkligen hade försökt
att göra det personligt. Men om man skrapade på ytan så
märkte man fort att det fans ingen röd tråd i de saker som stod
placerade på hyllor och i fönster. Det fanns heller inga kort på
familjemedlemmar. Det som hängde på väggarna eller stod på

byrån i hallen var tavlor med varierande motiv. Den gemsamma faktorn för tavlornas motiv var naturen, snöiga berg eller mörka stora skogar. Tavlor som ibland också var kryddade med ett djur eller två. Antigen så var det solnedgång eller soluppgång. Lars kom på sig själv att börja gissa om det var en soluppgång eller en solnedgång som han tittade på när han betraktade tavlan som satt på väggen bredvid dörren, den dörr som var väldigt bekant från hans förra vistelse i huset. Dörren som han visste lede ner till källaren, och hans mål för kvällen. Han stannad och såg på tavlan lite mer i detalj, samtidigt som han lät damen komma ifatt honom. Han visste att dörren skulle var låst så det skulle inte tjäna något till att prova dörrhandtaget. Hon stannade bredvid Lars och såg på tavlan hon med.

-Jag har ofta funderat på om det är ett verkligt eller en fiktivt plats, sa hon sakta.

Lars såg på henne.

-Det är en verklig plats, sa han. -I varje fall om man väljer att tro det. Alla platser som en målare ritar, tecknar eller på annat sätt avbildar, har sin grund i ett verkligt minne eller är en direkt avbildning. Så ja, även detta är en riktig plats vågar jag påstå.

Hon såg lite forskade på Lars och sedan på tavlan igen. Hon la huvudet lite på sned och kisade med ögonen.

-Ok, sa hon sedan. -Jag tror dig. Det är bara synd att nu när jag vet att denna plats existerar, så är jag för gammal för att ta reda på var den finns. Troligtvis också för gammal för att besöka platsen.

Lars tittade på tavlan igen och sökte det som tydligen hade fascinerat kvinnan i alla dessa år, och de oräkneliga antal gånger, som hon hade gått denna väg förbi tavlan. Hon hade säkert stannat och studerat tavlan tusentals gånger slog det honom där och då.

-Om man vet att platsen existerar så kan man alltid besöka platsen genom att sluta ögonen och tänka att man är där. Även om man fysiskt aldrig har varit där, så kan man ta sig dit i tankevärlden, när man vet hur det ser ut alltså. Minnet är ett digitalt hjärnfotografi och det kan man skapa genom att besöka en plats eller studera en bild, eller för den delen en målning som denna. Det minnet kan man sedan göra till sitt eget verkligt upplevda minne, och på så sätt återvända dit. Alltså dit till den plats som bilden föreställer.

Lars tystnade och betraktade kvinnan. Han såg att hon funderade. De stod där, stilla framför tavlan i minst fem minuter innan hon till slut talade igen.

-Ok då skyndar vi oss med det som vi skall göra. För sedan har jag tänkt att jag skall ut på en resa.

-Det låter som en bra plan, sa Lars samtidigt som han såg att kvinnan tog fram en nyckel och låste sakta upp dörrens dubbla lås.

Dörren gled upp, inte ett ljud hördes från de väloljade gångjärnen.

-Du har varit här förut så jag håller för troligt att du kommer ihåg rutinerna.

Kvinnan förväntade sig inget svar utan började gå ned för trappen utan att vända sig om efter Lars. Efter en kort sekund av tvekan så satte Lars vänster fot framför den högra och följde efter kvinnan, ned för den svagt upplysta trappen.

Väl nere i källaren, där han hade varit förut och mycket väl kunde rutinerna, startade nu ett fokuserat arbete.

Fem timmar senare satt han och tittade på dokumentet som han höll i sin hand. Han kände igen fotot men inte namnet. Steve Mannon, Steven Oliver Mannon för att vara helt korrekt. Han var precis som förra gången otroligt fascinerad över känslan i dokumentet. Nytt men ändå använt. Glasklart i alla detaljer men ändå lite slitet. Steve Mannon, han smakade på namnet. Ett namn som inte skulle väcka någon uppmärksamhet. Han kom på sig själv att tänka fotbollsspelare i England. Om det inte hade varit för att engelska ligan och alla deras spelare är mer eller mindre världskända, så hade det varit en attraktiv identitet. Men inte för det som han nu hade i planerna. Han kände att benen darrade lite svagt. Han var trött, otroligt trött. Han mindes faktiskt inte när han hade sovit ordentligt senast. Allt hade bara rullat på. Först euforin över att träffa Chris och Dietmar, och diskutera framtiden. Sedan chocken över vändningen i hotellobbyn. Därefter en ny agenda och en resa som hade fört honom till denna plats. En källare i ett hus på en alldeles vanlig gata i den lite overkliga staden Las Vegas. Han tittade på passet igen. Han vägde också en liten bunt A4 papper i handen, en samling papper som innehöll en livshistoria tillhörande mannen som hade sin bild i passet, Steve Mannon. Lars fanns inte längre, från denna stund så fanns bara Steve Mannon. En engelsk man i sina bästa år som var i Vegas på en minisemester, och snart skulle resa härifrån. Resan hade varat några dagar och hade bjudit på en show av David Copperfield på MGM Grand, några besök på olika restauranger, samt en turistresa ut till Hooverdammen, allt verifierat med tillhörande kvitton samt även några små souvenirer från Ceasars Palace. Han hade också en beskrivning som innehöll fakta om den Steve Mannon som han nu var. Steve drev sin egen firma. En firma med en anställd, han själv. Han läste att han var i konsultbranschen med inriktning på Automotive konstruktion med formsprutade plastartiklar som specialitet. En helt vanlig engelsman alltså. Han såg återigen på kvinnan som satt på sin stol med halvslutna ögon, det var kanske så att hon faktiskt hade somnat tänkte Lars. Han studerade henne ett tag, hon var nog garanterat över 70 kanske till och med 75 tänkte han. Håret var grått och ansiktet lite lös i sin hållning. Han kunde också se att ansiktet verkade ha samma gråa färg som håret. Hon såg inte sjuk ut men det var en person som spenderade på tok för mycket tid inomhus konstaterade han. En smal och senig kropp. Finlemmade händer som nu låg utsträckta i knät. Han fortsatte så att studera damen i några

minuter innan hon försiktigt rörde på sig. Hon öppnade ögonen sakta och såg på Lars/Steve.
-Jag tror faktiskt att det fungerar, sa hon.
Steve log lite försiktigt.
-Att resa dit man aldrig har varit men vet hur det ser ut. Absolut fungerar det. Jag har gjort sådana resor många gånger.
Hon blev sedan allvarlig. Hon såg ut att vilja säga något men Steve var den som pratade först.
-Varför hjälper du mig?
Hon såg först lite fundersam ut men samlade sig snabbt.
-Varför inte, sa hon sedan. -Detta är vad jag gör. Om det är du eller någon annan som säger åt mig vad jag skall göra spelar inte så stor roll. Sedan är detta det enda jag kan. Under alla år har jag suttit här och gjort detta. Aldrig haft någon möjlighet att ta mig någonstans. Alltid bara här. Så kanske gör jag detta, alltså hjälper dig lite för att jäklas också.
Steve nickade sakta.
-Om du var jag, sa han sedan. -Vart skulle du åka? Jag förutsätter att du hör saker, saker som du kanske inte skall höra men saker som folk säger mest för att prata. Eller har jag fel.
Hon studerade Steve i någon sekund.
-Nej, sa hon. -Du har inte fel. Folk pratar betydligt mer än vad de borde, det är sant.
Hon tänkte några sekunder och fortsatte sedan.
-Kairo, sa hon sedan. -Dit skulle jag åka om jag var du.
Han nickade. -Namn? Sa han sedan.
Josuha, sa hon snabbt. -Det är ett kodnamn. Men jag har också sett namnet Praxter, Bill Praxter.
Steve noterade detta i minnet.
-Tack sa han sedan.
-Nu skulle jag vilja resa bort, sa hon samtidigt som hon tittade honom rakt i ögonen.

Han hummade mot henne samtidigt som han räcke över en av prydnadskuddarna som låg i den lilla soffa där han satt.

-Jag tycker att det ibland går lättare, och fortare om man riktigt burrar in ansiktet i en kudde. Jag menar att verkligen dyka in i den. Den blir mörkare och tystare. Sedan om man andas i kudden så känner man en ny doft, en annorlunda doft. En doft som hör hemma någon annanstans.

Hon tog kudden samtidigt som hon nickade.

-Jag förstår, sa hon sakta.

Hon begravde sitt ansikte i kudden samtidigt som hon lutade sig tillbaka i stolen. Andningen var först lite ansträngd men han hörde sedan att hon snart föll in i en jämnare rytm. De satt säkert så i fem tysta minuter, helt tysta och helt stilla. Steve såg sedan att kroppen hos den gamla damen sjönk ihop några centimeter. Han slöt sina egna ögon och kunde då själv se den gamla damen, som nu stilla och harmoniskt sakta gick på en äng. Det var samma äng som var avbildad på tavlan i hallen. Den tavlan som de tillsamman hade betraktat för några timmar sedan.

Han öppnade sedan ögonen samtidigt som han reste sig snabbt upp. I samma rörelse tog han fram sin pistol och sköt sedan två skott i snabb följd. Han behövde inte sikta egentligen för att träffa mitt i kudden, den kudden som bara var en meter framför honom. Damen hade fortfarande kudden tryckt mot sitt ansikte när hon sakta sjönk ihop i stolen framför honom. Han gick ett steg framåt och la kroppen tillrätta samtidigt som han tog en ny kudde till från soffan och med hjälp av den kudden så fixerade han den första så den blev kvar på sin plats. Han ville inte se damen igen. Han föredrog att ha kvar bilden av henne som ensamt vandrade på ängen i solnedgången eller soluppgången. Han hade verkligen försökt lista ut om det var en soluppgång eller solnedgång på tavlan men han hade inte lyckats.

-Soluppgång, sa han sedan högt till sig själv.

-Ja så är det. Du kommer nu för tid och evighet vandra fram under dygnets första ljusa timmar, de bästa timmarna på hela dagen.

På något konstigt sätt så kändes det faktiskt lite lättare med den tanken fastetsad i hjärnan när han gick upp för trappen. Han släckte sedan ljuset bakom sig samtidigt som han stängde dörren. Han vände sig inte om. Nu var han helt säker, detta var en plats han aldrig mer skulle vilja komma tillbaka till eller för den delen se igen. Han gick därefter ut i köket som låg strax till vänster om dörren till källaren. Där öppnade han alla kranar till gasspisen på vid gavel. Han tände sedan ett ljus som han hittade i en låda. Ljuset ställde han i en djupare bunke som han i sin tur ställde på den översta hyllan i det nu öppna köksskåpet. Gasen är tyngre en luft och skulle fylla rummet underifrån. Det skulle ge honom tid för att först försegla dörren till köket och sedan ta sig tillräckligt långt bort från huset. Två minuter senare lämnade han huset genom ytterdörren. Det var ljust ute och han försökte se helt normal ut där han sakta gick nedåt gatan. Det var i princip inga ute vilket var en skön känsla. Han hann kanske 400 till 500 meter bort innan han ryckte till av den kraftiga smällen bakom honom. Inom några sekunder kunde han nästan också känna hettan från branden. Han visste förstås att det inte var möjligt utan det var nog mest solen som värmde hans kropp, men att huset nu stod i fulla lågor och att i princip inget skulle vara kvar när brandkåren hade lyckats släcka elden, ja runt detta rådde ingen tvekan. Han tog därefter till höger vilket gjorde att han kom ut på en lite större gata. Han hade sedan tur som en tok insåg han när en ledig taxibil sakta kom åkande på vägen bakom honom. Han vinkade in taxin som stannade. Han öppnade dörren, klev in i baksätet.

-Flygplatsen, sa han på sin bästa engelska dialekt.

-Vilket bolag? Svarade chauffören.

-United, sa Steve och slöt ögonen.

Han sov redan när de två brandbilarna med ilsket tjutande sirener och blinkande blåljus mötte dem bara någon minut efter att han hade satt sig tillrätta i baksätet.

Kapitel 24
Nutid

Anton satt i bilen på väg söderut. Att få tag i någon som kände
Åke, från hans tidigare liv så att säga, hade inte varit lätt. Visst
hade någon före detta klasskompis kommit ihåg Åke men bara
lite vagt, det var i varje fall det svar han fick. Han fick också ett
intryck av att välviljan med att hjälpa till var det lite si och så
med. Att svara på några frågor i telefon kunde väl gå för sig
men att sitta ned och prata med polisen, ja dit var steget stort.
Inte att de var illvilligt inställda till polisen, sa man, men de
hade faktiskt inget att säga. Åke verkade var en figur som
princip alla hade glömt bort, eller i det närmaste helt och hållet
förträngt. Till slut hade han dock haft tur, kunde han konstatera
så här i efterhand. Ett av samtalen med en gammal skolkamrat
hade avslutats.
-Du kanske kan kolla med Berit.
-Berit vem, hade han svarat.
-Jo vår gamla klassföreståndare. Hon har ett minne som en
uggla.
-Uggla? Hade han sagt helt oförstående.
-Ja jag menar att hon må vara gammal, men vad jag vet så lever
hon fortfarande. Samt att hon är helt klar i skallen. Om någon
kommer ihåg Åke så är det garanterat Berit.
Anton hade då sökt reda på Berit. Det visade sig också att hon
levde och hade hälsan. Berit hade precis passerat 90 år men var
still going strong, som man brukade säga tänkte Åke.
Hon bodde i en liten service lägenhet bredvid
ålderdomshemmet, det hade hon berättat när Anton hade
lyckats hitta ett telefonnummer och ringt henne.
-Javisst kom hon ihåg Åke, hade hon sagt till Anton.
Hon hade heller inget i mot att prata med honom om Åke. Det
var bara att komma förbi och hälsa på. Helst i anslutning till 11

kaffet, för då skulle han kunna få smaka på sockerkakan som hon hade bakat.

Anton hade lite fint frågat om det gick bra att ta det över telefon. Men det gick då inte alls hade Berit svarat. Ville han prata så fick han allt komma och hälsa på. Dörren skulle hon lämna öppen och det vara bara en liten trappa upp till hennes lägenhet. En trappa som till och med hon klarade av att gå uppför, så hon kunde inte förstå att det skulle vara ett problem för honom att kunna ta sig ner på byn för att hälsa på henne.

Ta sig ner på byn, tänkte Anton med ett litet snett leende. Att han bodde 22 mil bort var nog inte ens värt att nämna.

Hade han inget körkort kanske, hade nog varit hennes kommentar till det tänkte han.

Så en tidig morgon för att plocka ut en hyrbil fick det till att bli. En mindre bil, troligtvis en golf skulle det nog bli. Allt helt enligt reglementet.

Anton hade skakat på huvudet åt sina egna fördomar och svalde sitt lilla förtret. Nu väntade en tur på lite drygt två timmar. Men vädret var fint och det var lugnt på vägen så det gjorde inget när allt kom om kring.

Anton tittade på klockan samtidigt som han körde förbi en vägskylt som sa att det var bara 7 km kvar tills han var framme. Halv elva, inget problem med att hinna fram i tid kunde han lugnt konstatera och slappnade av en aning. Att komma försent hade nog inte varit att rekommendera i detta fall.

Lite drygt 15 minuter senare hade han parkerat bilen på gästparkeringen som tillhörde serviceboendet. En liten trappa skulle det vara innan han skulle ta till höger. Sedan tredje dörren på vänster sida. Hon skulle till och med lämna dörren öppen, hade hon ju berättat. Anton fick en varm tanke inombords. Än var det inte helt ute med Sverige, det fanns platser där man tydligen kunde lämna dörren öppen. Han tog den lilla trappen i några snabba steg. Kom in i en mindre korridor som hade ett antal dörrar på både vänster och höger

sida. Tredje dörren på vänster var lika med den näst sista
dörren på den sidan. Han knackade på för att genast få ett, Kom
in, tillbaka.
Han lydde direkt, öppnade dörren och klev in i en liten men
smakfullt möblerad hall. En byrå i rokoko modell, en spegel
med guldram samt en stor kopparhink med torkade blommor i
välkomnade Anton. Innanför hallen fanns ett kombinerat
vardagsrum/matrum samt en mindre sovalkov. Vid köksbordet
med framdukade kaffekoppar satt en dam och såg på honom.
Han kunde konstatera att rummet följde samma tema som
hallen. Smakfullt men kanske lite övermöblerat. Det är nog så
det blir tänkte Anton. När flyttlasset går från en villa, som han
antog att Berit kom från, till något nytt men mindre. Ett hus
med tillhörande möbler som man har samlat på sig under ett
helt liv. Allt detta skall sedan rymmas i en liten lägenhet som
enbart består av en hall, ett rum och ett mycket litet kök. Mer
hann Anton dock inte tänka innan Berit, som han antog var
damen som satt vid bordet, välkomnade honom in och fram till
kaffekoppen.
-Kom in och sätt dig. Kaffe finns i kannan. Sedan bör han smaka
sockerkakan. Om jag får säga det själv så blev den riktigt bra
denna gång.
Anton såg sig om efter kaffekannan. Han fyllde på sin kopp och
satte sig sedan vid bordet.
-Såja, sa Berit. -Var inte blyg nu. Ta en bit av kakan.
Anton tog kniven och skar en rejäl bit. Han smakade och kunde
hålla med Berit, kakan smakade mycket bra.
-Jaha, sa hon sedan. -Det är alltså jag som är Berit. Du bör alltså
vara Anton.
Anton stelnande till och for upp från stolen.
-Ursäkta, sa han samtidigt som han sträckte fram sin hand.
-Anton Lundström, Söderortspolisen.

Berit tog hans hand och Anton kände att hon hade kraften kvar i kroppen. Ett rejält handslag med två distinkta skak. Hon släppte greppet efter någon sekund samtidigt som hon sa.
-Och jag heter alltså Berit Holltén. Välkommen Anton, till mitt lilla krypin.
Anton log och satte sig på sin stol igen. Han drack lite mer av kaffet och tog en ny tugga av sockerkakan.
-Han sa i telefon att han ville prata om Åke Svensson, sa Berit sedan samtidigt som hon ställde ner sin egen kaffekopp på bordet framför sig.
-Jo det stämmer, sa Anton. -Jag är inte riktigt säker om du vet. Vi hann inte prata så mycket i telefon. Men ... Åke har hittats död i Söderort.
Berit hajade till.
-Vad är du säger. Jag vill minnas att Åke dog för flera år sedan. I Thailand. I den där hemska tsunamin. Det var i varje fall vad det stod i tidningarna. Jag menar lokaltidningen hade ett uppslag om personer från närområdet som hade förolyckats i katastrofen, alltså där borta. Det är så jag minns det.
-Jo det stämmer på ett sätt, sa Anton. -Men vi har nu kommit underfund med att den historien alltså var falsk. Vi vet inte varför om det bara var ett missförstånd eller om det var planerat. Men fakta är att Åke aldrig dog i Thailand. Men nu däremot så är Åke död på riktigt. Detta vet vi med hundra procents säkerhet eftersom att hans kropp ligger på bårhuset i Köping.
Han tystande någon sekund samtidigt som han tittade på Berit. Hon såg mest intresserad ut, inte chockad eller något liknande som han hade varit lite rädd för.
-Alltså Åke påträffades död i måndagsmorse. Då visste vi inte vem han var men vi kunde konstatera att det inte var ett olycksfall, eller för den delen ett naturligt dödsfall. Anton avbröt sig.

-Mer om det vill jag faktiskt inte gå in på nu. Berit nickade mot honom, för att visa att hon förstod.

-Vi hade sedan lite tur att vi så snabbt kunde identifiera Åke. Anton gjorde en konstpaus för att kunna ta en bit av sockerkakan och kom då plötslig att tänka på Kajsa Larsson, och hennes register över saknade svenskar. Jo det var något som de kunde vara tacksamma för. Hans tankar stördes av en hostande Berit, som med mycket klara signaler visade vad Anton borde fokusera sin uppmärksamhet på. Han tryckte tillbaka Kajsa och hennes register och kom snabbt tillbaka till Åke och varför han var här.

-Vi har sedan försökt pussla ihop hans liv och gärningar för att kunna förstå varför detta har hänt, också vem som kan tänkas vara inblandad eller kanske till och med skyldig till hans död. Berit la armarna i kors över bröstet, lutade sig tillbaka och sa.

-Du menar att Åke har blivit mördad. Berit tittade intresserat på. Anton.

-Jo, sa han. -Där om råder inga tvivel vill jag påstå.

-Intressant, sa Berit samtidigt som hon lutade sig framåt som ett tydligt tecken på att han nu verkligen hade fångat hennes intresse.

-Ja, sa Anton. -Så nu har jag försökt hitta någon som hade något att säga eller bara berätta om Åke och hans liv. Vi vet att han är härifrån trakten. När jag sökte efter någon som kom ihåg Åke, och ville prata om honom så var det bara dig jag fick tag i faktiskt. Visst det fanns någon som vagt kom ihåg Åke, men de hade överhuvudtaget inget att berätta sa man.

Åke var en tydligen en person som inte hade så mycket umgänge eller vad man nu säger.

Anton såg att Berit nickade bekräftande.

-Så därför är jag glad att du tog dig tid till att prata med mig. Vi får se vad detta kan leda till. Eftersom vi i princip vet väldigt lite om Åke så är jag glad för och intresserad av allt som du vill och kan berätta. Inget är för oväsentligt skulle jag säga.

Anton tystnade och tittade på Berit. Berit nickade och med en blick bad hon Anton att fortsätta.

-Vi vet en del, fortsatte han. -Alltså om Åkes liv här i trakten. Han var..... Hur säger man, kanske inte Guds bästa barn. En bråkstake helt enkelt. Men sedan hände något som verkligen vände upp och ner på tillvaron här. Jag menar. Vi vet att Åke var direkt inblandad i en persons död. Han blev också dömd för det. Men förutom detta så har vi egentligen inget.

Anton tystande och tittade nu på Berit med en frågande och samtidigt en uppmanade min. Berit log och förstod att Anton menade att nu vore det bra om Berit ville berätta något.

-Jo, sa Berit lite sakta. -Jag minns det där, ingen rolig historia. Hon sneglade lite på kaffekoppen, lyfte den sakta mot munnen och andades in med ett halvtyst men ändå tydligt ssvuuschande ljud. Hon tittade manade på Anton samtidigt som hon ställde ner kaffekoppen. Han såg upp och fann sig snabbt.

-Ska jag hämta lite mer kaffe?.

-Ja om han ville det så vore han en ängel. Jo han förstår att benen mina inte är så pigga och alerta som de var förr i tiden. Anton reste sig, hämtade kaffet och fyllde på båda kopparna. Berit såg nu nöjd ut igen. Anton hann knappt sätta sig innan hon tog till orda.

-Åke jo, det var en sorglig historia, sa hon och det syntes att hon tänkte tillbaka.

Vilket borde vara knappt 30 år i tiden tänkte Anton.

-Åke ja vad skall man säga. Visst man skulle kanske kunna säga att på ett sätt var det synd om honom. Tuff uppväxt, missförstådd i skolan, utstött kanske, hamnade i dåligt sällskap. Ja så där skulle man kanske kunna argumentera och på ett sätt hitta en förklaring. Skylla på någon annan.

Berit tystnade några sekunder.

-Det är bedrövligt när jag tänker på det. Alla så kallade ligister skyller alltid på någon annan. Det är så klart någon annans fel att de har blivit som de är. Sanningen är att de är svaga och inte

orkar ta en jobbigare väg. Kämpa hårdare än eller i varje fall lika hårt som andra. Andra som kanske har det lite lättare i skolan eller som i vissa fall har familjer som har det bättre ställt. Nej då skall man skylla på samhället eller någon annan odefinierad person eller sak. Så var det med Åke också. Han hade alla möjligheter men valde den enkla vägen, den slappa vägen. Jag blir faktiskt arg när jag tänker på det. Egentligen tror jag dock inte att Åke skyllde på systemet eller samhället som många andra i hans situation gör. Han var nog bara besviken i största allmänhet. Han blev arg på det mesta och speciellt på den där stackars invandrarfamiljen, de var de som blev hårdast drabbade.
Berit blev tyst, tittade på sina händer ett tag innan hon såg på Anton.
-Det var många år sedan jag tänkte dessa tankar och upplevde detta igen, sa hon med en något tystare röst.
Hon tittade nu med en fullkomligt klar blick, rakt in i Antons ögon. Anton höll kvar blicken i några sekunder, men sedan var han tvungen att vika undan. Han såg ner på sin skor innan han samlade kraft och åter lyfte blicken.
-Han vet vad som hände eller hur?
Anton nickade lite försiktigt.
-En person dog, en flicka vill jag minnas. Åke dömdes för vållande till annans död och blev omhändertagen. Det är väl det som vi vet.
Berit lyssnade och nickade hon också.
-Jo en sorglig historia var det. På den tiden fanns det inte så många utlänningar eller invandrare, eller vad man nu säger.
Hon såg lite frågande ut för en kort sekund men fortsatte snart.
-Idag så är allt annorlunda, men då var det inte som nu. Inte för att man idag skulle säga att samhället och som vi levde i då bestod av en massa rasister. Men sanningen är att vi aldrig släppte in dem i vårt liv, eller gemenskap. De var annorlunda som sagt och vi ville helst ha dem på en armlängds avstånd. Jag

tror inte ens att vi förstod det då. Idag skulle majoriteten av oss inte erkänna det, men detta är sanningen.

Berit såg faktiskt lite skyldig ut när hon tittade på Anton.

-Även jag var en av oss alla som såg ned på dessa stackars människor, de som kom till vårt land för att söka en fristad, och ett nytt och bättre liv. Det var heller inget fel på dem på något sätt. De försökte verkligen anpassa sig och bidra. Det kanske man inte kan säga om alla som kommer in i vårt land idag, men det är en annan historia.

Anton ryckte till av den plötsliga kommentaren, en kommentar som han inte hade väntat sig. Han tänkte en sekund om han skulle säga något, försiktigt hålla med eller opponera sig. Han hann dock inte göra varken det ena eller det andra, för snart så hade Berit fortsatt med sitt berättande.

-Åke var nog den som allra tydligast visade sitt missnöje med dessa invandrare. Jag vet att han skyllde i princip allt på dessa människor. Allt som han ansåg att han gick miste om. Allt som han var för slö för att ta tag i själv. Ja faktiskt göra ett ärligt försök att själv bidra med något. Han betedde sig som en riktig bitter vänstermänniska av idag. En person som i sin iver att hitta syndabockar hos de som har lyckas i sitt liv, vilket gör att de totalt glömmer bort sitt eget liv. Bara sitter på sin egen rumpa och klagar. Skall bara ha och ha, men aldrig bidra med något själva. Stackars människor.

Anton såg att Berits tankar for iväg åt fel håll och kände sig tvungen att försöka få tillbaka Berit till Åke och den historia som han var där för. Bittra vänstermänniskor kunde han kanske diskutera en annan gång.

-Hmm, sa han, tydligt men ändå inte allt för påträngande.

-Åke, hur kommer han in i detta? Frågade Anton

Berit såg upp nästan lite förvånat.

-Ursäkta jag glömde nästa bort. Han förstår att när man sitter här som jag gör så hinner man tänka mycket under dagarna som går. Sedan har man inte allt för många att prata med, så han får ursäkta om jag sprider lite tankar och funderingar som inte kanske har en direkt koppling till Åke.

Anton nickade och visade sedan tydligt att han ville att hon skulle fortsätta att berätta.

-Åke ja, han gjorde och sa vad många nog tänkte men aldrig skulle göra.

Anton såg att Berit slöt sina ögon och verkade färdas bakåt i minnet

-Jag minns särskilt en händelse när han försökte stjäla pappans matkasse utanför affären. Han hade en konstig argumentation om att han hade mer rätt till varorna eftersom det var hans land och det var hans bidrag som överhuvudtaget gjorde att dessa människor hade ett liv överhuvudtaget. Jag råkade gå förbi just då. Ja jösses det måste ha varit över 30 år sedan.

Berit grimaserade lite underfundigt kunde Anton se innan hon fortsatte.

-Hur som helst jag skällde ut honom på stående fot. Jag har alltid kunna hantera Åke förstår han. Sa Berit med en menande blick.

-Andra lärare på skolan var nog lite rädda för honom men jag kände aldrig det. Jag bemötte honom också med värdighet och respekt, kanske man kanske säga, men jag krävde också samma sak tillbaka. Det visste Åke och vi fick efter en tid en sorts kontakt och ett förhållande där vi respekterade varandra.

Berit stannade upp och andades lugnt några gånger innan hon fortsatte sin monolog.

-Vi kunde på så sätt också hantera situationer som alltid uppkommer i skolan. Men vi hade också en bra och alldeles vanlig dialog vid många lektioner.

Berit tystande tvärt. Under några sekunder var allt som hördes ljudet från ett tickande klocka som satt på väggen bakom Berit.

Anton kunde se att hon blundade.

-Så här i efterhand, sa hon plötsligt.

-Så har jag funderat på om det var just min utskällning som gjorde att han gick till familjen den där kvällen för att skrämma dem. Det är i varje fall var jag tror nu.

Berit öppnade sina ögon och såg nu rakt på Anton.

-Mycket kan man säga om Åke, men att han på fullaste allvar planerade att ta livet av en annan människa, särskilt en liten flicka det vägrar jag tro på. Något gick fel. Pappan regerade kanske inte som han alltid annars hade gjort, när han stötte på Åke. Alltså tillbakadragande och undvikande. Kanske var det så att måttet var rågat denna gång, och bägaren rann över. Kanske gick han gick till attack och den lilla flickan hamnade på något sätt i mellan dem.

Berit blev tyst när hon åter funderade på de frågor som hon aldrig hade fått något svar på.

-Det fanns bevisligen en kniv med i bilden, sa hon efter ett tag.

-Pappan fick tungan ju utskuren och den lilla flickan fick sedan kniven i magen och dog där på platsen. Det stod inte så mycket i tidningarna om detta men jag hade lärt känna familjen något. Genom dottern som hade börjat skolan. Jag hjälpte faktiskt pappan i familjen med att lära sig svenska vill jag minnas.

Berit fick på nytt något glasigt i blicken när hon åter verkade färdas bakåt i sina tankar.

-Jag sökte upp dem efter några dagar, alltså efter allt detta hade skett. Det var också då som jag fick jag klart för mig vad som hade hänt. Ja inte alla detaljer, men att pappan hade fått tungan utskuren den kvällen samtidigt som han hade attackerat Åke, så var det. Mamman var fortfarande helt förstörd och pappan blev nog aldrig sig själv igen heller efter den kvällen. Men historien slutar inte där tyvärr. Mamman i familjen blev bara sämre, ja mentalt alltså. Hon dog också sedan, jag vill minnas att det bara var något år senare faktiskt, av brustet hjärta sa man.

Berit tystnade. Det märktes att det tog på henne när alla dessa gamla minnesbilder, efter alla år som hade gått, kom upp till ytan igen.

-Även om ett hjärta inte fysiskt kan brista av sorg så kan det nog psykiskt bli så, och det är på ett sätt samma sak. Pappan kunde inte ta hand om den lilla flickan som fanns kvar. Ja det var i varje fall vad socialtjänsten kom fram till, så hon blev omhändertagen och placerad i en fosterfamilj.

Berit såg ut genom fönstret och pratade plötsligt lite tystare.

-Efter det så drev pappan mest omkring. Blev något av ett original här i byn. Han gjorde aldrig en fluga förnär, men han hittade nog aldrig sin plats i samhället igen.

Berit stannade upp och sökte Antons blick med sina ögon.

-Ni har säker redan pratat med honom? Sa hon.

Berit såg lite frågade på Anton när hon inte fick den reaktion från Anton som hon hade räknat med. Anton hade ryckt till när hon hade nämnt att pappan i familjen hade fått tungan utskuren. Han mindes bårhuset där han och Göran hade stått och lyssnat på rättsläkare, som hade berättat att Åke inte hade någon tunga. Bara så där som den mest naturliga sak i världen. Han hade inte funderat på detta med tungan så mycket då eftersom de såg på en man som var mördad, samt att de då inte hade någon som helst ingen aning om vem han var. Därför hade tungan då spelat en mindre roll. Nu var det dock en detalj som pappan och Åke hade gemensamt, eller rättare sagt något de båda saknade.

-Förlåt, sa han. -Vad sa du? Tankarna hade fullkomligt rusat runt i skallen så han hade glömt bort vad Berit hade frågat.

-Ni har väl redan pratat med honom sa jag.

Berit sökte nu ögonkontakt med Anton för att försäkra att han verkligen lyssnade.

-Nej faktiskt inte, sa Anton utan att tänka så mycket på svaret. Han insåg just att detta hade han eller de andra faktiskt inte övervägt. Varför kom han inte på här och nu, så han drog till med en vit lögn.

-Vi hade tänkt göra det snart men vi insåg att det inte skulle gå. Ja utan tunga du vet. Svårt att prata menar jag.

Berit såg förvånad ut.

-Det var tungan han förlorade, inte sin hjärna. Han kan faktiskt skriva. Han förstår väll vad jag menar, alltså skriva med en penna eller på en dator till exempel.

Anton blev röd i ansiktet när han förstod att han hade blivit genomskådad.

-Det var något år sedan nu men det sista jag vet i varje fall är att han flyttade härifrån. Det tog många år men jag tror faktiskt att han till slut fick någon sorts inre frid och kunde faktiskt starta om på en ny kula. Jag hörde också att han hade börjat lära sig teckenspråk, för att just kunna prata mer. Fantastiskt det där med teckenspråk.

Anton såg upp och kom på sig själv med att ställa en fråga.

-Vet du var han bor. Jag tänkte när jag ändå är här så skulle jag kanske kunna besöka honom. Ja slå två flugor i en smäll du vet. Vi borde absolut tala med honom, absolut det borde vi.

Anton återupprepade sina egna ord, som ett försök att lyfta fram betydelsen av detta och på så sätt visa hur viktigt detta nu var.

-Ja med penna och papper då, för teckenspråk behärskar jag inte.

Anton log lite försiktigt innan han slogs av ytterligare ett problem, han visste inte vad fadern hette i förnamn. Han hade läst i den gamla polisrapporten om familjen Vargas och vad som hade hänt familjen i stora drag. Så efternamnet det kom han ihåg men förnamnet kunde han nu inte minnas att han hade sett någonstans. Han var tvungen att fråga.

-Jo, sa Anton.

Det fick bära eller brista, alltså om han skulle bli idiotförklarad för att inte veta det mest självklara jo så kunde man säkert tycka.

-Jag har inte faderns förnamn. Vet Berit vad han heter?

Berit tittade förvånat på Anton. Kanske var det frågan som
sådan som förvånade henne, men hon svarade rakt av utan att
verka göra någon affär av just detta.
-Han heter Hector, Hector Vargas. Att besöka Hector? Sa hon
sedan.
Anton nickade mot Berit.
-Jo det går säker bra men då har han åkt åt fel håll. Som jag sa
så flyttade han härifrån för något år sedan. Han sökte faktiskt
upp mig och tackade för de gånger som jag hade hjälp familjen.
Inte så mycket som jag kanske borde ha gjort kanske, men han
menade att de alltid hade känt ett stöd från min sida. Jo det
värmde ett gammalt hjärta som mitt det kan jag säga. Han
berättade då också att han skulle flytta norrut. Upp mot dina
trakter om jag inte har helt fel. Till Köping. Det är väl inte så
långt från var ni bor? Det var därför jag tog förgivet att ni redan
hade kontaktat och pratat med honom.
Anton såg förvånat på Berit. Inte för att mannen i fråga med
säkerhet kunde knytas till Åkes död men de borde i varje fall
prata med honom, särskilt med tanke på det här med tungan.
För inte kunde det vara en tillfällighet eller kunde det vara det.
Att han nu också verkade bo bara 3 mil från brottsplatsen
gjorde detta inte mindre angeläget tänkte Anton.
-Det skall vi absolut göra. Anton reste sig.
Han kände en spänning i kroppen. Kanske de var något på
spåren. En person som definitivt hade ett motiv och mycket väl
kunde befinna sig i området där brottet hade begåtts. Han
måste ringa Göran, be honom att kontakta polisen i Köping som
skulle få hjälpa till med att plocka fram adressen. Sedan skulle
de besöka mannen. Att fixa någon som kunde bistå dem med
teckenspråkstolkning skulle nog inte bli ett problem tänkte
han.
-Jag får tacka så mycket ,sa han.
-Jaha han skall gå nu.

-Jo jag har lovat min chef att vara tillbaka i eftermiddag så då måste jag åka nu.

Anton såg reflexmässigt på sin klocka. Så där som man alltid gör när tiden är ett föremål för diskussionen.

-Jag får tacka så mycket, det har varit mycket givande att prata med er. Jag måste också få tacka för kakan den var mycket god. Är det något jag kan göra? Ja hjälpa till med eller något?

Han visste inte riktigt varför han hade sagt som han gjorde. Kanske var det för att visa sin tacksamhet eller bara för att verklig säga att han var mycket nöjd med samtalet.

-Jo, sa Berit. -En sak. Om han skulle kunna rekommendera en riktigt bra talbok. Han förstår att så här på äldre dagar är det lite jobbigt att läsa själv. Men då finns det ju folk som har läser högt på skiva för en, och lyssna det går bra det.

Anton blev lite paff. Det var en annorlunda fråga men i och för sig något han kunde hjälpa till med tänkte han.

-Jaa, sa han samtidigt som han tänkte efter. -Det har ju kommit ut en ny bok i serien om Lisbeth Salander. Berit kanske känner till serien om Män som hatar kvinnor. Den kan nog vara bra tror jag.

Berit tittade på Anton.

-Nehe du bättre kan han allt. Skriven av en författare som först bara spelar in och sedan skriver av vad han…. Zlatan, fotbollsspelaren har suttit och berättat. För att sedan få ta över en historia där alla karaktärerna redan är helt klara. Vad är det för bedrift? O nej du den går jag inte på.

Berit tittade utforskande på Anton som faktiskt började andas lite ansträngt.

-Då får det bli Röde Orm av Frans G Bengtsson. Den har jag både läst och lyssnat på. En gammal bok kanske, men mycket bra.

Berit sken upp.

-Tack, sa hon och sken upp. -Det var ett mycket bra förslag.

Men det var samtalet och mötet över och Anton lämnade Berit. Han småsprang tillbaka ner till bilen. Han tänkte att han troligtvis skulle behöva bryta mot hastighetsbestämmelserna på vägen hem. Att de inte hade tänkt på pappan. Han måste verkligen ringa till Göran när han väl satt i bilen. Han kände att måste han få diskutera sin teori med sin chef, samt att rådgöra om nästa steg. Han var glad, kanske de hade gjort ett genombrott som det hette på polisspråk.

Kapitel 25
Nutid

Göran la ifrån sig telefonluren och såg in i glasrutan framför sig. Den glasrutan som skilde honom från hans kollegor där ute i kontorslandskapet. Det kändes lite konstig att bara sitta och fånstirra rakt ut, så han vände sig om och tittade rakt in i väggen som fanns bakom honom istället. Kunde det vara så enkelt. Anton som han precis hade talat med i telefon var inne på det spåret i varje fall. Pappan i familjen, alltså den man som Åke hade attackerat och också skadat den där ödestigna kvällen, han hade helt klart ett motiv. Det fanns också en koppling eller en likhet som man inte kunde bortse ifrån, den avskurna tungan. Han kom också ihåg den detaljen från besöket hos rättsläkaren på bårhuset tidigare i veckan. Det var något som man inte gör själv utan något som en annan människa måste ha utfört. Göran tänkte efter, hade han någonsin hört om någon som hade fått sin tunga utskuren i en olyckshändelse. Någon som sträcker ut sin tunga som värsta Gene Simmons och sedan kommer något vasst föremål i vägen och snittar av tungan. Göran skakade på huvudet för sig själv. Nej det var omöjligt, kanske en extrem fyllegrej, nej inte det heller. Nej om man blir av med tungan så är det genom ont uppsåt från en annan människa. Göran kände att så måste det vara.
Om det råder inga tveksamheter tänkte han för sig själv. Mordet på Åke kändes inte heller som ett hafsverk. Vem mördar någon för att sedan, nej han tänkte om, vem drogar någon för att sedan skära av tungan och därefter spika upp samme person på slussväggen som, bara råkade vara tom på vatten.
Men Åke var en person som var sedan många år dödförklarad och egentligen inte fanns ibland oss andra. Detta borde alltså inte vara en historia som någon sedan länge hade planerat in i

minsta detalj. Det måste alltså ha varit någon form av infall. Det var i denna rundgång som Görans tankar stötte på problem. Detta mord kunde väl inte vara ett infall bara så där, eller. Han skakade återigen på huvudet där han satt och stirrade med tom blick rakt in i väggen som befann sig mindre än en meter framför hans ansikte.

Fram tills att Anton hade ringt så hade han börjat förlika sig med tanken att detta mord hade någon en koppling till Bo-Inge, och hans verksamhet med energiutvinning från vanligt havsvatten. Jo det trodde han bestämt och han ville inte släppa detta ännu. Om det var, ja då kunde den makabra scenen vara någon form av budskap, men från vem. Samt till vem skickade man budskapet med den hängande mannen utan tunga. Samt hur passade mannen utan tunga från Ryd in i detta.

Om han nu passar in i detta överhuvudtaget? Tänkte Göran. Kunde det vara en intern bestraffning inom den mystiska organisation som tydligen fanns därute. En organisation som mest verkade vara grå massa mitt ibland oss, helt okänd för allmänheten men något som faktiskt var väldigt verkligt. Något som också lämnade spår efter sig. Synliga spår också men bara om man visste vad man skulle titta efter. En bestraffning för...

Ja för vadå? Göran såg inga naturliga svar på dessa frågor. Han trodde dock att svaret fanns någonstans i denna tankespiral, så han kunde inte ge upp nu. Så återigen vilket budskap och till vem ville man framföra detta budskap. Att göra Åke till en symbol för något ännu odefinierat, detta var något som Göran ännu inte fått kläm på. Fanns det en konkurrerande organisation där ute? Ännu en hemlig organisation som hade ett likartat mål. Möjligtvis en annan agenda och en annan handlingsplan. Göran hade inte uppfattat detta som vanlig brottslighet, om man nu kunde uttrycka sig så, vanlig organiserad brottslighet. En verksamhet som alltid eftersträvar de snabba pengarna och som inte verkade sky några medel för att komma över dessa snabba pengar. Nej denna organisation som Bo-Inge hade pratat om var något annat. Det var nästa att likställa denna organisation med en religion. Man hade en övertygelse, något man trodde på, ett högre mål. En form av dominans och ett totalsystem som eftersträvades. Ett system där man var härskare och alla människor var slavar under detta system.

Kommunism, tänkte Göran för en sekund. Kunde det vara det? Nej detta var kanske samma mål på ett märkligt sätt men det bilden med en röd kommunist som ansvarig stämde inte. Detta verkade mer andades pengar och rika vita män som inte tyckte att man skulle dela med sig av vad som fanns tillgängligt. Samtidigt som man också hade ett konstant begär att bara sko sig mer och mer. I och för sig så var det i denna punkt som alla kommunistiska projekt alltid hade slutat tänkte Göran. Men bortsett från detta så trodde han inte att det fanns några politiska höger-vänster kopplingar i detta. Det kunde dock mycket väl finnas politiska kopplingar i denna historia trodde Göran. Mycket troligt var att i toppen för denna organisation så satt det politiker, som till vardags styrde och ställde i något land. Det var ofta denna typ av människor som var inblandade. De som hade makten och resurserna för att kunna organisera, genomföra samt driva något så stort som detta verkade vara. Det fanns enligt Bo-Inges kontakt kopplingar och förgreningar i sort sett hela världen, så hade han sagt i varje fall. Detta tydde på att det kunde i varje fall inte vara vem som helst som styrde detta. Det måste vara en eller flera personer som redan var etablerad i samhället, men som helt klart hade en dold agenda också. Göran trodde på att detta faktiskt var ingången till lösningen men samtidigt så gick det inte att bortse från kopplingen till den familjefader som hade mist sin dotter samt blivit en tunga kortare, som en direkt konsekvens av Åkes handlingar. Denna man hade sedan som inte detta hade varit nog, förlorat sin fru. En kvinna som bevisligen inte hade orkat leva längre och dött av sorg. Sedan hade han som grädde på moset också förlorat sin andra dotter. Hon som hade blivit omhändertagen och sedermera placerad i en annan familj. Därför var detta något som helt klart måste följas upp. Göran tittade på klockan som hängde på väggen, den hade nu blivit tidig eftermiddag. Det var egentligen inte för sent och med lite tur så skulle han kunna luska fram adressen till fadern som tydligen hade en bostad i Köping. Detta var förstås också en koppling, en koppling som irriterade Göran på ett sätt. Detta störde nu mer och mer hans bild om den storpolitiska koppling och Åke som symbol för något som hade att göra med den globala energiförsörjningen i framtiden. Men närheten till brottsplatsen, som fadern hade, gick inte att bortse ifrån. Detta sammantaget gjorde att enligt polisens regelbok så var denna man en mycket trolig förövare. Hur mycket än Göran ville att den andra bilden skulle vara mer trolig. Göran kände stor förhoppning till att man skulle få fram adressen nu när man hade ett namn, Hector Vargas. Det kunde inte finnas allt för många Hector Vargas i Köping tänkte Göran. Han skulle sätta Dubbel-Klas på detta och sedan skulle de se vad de kunde göra. Kanske var det inte heller för sent för att hinna med ett besök redan innan det blev kväll, om de fick tag i adressen förstås. Någon helgledighet skulle det i varje fall inte bli hur som helst. Även om detta inte skulle ge något så hade han redan morgondagen helt uppbokad med invigningen och ny- öppnandet av slussen. Detta var också något att tänka på också. Han hade sedan länge kommit överens med Eva-Britt att han skulle representera polisen och vara klädd i uniform, för barnens skull hette det. Han reste sig lite mödosamt upp och gick sedan ut i kontorslandskapet på andra sidan glasrutan. Han letade med blicken efter Dubbel-Klas. Då slog det honom. Dubbel-Klas var ju hos Bo-Inge som en form av livvakt. Han ville egentligen inte använda ordet livvakt för det blev så påtagligt. Men det var nog mer av en önskan för detta var i högsta grad påtagligt. Göran hann dock inte resonera med sig själv om han skulle ringa Bo-Inge och få låna tillbaka Dubbel-Klas. För i samma ögonblick såg han Dubbel-Klas ljusa kalufs komma gående bakom en av de låga skärmar som fanns inne i landskapet. Samma skärmar som delade skrivborden i mindre egna arbetsytor.

-Klas, ropade Göran både med förvåning men också med en tacksamhet.

Han såg att den ljusa kalufsen med tillhörande person stannade till och såg mot Görans håll. Innan Göran han fråga så svarade Klas.

-Stenis ändrade sig, ingen bra idé tydligen. Samtidigt så är han ju inte ensam på jobbet hur som, sa Dubbel-Klas med en något butter stämma.

Göran bestämde sig för att inte ta denna diskussion vidare. Han valde att tolka Dubbel-Klas oväntade närvaro på kontoret som ett tecken på att han var inne på ett viktigt spår just nu. Därför sa han med en sådan tydlig röst som det bara gick.

-Adressen till en Hector Vargas i Köping. Prio 1.

Han var tyst en sekund för att sedan lägga till.

-Kolla med kollegorna i Köping om de har någon som med kort varsel som kan tolka teckenspråk.

Han såg att Dubbel-Klas såg frågande ut men Göran bara nickade som för att bekräfta att han hade hört rätt. Dubbel-Klas nickade sedan bekräftande tillbaka till Göran för att därefter sätta sig ned för att börja leta efter rätt adress samt kontakta kollegorna i Köping. Just ordet prio 1 som Göran hade använt var ett uttryck som de inte brukade använda i onödan.

Betydelsen var att man skulle på sekunden släppa det man höll på med, för att direkt börja med den nya uppgiften. Det var nog också därför som Dubbel-Klas nu inte heller ältade Bo-Inge och uppdraget som livvakt något ytterligare.

Göran funderade en sekund om han eventuellt hade missbrukat detta uttryck för detta tillfälle. Nej konstaterade han sedan.

Detta mordfall var prio 1 hos dem, så att då använda sig av prio

1 uttrycket mot Klas var inget fel. Göran gick tillbaka in i sitt rum för att förbereda sig mer för en frågestund med Hector. Han hoppades innerligt att de kunde åka redan idag. I mordfall så kallnade spåren väldigt fort och det var de första dagarna som var de absolut viktigaste. Detta var ingen klyscha utan detta var simple fact det visste han med baserat på tidigare erfarenheter.

Adman satt på en stol i annan del av staden och såg på sitt stora bälte som låg framför honom på golvet.
Tungt, tänkte han. Jag kommer att se tjock ut, var sedan han nästa tanke.
Märkligt egentligen fortsatte hans tankar att säga i resonemanget med sig själv, som han nu var mitt uppe i. Att se tjock ut var nog hans minsta problem. Hur fungerade hjärnan egentligen när man om och om igen tänker på sådant som egentligen inte har med saken att göra. Han skakade på huvudet för att få alla konstiga tankar att ramla ur skallen och ner på golvet, så han då kunde sätta foten på dem och krossa dem alla. Han började som en konsekvens av detta plötsligt att stampa lite nervöst med högerfoten.
-Vad gör du, sa Leisha.
Hon såg faktiskt också lite nervös ut. Detta gladde Adman, att plötsligt se henne osäker fick honom att må lite bättre. Det var faktiskt den första mänskliga reaktionen från henne på flera dagar tänkte han sedan. Han slutade att trampa med foten och såg på henne med en så tom blick som möjligt. Hon återfick då sakta sitt helt kalla och livlösa uttryck.
Allt tillbaka till det normala igen, blev Admans nästa tanke.
Han kände försiktigt med handen på skjortan. Där under skjortan hade han bilden på sin fru och dotter fasttejpad. Mitt på bröstet satt den. Så nära hans hjärta som det gick att komma, så länge man inte fysiskt öppnade bröstkorgen. Just detta var dock inte ett alternativ som han kände det nu. Det

hade funnits stunder förut då detta hade varit ett mycket
realistiskt alternativ faktiskt. Han kunde för en stund känna en
konstig längtan till ett tillstånd där just detta med att öppna
upp sin egen bröstkorg, och lägga bilden ytterligare lite
närmare hans dunkande hjärta, återigen kunde bli ett
alternativ. Han titta lite försiktig på Leisha för att se om hon
kunde läsa hans tankar. Men hon bara satt där och helt livlöst
stirrade på Adman, eller om hon kanske tittade på en
odefinierad punkt på väggen bakom honom. Det gick faktiskt
inte att avgöra på vad hennes blick var fokuserad på, om
blicken nu var fokuserad överhuvudtaget.
-I kväll, sa han plötsligt.
Det var en något försiktig ton men ändå tillräckligt klar för att
Leisha skulle uppfatta den. Hon rörde något på huvudet och sög
in honom med sin kalla blick.
-I kväll, sa han igen. -Kan vi ha en fest för mig. Bara du och jag.
Leisha såg först lite konfunderad ut men sedan sken hon
faktiskt upp en smula och sa med en trevlig röst.
-Absolut, det är det minsta jag kan göra för dig.

Kairo.
Solen sken från en klarblå himmel, ja om inte smogen hade
täckt mycket av utsikten och möjligheten att ostört se den blå
himlen som fanns där ovanför. Det var in varje fall inga moln
som skymde sikten, alltid något tänkte Steve. Smogen gav
solljuset en grådisig nyans, som nästan skapade en känsla av att
man befann sig inomhus.
-Kairo lyser grått, sa Steve lite för sig själv samtidigt som han
torkade bort några svettdroppar som sakta rann nedför
pannan, och var på väg in i hans vänstra öga.
Steve ja, han fick påminna sig någon gång då och då om sitt nya
namn. Han hade gjort det förut och detta var ingen stor sak i
sig. Men det fanns alltid en startsträcka innan namnet satt där
precis lika självklart som för dem som hade ett dop att luta sig

mot. Han log lite för sig själv, att byta namn det kunde vara en persons största sak här i livet eller, som det var för honom ett praktiskt och nödvändigt beslut. Att byta identitet och försvåra för eventuella förföljare hade varit ett måste, så detta med namnbyte hade varit en självklarhet ändå sedan skotten i hotell lobbyn hade avlossats. Men nu gick det inte för sig att bli sentimental, han hade ett uppdrag, ett eget uppdrag. Att hitta den person som han var ute efter var en utmaning, men absolut ingen omöjlighet. Steve kände sig relativ säker på att han inte var väntad så han räknade med att ha överraskningsmomentet på sin sida. Annars hade han inte så många fördelar som han kunde skriva upp på sitt pluskonto.

-Man får vara tacksam för det lilla, sa han för sig själv samtidigt som han klev ur taxibilen i det kvarter i Kairo där han nu skulle göra sitt nästa steg. Här fanns all möjlig och även omöjlig information att köpa, för den som hade pengar att avvara. Även den information om en väldigt speciell person som han nu var ute efter skulle finnas till försäljning. Det gällde bara att hitta den eller de som faktiskt visste något.

Han slogs av den trängsel som existerade på Kairos gator och då i synnerhet i de kvarter han nu befann sig. Ett fullständigt gytter av människor. Detta tillsammans med en ljudnivå som inte var av denna värld. Han såg sig sakta om, han behövde ta in denna plats i sitt medvetande. Analysera vad som pågick där i stora drag, sedan ha en plan för saker som kunde hända. Han skulle behöva planera för saker som inte var med i hans tänkta händelseförlopp men ändå saker som mycket väl kunde hända. Kairo är ingen stad som andra städer. Saker som inte kan hända på andra ställen händer här dagligen. Detta var ett känt faktum för Steve och han visste därför att här måste man vara beredd på det oväntade.

Staden och dessa kvarter fullkomligen stank av olika dofter. Svett blandat med kryddor, avgaser och bränd mat. Inte bara bränd mat insåg han sedan det luktade också ny mat, gammal

mat, rutten mat ja allt som luktade fanns nog här insåg
Steve. Han tog några steg för att komma undan en man på
moped som körde alldeles för fort i denna folktäta omgivning.
Dock så verkade detta inte vara första gången eftersom båda
han och de personer som vistades i hans närhet fullkomligt
gled undan från varandra. Precis som för magneter där samma
poler aldrig träffar varandra utan konstant skjuter motparten
ifrån sig.
Han började nu med alla sina sinnen söka efter platsen som han
visste fanns där inne, bakom all trafik och människor som
rörde sig likt myror i en stor myrstack.
Där på andra sidan gatan bredvid en mindre basarliknande
affär såg Steve en öppning som sakta växte fram när han
koncentrerade blicken. Det var öppningen till en gränd eller
smal gångväg som det kanske hade kallats i en annan stad som
han hade sökte efter. Där inne skulle han finna vad han letade
efter. Han såg sig försiktigt om efter fler halvgalna mopedister,
innan han började röra sig mot gränden och den öppning som
ledde till en annan värld.

Göran tittade på klockan. 16.22, det hade gått över förväntan.
Adressen till Hector Vargas hade inte varit ett problem, inte
heller att genom Köpingspolisen försorg få tag i en
teckenspråkstolk. Därför så satt han och Dubbel-Klas nu i bilen
på väg till Köping. Som första anhalt skulle de möta upp
teckenspråkstolken för att sedan ta sig till Mäster Mikaels gata
37D fem trappor. Det var där som Hector Vargas skulle bo, det
var i varje fall vad adressregistret sade.
-Vad tror du? Det var Dubbel-Klas som bröt tystnaden.
Göran som satt med slutna ögon på passagerarplatsen öppnade
ögonen och tittade åt Dubbel-Klas håll. Han satt med ratten i ett
fast tio i två grepp, fullt fokuserad på vägen framför honom.
Göran hade tänkt att det skulle vara Camila som skulle ha följt
med honom. Men när det var dags att åka så hade hon varit som

uppslukad av jorden. Han hade då tänkt att det faktiskt var Dubbel-Klas som hade fixat adressen samt även teckenspråkstolken, så det hade kanske inte varit mer en rätt att det var Dubbel-Klas som följde med istället för Camila.
-Tror? sa Göran.
-Ja, svarade Dubbel-Klas. -Tror du att det var han som gjorde det.
Göran tänkte efter, vad trodde han egentligen? Han var definitivt inte säker och han skulle kanske heller inte tro för mycket. Men någonstans så kom man alltid till en punkt då man var tvungen att tro för att kunna gå vidare. Det var dock viktigt att som polis alltid se de saker som talade i mot sin egen teori. Att bestämma sig för fort var en polis största misstag. Men man fick å andra sidan inte bli för självkritisk heller. Det var faktiskt han och hans team som var de absolut bästa att lösa detta fall. Det fanns inga andra som väntade bakom hörnet som var redo att kliva fram och bara ta över.
Thomas Quick, tänkte han plötsligt.
Det var ett mycket bra exempel på där poliserna inklusive åklagaren tidigt och alldeles för tidigt hade bestämt sig för hur det låg till. Trots alla tecken på att saker inte stämde så tuffade man bara på. Det personliga egot och känslan av att lösa århundradets brott gjorde att man bokstavligen gick över lik för att driva sin sak i mål. Jo det var verkligen ett skolexempel på dåligt polisarbete. Sedan att man hade fått beröm av dåvarande justitiekanslern hade så här i efterhand varit en skymf för hela det svenska rättssystemet.
Göran skakade lite lätt på huvudet för att få bort tankarna på Tomas Quick, och komma tillbaka till deras verklighet.
-Jag vet faktiskt inte, sa han sedan efter ytterligare några sekunders betänketid.
-Han har i och för sig alla motiv i världen. Han befinner sig i närområdet, i varje fall tillräckligt nära. Men det känns nästan för lätt eller något sådant. Vi har ett mord som inte bara hände,

det är i varje fall vad jag tror. Jag menar spika upp en man på väggen i en tömd slusskammare är inget som bara händer. Det är planerat eller i varje fall inget som händer av en slump. Visst denna Vargas kan säkert planera. Bara för han saknar tungan så bör han inte ha förlorat förmågan att tänka, och kan man tänka så kan man också planera. Men det är här som jag börjar tveka.
Göran slöt åter sina ögon innan han fortsatte att tala.
-Alltså Åke var redan död. Han hade en ny identitet och levde ett helt annat liv. Så hur kan man planera ett mord på en person som redan är död?
Göran tystnade. -Kanske är det tanken på hämnd som gör att man orkar att leva vidare. sa han sedan mest för sig själv men tillräckligt högt för att Dubbel-Klas skulle höra honom.
-Hur menar du, sa Dubbel-Klas.
Göran hade öppnat ögonen och såg nu koncentrerad ut, han fäste blicken på en punkt långt borta i horisonten.
-Jo fast man vet att den person man hatar mest i hela världen redan är död, så är det ändå känslan av att kunna utföra en hämnd som gör att man fortsätter att leva. Hjärnan tar inte in att ens plågoande är död. Så en dag av en ren tillfällighet så stöter de på varandra. Hjärnan är så inställd på hämnd, så vad som sedan händer bara händer. Man vet vad och hur man skall göra. Hjärnan har redan flera olika tillvägagångssätt utstakade och klara. Hjärnan väljer helt enkelt det som passar efter omständigheterna bäst.
Göran tystnade åter igen. Han reflekterade över sina egna tankar, om att bestämma sig för fort, att vara blind för det som talade i mot sin egen teori. Men i detta fall fanns det egentligen inget som talade i mot denna teori. Det var absolut ett scenario som skulle kunna vara sant tänkte han.
-Jag är inne på samma spår, sa Dubbel-Klas. -Jag menar om nu Åke var med i en hemlig internationell sammansvärjning eller liknande, varför allt detta spektakel i sådant fall. Nej då hade det varit mer troligt med ett nackskott och en djup grav i

mörkaste skogen, eller något liknande. Alltså minimalt med uppmärksamhet.

Göran tänkte efter, jo Dubbel-Klas hade en poäng med detta. De visste också direkt från Bo-Inge och hans kontakt, som hade bytt sida eller vad man skulle kalla det, att organisationen hade kallat på sin reserv. Bo-Inges kontakt hade någon dag efter att Åke hade mördats, aktiverats till tjänst. Om organisationen låg bakom mordet så borde det ha aktiverat reserven direkt, och inte väntat till efter helgen. Kanske var det som Anton hade sagt, de hade kanske gjort ett genombrott i varje fall. Göran kände att pulsen steg och det började brusade lite i öronen. Så där som det alltid gjorde när han var på väg att se slutet och upplösningen på ett fall som de jobbade med.

Han blev då plötsligt medveten om att de hade kommit fram, och åkt in i Köping. Landskapet som de hade haft utför bilfönstret som alldeles nyss hade bestått av åkrar och lite skog utkastad här och där. Det hade nu bytts ut till vägar av asfalt, dessutom i flera filer kantade av byggnader i tegel och betong. Sedan var det detta med spårvagnar som alltid hade företräde. Det var dock Dubbel-Klas problem eftersom det var han som körde idag. Han såg att Dubbel-Klas la ifrån sig telefonen.

-Hon, tolken alltså, skall gå ut på busshållplatsen som ligger utanför polishuset. Det blir bara ett kort stop and go så att säga. Dubbel-Klas såg nöjd ut.

Göran försökte låta bli att småle men erkände för sig själv, Dubbel-Klas hade verkligen gjort skäl för lönen idag. Två minuter senare så satt det nu tre personer i bilen. Göran och Dubbel-Klas hade fått sällskap av Karin Borg. Några minuter senare så hade Göran berättat de detaljer som han ansåg att han kunde berätta, samt också vad Karin behövde veta för att kunna lyssna och inte bara teckna som Göran uttryckte det. Karin såg lite skeptiskt på Göran när han sa teckna. Göran uppmärksammade detta men tänkte snabbt att just detta eventuella fel uttryck fick han ta på sitt konto. De hade inte tid att ägna sig åt ursäkter.

-Är det något du funderar över? Frågade Göran när han tyckte att han var klar med sin nulägesbeskrivning.

-Behöver jag vara rädd? Sa Karin.

Göran såg lite förvånat på Karin, denna fråga hade han inte varit förberedd på.

-Ööhh, hur menar du, frågade han lite försiktigt.

-Jo, om denna man har gjort vad ni tror, eller i varje fall påstår att han kanske har gjort, så låter det för mig i varje fall som att han kan vara farlig. Om han är farlig kan han, och kommer han, då att kunna vara aggressiv och hota oss. Karin såg frågande på Göran.

Göran sneglade mot Dubbel-Klas för hjälp att besvara frågan. Han hade överhuvudtaget inte tänkt en tanke på om Hector Vargas kunde vara farlig. När han nu tänkte på det, kom han på sig själv att han hade antagit att Hector Vargas var en bruten man, utan tunga och utan ja utan det mesta. Men om denna man hade övermannat en vältränad Åke Svensson samt egenhändigt spikat upp denna Åke på slussväggen, ja då var man kanske inte en svag och osäker människa, då var man kanske ett potentiellt hot till dem.

-Neeej det tror jag inte, sa han till slut. Vi är ju dessutom två.... Jag menar tre mot en, samt både jag och Klas har faktiskt vapen. Göran sneglade åter mot Dubbel-Klas för att få en bekräftelse. Dubbel-Klas tittade bakåt mot Karin med en snabb blick.

-Stämmer, sa han kort och försökte låta så myndig som det bara gick.

Han hade också kommit på sig själv med att precis som Göran inte ha tänkt en tanke på om detta kunde vara farligt.

-Bra, sa Karin. -Vad jag vet så har jag aldrig träffat en mördare förut.

Det blev tyst i bilen under några sekunder, innan Göran tittade på Karin och lite tafatt frågade.

-Hur blir man tecken tolkare?

-Teckenspråks tolkare, rättade Karin utan att låta sur.

Fan, igen, tänkte Göran. -Teckenspråks tolkare, upprepade han.

-Jag har en syster som är döv, sa Karin. -Man vill ju kunna snacka med syrran, så det var egentligen ingen stor sak utan det blev en självklarhet för hela familjen att lära sig teckenspråk. Det är faktiskt ett riktigt språk nu. Precis som Svenska eller engelska, ja ni fattar.

Göran och Dubbel-Klas nickade bekräftande även om de inte riktigt förstod vad hon menade.

-Sedan när jag studerade till lärare så föll det sig naturligt att bli lärare i en dövskola, inte i teckenspråk dock utan i matte faktiskt.

Göran nickade igen. Han skulle precis säga något om matte och hans intresse för siffror när den inbyggda GPS:en i bilen förklarade att de hade nått resans slut.

Dubbel-Klas parkerade på en gästparkering som låg centralt placerat i området. Ett område som verkade bestå av ett antal flervåningshus. Ett helt vanligt bostadskomplex som låg lite i utkanten av en medelstor svensk stad med andra ord. Ett något små-pittoreskt bostadsområde som bestod av tio exakt likadana hus, som alla var byggda med rött tegel och hade gröna tak. Det var en oviktig detalj i det stora hela som Göran kunde konstatera, efter att han omedvetet hade räknat alla husen. Lite vita detaljer fanns också in slängt i tegelväggarna. Troligtvis som en sorts styling eller prydnad, tänkte Göran där han stod och sökte efter siffran 37 med den tillhörande bokstaven D.

-Där, det var Karin. Hon var den första som först såg den rätta siffror och bokstavskombinationen.

-Ok, sa Göran. -Då går vi.

Som tur var så fanns det en hiss, så efter någon minut så stod de alla samlade utanför rätt dörr. Hector Vargas stod det på en långsmal namnskylt som satt placerad på dörren, så nu fanns det inte så mycket att tveka om. Göran tog ett snabbt andetag och ringde sedan på dörren. De väntade tyst tillsammans. I vissa lägen kunde två tre sekunder kännas som flera minuter och detta var definitivt ett sådant tillfälle tyckte han. Göran tog sats för att ringa på dörrklockan igen men det behövdes inte. För i samma stund hörde de alla mycket tydligt hur någon låste upp dörren från insidan, för att sedan öppna den bruna lite slitna dörren som skiljde dem från lägenheten innanför. Göran tog ett steg bakåt och såg på mannen som precis hade öppnat dörren.

Inte en mördar typ direkt, tänkte Göran snabbt men heller ingen utslagen och totalt nedbruten person. Dags för myndighetsrösten tänkte han.

-Hej och godkväll. Jag heter Göran Persson och det här är min kollega Klas Klasson. Vi kommer från polisen och skulle vilja ställa några frågor om det skulle gå bra.

Han såg på mannen och försökte leta efter någon sorts reaktion. Det kan inte vara helt vanligt att polisen ringer på sent en fredag eftermiddag, så någon sorts reaktion borde han få tillbaka. Mannen som borde vara Hector Vargas såg dock tillbaka på Göran utan att lämna någon tydlig reaktion åt något håll, bara för att sekunden senare fastna med blicken på Karin. Göran skulle precis säga något om Karin när Karin själv lyfte sina händer och med mycket vana rörelser började teckenspråks prata. Mannen såg på Karin i några sekunder och nickade sedan. Han öppnade därefter dörren helt och steg samtidigt åt sidan för att släppa in dem alla. De klev in i en sparsamt möblerat lägenhet. I hallen fanns en bänk, där det låg några papper utspridda tillsammans, med en skål med en nyckelknippa i. Två inbyggda garderober samt en klädhängare fanns där också. På en galge hängde en jacka, samt under jackan på golvet stod ett par kraftiga skor. Till vänster kunde se in i vardagsrummet, där kunde de ana en mörkbrun soffa samt även konturerna av ett matsalsbord. Göran hörde ljudet från

personer som talade, han konstaterade snabbt att det måste
komma från en TV som stod på. Mannen som de nu visste var
Hector Vargas tog ett steg till höger och pekade in mot köket.
De gick alla in efter mannen som sedan pekade på bordet med
fyra stolar. De tolkade signalen och satte sig ned. Göran tog till
orda igen.
-Jo som jag sa så kommer vi från polisen och skulle vilja ställa
några frågor till er. Vi har förstått att ni har öhhh problem med
att tala med ord. Så därför har vi också med oss Karin Borg som
behärskar teckenspråk.
Göran såg på Karin innan han åter vände blicken mot Hector.
-Jag misstänker att det redan har framgått så vi kanske kan gå
direkt till frågorna, om det går bra?
Hector Vargas såg på Göran för att sedan nicka till svar.
-Vad bra, sa Göran.
Han såg sig snabbt om och på sina kollegor innan han åter
placerade sin uppmärksamhet på Hector Vargas.
-Känner ni en Åke Svensson? sa Göran.
Hector Vargas skakade på huvudet. Göran tog ny sats.
-Ok, känner ni till en Åke Svensson?
Hector såg med klar blick rakt på Göran och nickade sakta.
Göran kände en sorts kittlande känsla längs ryggraden, kanske
de var rätt ändå tänkte han. Han tog ny sats.
-Känner ni till att Åke Svensson är död? Återigen fick Göran en
bekräftande nick till svar.
Kanske var det här med teckenspråkstolkning onödigt, det här
gick ju hur bra som helst tänkte han.
-Känner ni också till att Åke Svensson mördades någon gång
under förra helgen?
Nu kom ingen huvudrörelse utan Hector Vargas vände sig mot
Karin och började prata med sina händer. De satt tysta och såg
ömsom på Hector och ömsom på Karin. När Hector hade slutat
att teckna med sin händer så var det Karins tur att översätta.

-Hector säger att vad han vet så har den Åke Svensson som han känner till varit död i över tio år.

Ok tänkte Göran, antingen var detta sanningen eller så var det en noga utstuderad taktik. Han funderade ett tag, lika bra att gå direkt på rödbetan. Vad hade han trott egentligen? Att de skulle klampa in i denna mans hem och han skulle erkänna ett mord på direkten.

Han andades ut och tittade på Hector.

-Var befann du dig i söndags?

Han såg att Hector verkade tänka efter. Göran tittade på Karin för att försäkra sig att hon var med om Hector skulle säga något med sina händer. Hector skruvade lite på sig och sedan så började han teckna med sina händer igen. När han var klar så tittade alla inklusive Hector på Karin.

-Han säger att han mestadels var hemma här i lägenheten. Han var ute en stund på eftermiddagen tror han, han är lite osäker om det var i söndags eller i lördags. Men eftersom han brukar ta en promenad när vädret tillåter så kan det nog ha varit både lördag och söndag som han var ute. Annars så såg han mest på TV på söndagskvällen, agenda bland annat. Han gick och la sig vid tio snåret säger han.

Karin slutade att prata. Göran vände sig direkt mot Hector.

-Någon som kan intyga detta?

Hector Vargas skakade på huvudet.

-Ni var ensam alltså? Frågade Göran.

Denna gång så nickade Hector till svar. Göran tänkte en sekund och sa sedan.

-Vi har vittnesuppgifter som säger att ni har befunnit er i Söderort på söndag eftermiddag och eller tidig kväll.

Det var en rövare det visste Göran. Men de hade inget spår förutom detta, kanske inte ens detta var ett spår heller, men det var i varje fall något tänkte han. Han såg intensivt på Hector, kanske skulle det komma en reaktion. Han kom inte riktigt ihåg om han och Dubbel-Klas hade diskuterat denna chansning men

han hoppades att både han och även Karin skulle hålla god min
och inte se allt för förvånade ut.

Hector satt bara stilla och gjorde ingen som helst min av att
reagera på Görans utspel. De satt där, alla fyra, och var tysta i
fem sex sekunder. Göran tyckte återigen att det kändes som att
flera minuter passerade, innan Hector tittade på Karin och
började teckna med sina händer igen. När han var klar reste
han sig plötsligt upp och lämnade köksbordet. Karin tittade på
Göran.

-Han sa att han skulle hämta något i vardagsrummet.

Göran reste sig upp för att följa efter.

-Han bad att vi skulle vänta kvar i köket.

Göran stannade upp. Han såg på Karin för att i nästa sekund
titta efter Hector som nu klev in i vardagsrummet och försvann
ur sikte.

-Klas res dig upp och kom hit du också. Vi kan låta honom gå
iväg men vi kan inte låta honom komma tillbaka med ett vapen
eller med något annat för att överraska oss. Ställ dig där så har
vi koll på Hector när han kommer tillbaka.

Göran pekade på ytterdörren som var någon meter till vänster
om den öppning till köket där nu Göran stod. Klas for upp från
sin stol. Drog sitt vapen och ställde sig på den plats som Göran
nyss hade pekat ut åt honom. De stod där och lyssnade spänt
efter något ljud som kunde skvallra om att Hector skulle
komma stormandes mot dem i en vansinnes attack eller något
liknande. Men det enda de hörde, eller trodde sig höra från
vardagsrummet, var ett ljud som skvallrade om att en låda eller
något liknande öppnades. Sedan ett ljud som sa att samma låda
stängdes. Därefter hörde de hur en dörr eller ett fönster
öppnades. Göran tittade på Dubbel Klas- som frågande tittade
tillbaka. Göran funderade.

Varför reste man sig plötsligt upp och lämnade köket.

Det måste ha något med att Göran hade chansat och sagt att
Hector hade observerats på platsen där Åke hade hittats. Han

hade i och för sig inte nämnt slussen men när han hade nämnt Söderort så hade det triggat något, det kände han nu. Han lyssnade efter nya ljud från vardagsrummet, med det var knäpptyst. Det hade nog bara gått några sekunder, men även nu kändes det som flera minuter hade passerat innan tystnaden bröts. Någon skrek hysterisk i bakgrunden. Göran såg förvånat på Dubbel-Klas, ljudet kom utifrån det var han säker på. Han stålsatte sig och tog de fyra till fem stegen som behövdes för att komma runt hörnet och för att därefter kunna se in i vardagsrummet.

Det var tomt, märkligt hann han tänka innan hans tankar stördes av det hysteriska skrikandet som återigen nu ekade in i lägenheten. Han såg nu att balkongdörren stod öppen. Det hysteriska skriket kom definitivt utifrån det var han säker på nu. Han rundade soffan och klev ut på den lilla balkongen. Ett litet bord och stol plus en vit liten balkonglåda som hängde på räcket var allt som fanns där ute. Göran han se att blomlådan verkade vara ompysslad och nysådd. Skriket ekade igen. Det verkade komma från innergården som låg rakt nedanför honom. Han tittade över räcket och såg en man som låg på asfaltsgången, fem våningar under honom. Bredvid stod en kvinna och skrek. Hon höll krampaktigt i ett hundkoppel och i andra ändan satt en hund fast som förvirrat stod mittemellan kvinnan och mannen som låg på gångvägen. En gångväg som ledde mot huset där de befann sig fem våningar upp. Fast han stod högt över dem där nere så kunde Göran se att en röd fläck sakta växte fram under mannens huvud. Det var precis som om en osynlig person målade med röda tjocka tuschpennor runt den liggande mannens huvud och bröstkorg. Han förstod ändå inte riktigt vad han såg. Göran tittade sig förvirrat omkring för att försöka se vart Hector Vargas hade tagit vägen. Men han förstod snart att detta var onödigt, för sakta tog nu hjärnan in det som ögonen redan hade sett och förstått. Nu gick det till slut upp för honom vad som hade hänt och vad han faktiskt såg där på marken nedanför sig. Det var Hector Vargas som låg där nere, fem våningar under honom och blödde. Han vände sig om efter Dubbel-Klas. Han kunde se att Klas stod mitt inne i rummet och fånstirrade på något som stod placerad mitt på vardagsrumsbordet.

-Vad gör du? Var det enda som Göran fick fram

Han tog därefter de två steg som behövdes för återigen befinna sig inne i vardagsrummet. Han stirrade nu på samma sak som Dubbel-Klas tittade på. En glasburk som var fylld med en klar vätska. I vätskan såg det ut som att en mördarsnigel svävade fritt.

Vem spar på en mördarsnigel tänkte Göran. Men det var något som inte stämde. Grejen i burken var något kortare än en mördarsnigel. Den var också lite tjockare, eller rundare kanske man kunde säga. Färgen stämde inte riktigt heller. Denna sak var mer blå-svart eller något åt det hållet. Sedan kom han återigen på sig själv när hjärnan äntligen kom ifatt, det var ingen mördarsnigel det såg han nu. Det var en mänsklig muskel, eller en mänsklig tunga som de flesta skulle ha sagt.

Kapitel 26

Nutid

Lördag morgon.

Göran satt i sitt kontor tillika avdelningens tysta rum. Han satt lätt framåtlutad och vaggade sitt huvud fram och tillbaka. Ett huvud som i denna vaggade rörelse hölls uppe av hans båda händer. Gårdagen hade av förklarliga skäl dragit ut på tiden och blivit till en sen kväll i Köping. Efter att först ha ringt efter förstärkning hade Göran sedan rusat ner för de fem trapporna. Där hade han behövt ta hand om en hysterisk kvinna med en nervös hund, samt ett lik. Det hade tagit på kraften och psyket, det kände han inte minst nu denna morgon. Att Hector Vargas var död kunde vem som helst se. Skallen hade spräckts och hjärnan hade bokstavligen runnit ut ur skallen. Killen måste medvetet ha landat på huvudet hade Göran kunnat konstatera samtidigt som han hade gjort en grimas åt den overkliga scenen som bredde ut sig framför honom.

Tio minuter senare hade fler poliser kommit. De hade snabbt fått kontroll på situationen, spärrat av gården samt även Hector Vargas lägenhet. Efter ett tag så hade även tekniska kommit. De hade inte hittat mycket men det man hade hittat hade räckt för att nu kunna sätta en stor punkt efter detta fall. Man hade kunnat konstatera att det var mycket riktigt en tunga som fanns inuti den glasburk som Hector hade placerat på bordet, och att den med största sannolikhet tillhörde eller hade tillhört Åke Svensson. För att bli hundra procents säker så skulle man förstås behöva matcha och verkligen konstatera att tungan hörde ihop med Åke, som fortfarande låg kvar på bårhuset. Det hade dock varit lätt att konstatera att tungan var färsk eller vad man nu sa om en mänsklig muskel som låg och flöt i en burk med läkarsprit. Det rådde alltså inga tveksamheter om att den hade avlägsnats från sin naturliga plats bara för några dagar sedan. Man hade dessutom hittat Åke Svensson körkort, eller mer riktigt Erik Franssons körkort. Erik Fransson var ju det namn som Åke lystrade till, eller hade lystrat till under senare tid. Så att Hector Vargas och Åke Svensson/Erik Fransson, som nu alla var döda, hade träffats bedömda Göran som helt klart. Tekniska hade också hittat en grov hammare samt samma kraftiga spik som hade använts för att spika upp Åke på slusskammarens vägg. Allt talade alltså för att de hade hittat rätt person. Tekniska skulle fortsätta fram till nästa morgon men de hade inte behövt Göran där. Så runt klockan två på natten så hade han och Dubbel-Klas till slut kunnat lämna lägenheten. När Göran sent om sido hade kommit hem till sin egen lägenhet så hade han inte kunnat somna. Det var ju inte heller kvar så mycket av denna natt, så det kanske var lika bra att gå upp. Pulsen hade skenat och blodtrycket hade nog slagit i taket det också. Till slut hade han sonika gett upp. Han hade gått upp, klätt på sig och åkt in till kontoret. Nu satt han alltså på sin stol och vaggade sitt huvud i sina händer, och väntade på de andra. Idag vare sig de ville eller inte så var det Eva-Britt och kommunens stora dag, detta var dagen för Slussen återinvigning.

Man hade nere i slussområdet stressat i fatt tidsschemat. En bedrift i sig efter att man hade funnit en man hängandes på väggen, och temporärt stört dem. Bare en mindre incident som Eva-Britt hade kallat det Göran skakade mer intensivt på huvudet när han tänkte på den och andra kommentarer som Eva-Britt hade yttrat under de senaste dagarna. Han hade tusen saker att göra, men nu var han tvungen att stå på torget och i uniform till och råga på allt.

Det var ett fantastiskt läge att göra lite reklam för polisen hade Eva-Britt sagt.

Reklam? Polisen var väl inte konkurrensutsatt och behövde göra reklam. Göran kunde inte hur mycket han än ville förstå detta resonemang. De behövde stärka sitt förtroende hos

allmänheten, det var sant. Men det gjorde man bäst om man löste brottsfall och lagförde skyldiga. Ok att barnen kunde uppskatta att se en polis i uniform, att de fick hoppa in och sitta i en riktig radiobil och sådant. Det skulle uppskattas det visste Göran. Men när skulle de få tid att lösa brott som faktiskt var polisen huvuduppgift, om de var tvungna att göra egen reklam då och då. Göran öppnade nu sakta ögonen han hade hört ett ljud, som verkade komma från kontorslandskapet, på andra sidan glasväggen. Göran såg ut genom glasrutan och kunde se Camila och Anton som kom in släntrande tillsammans. Det låg ett tungt tryck över dem också, det såg Göran. Normalt brukade de komma med pigga steg men det syntes att det var mycket segare än normalt idag. Det kunde i och för sig ha att göra med att det var lördag och inte en vardag, men Göran kände på sig att de också kände av fallet och allt som hade hänt. Troligtvis så fanns där också en ovilja att stå i uniform på torget. Han reste sig och öppnade dörren för att gå ut och möta dem.
-Jaha då var det lördag, arbetsdag fast inte på det sätt som vi hade valt om vi själva hade kunnat välja.
Göran såg mot Anton och Camila men de mötte knappt Görans blick, när han försökte få ögonkontakt med dem båda. Han tittade lite förvånat på när de satte sig på sina platser.
-Jag känner också en besvikelse, sa han. - Men vi har troligtvis löst fallet. Även om vi alla säkert hade önskat att det hade utvecklats sig annorlunda i går i Köping.
Det skramlade till i dörren och Dubbel-Klas kom in och satte sig tungt på sin plats. Göran tog in hans blick för att checka läget. Klas nickade tillbaka.
Han såg trött ut hann också, tänkte Göran, men vem är inte det efter gårdagen.
Han såg återigen mot Camila och Anton. Anton var den som först sa något.
-Det känns bara så konstigt. Jag menar på ett sätt så känner jag mig ansvarig för hans död. Jag menar om jag inte hade varit så

ivrig så kanske vi hade bedömt läget annorlunda och inte, jag
menar.
Han stannande upp mitt i meningen och såg på Göran.
-Det var i slutändan mitt beslut att åka på direkten, sa han.
-Du var övertygande det stämmer, men du hade också rätt. Vi
vet alla att spåren i ett mordfall kallnar med flera tiopotenser ju
längre tiden går.
Göran sög in Anton med sin blick.
-Jag anser fortfarande att det var rätt beslut att göra som vi
gjorde. Beslutet att hoppa mot sin egen säkra död var hans
eget. Han hade kanske skäl som för honom var helt rimliga. Det
kommer vi aldrig att få veta, men polisiärt så är jag till nittionio
procent säker på att vi har löst detta.
Han funderade för sig själv om han verkligen var till nittionio
procent säker. Han visste inte riktigt varför han hade sagt så.
Sanningen var att han trodde fortfarande att det fanns något
eller några frågetecken som behövdes rätas ut. Han såg mot
Camila.
-Jag sökte dig igår innan vi åkte. Du borde ha varit med i bilen.
Jag menar inte att Dubbel-Klas var en reserv men du har varit
med i denna utredning lite längre, och har kunskaper som vi
kanske hade behövt.
Göran nickade mot Dubbel-Klas som nickade tillbaka. Inga
konstiga signaler utan Göran tolkade Dubbel-Klas att han var
med på vad Göran försökte förklara.
Camila satt stilla och nickade hon också.
-Var var du igår? Frågade Göran.
Camila lutade sig lite framåt samtidigt som hon drog sina
händer genom sitt långa kolsvarta hår.
-Jag har inte kunnat släppa Adman och hans fru. Det är något
eller några saker som inte stämmer. Så jag åkte tillbaka till
flyktingförläggningen och spanade lite, kanske man kan säga.
Göran tittade på henne och med en liten handrörelse så visade
han att han ville att hon skulle fortsätta.

-Jag kan inte sätta fingret på det, fortsatte Camila. -Jag tror inte att han är direkt inblandad i Åkes död. Särskilt inte efter gårdagen.

Hon stannade upp en sekund drog med händerna igenom håret igen innan hon fortsatte.

-Jag satt där på parkeringen. Jag visste inte om jag skulle gå in och prata med dem eller inte, vad jag skulle fråga, ja ni vet. Men då kommer de ut, bägge två. De promenerar runt på den lilla gräsmattan utanför entrén. Jag kan se att Adman ser besvärad ut. Det är jag säker på. Han hade ett tydligt stressat kroppsspråk. Det är klart att vi kan nog inte föreställa oss vad de har flytt ifrån, men det detta kändes som en annorlunda stress, något som låg framför alltså. Men det som slog mig mest var att det fanns ingen kontakt mellan Adman och kvinnan som säger att hon är hans fru. Inget hålla handen, ingen öm klapp, inget medlidande kroppsspråk. Bara en iskall kroppshållning. Jag vet inte riktigt varför jag säger så, men det fullkomligt strålade kyla från den kvinnan. Jag började nästan frysa i bilen där jag satt. Jag lovar det är sant.

Det var heller ingen i rummet som tvekade. Camila berättade med en så stor närvaro att det var nästan så Göran kände ett uns av iskall luft som drog ned längs ryggraden.

-Ok vad är din analys, sa han som svar.

Camilas blick klarnade.

-Jag vet inte riktigt, inte ännu men jag känner mig helt enkelt inte trygg. Något säger mig att de troligtvis inte har helt rent mjöl i påsen. Det finns saker som de inte har berättat för mig. Det är jag säker på.

Göran funderade ett tag, sedan sa han.

-Kan de ha varit med. Jag menar, kan de ha hjälpt Vargas med att bringa Åke om livet och hänga upp honom på slussväggen? Camila blundade hårt.

–Kanske, sa hon sedan. -Det är inte sannolikt men det är å andra sidan inte omöjligt heller. Vargas måste ha fått hjälp,

eller bör troligtvis ha fått hjälp. Åke var nog inte en person som frivilligt gick med på att hängas upp på sluss kammarväggen. Göran nickade sakta. Det var just detta med medhjälpare som störde honom. Han trodde definitivt att Vargas måste ha fått hjälp av någon eller av några. Han tittade mot Anton och Dubbel-Klas. De nickade unisont medhållande. Han såg på sin klocka. 07.30. Klockan åtta skulle de alla samlas i det lilla tält som hade ställts i ordning åt dem nere vid den övre sluss porten. Där skulle polisen i staden skylta med sig själv. Trevliga och på alla sätt behjälpliga för allmänheten. Han ryckte på axlarna samtidigt som han ställde sig upp.
-Jaha, vi får dock släppa detta ett tag nu. För nu har vi viktigare saker att göra, sa han med en något sarkastisk stämma, som han hoppades att de andra skulle uppfatta.
Det kom faktiskt en litet snett leende från både Dubbel-Klas och Anton medan Camila om möjligt såg ännu mer beklämd ut.

Adman satt på sin säng. Denna natt hade han gjort ett undantag. Han hade sovit hela natten i den säng som var hans på flyktingförläggningen. Det hade faktiskt känts bra. Kvällen innan hade de fint men ändå bestämt bett sina två rumskamrater om de skulle kunna få ha rummet för sig själva denna natt. De hade efter en kortare fundering accepterat med löftet mot att de själva skulle kunna få tillbaka samma tjänst vid ett senare tillfälle. Adman och Leisha hade mycket lättvindigt accepterat detta villkor. Adman såg nu på Leisha som låg bredvid honom. Hon var helt stilla och han tyckte att hon hade en frid över sitt ansiktsuttryck. Han kom på sig själv att le mot henne. Det var nog första gången han hade gjort det sedan de kom till Sverige. Sedan tänkte han på gårdagskvällen och leendet försvann. De hade förvisso haft en fest för honom. Tillsammans hade de lyckats komma över lite extra mat och dryck. Tänt ett ljus och suttit där tillsammans på golvet tills maten var slut. De hade sedan fortsatt suttit där i tysthet, ända tills de hade behövt blåsa ut ljuset för att det inte skulle brinna ner helt och hållet, och då troligtvis ha förstört den lilla ljusstake i trä som de hade hittat i ett skåp. Den lilla röda ljusstaken av trä stod fortfarande kvar mitt på golvet. Den var som ett litet monument över gårdagens fest, och kanske också en symbol för dagen som hade kommit tänkte Adman. På ett sätt var det skönt att det var lördag men han hade också en hård klump i magen. Att äta frukost idag, det som normalt var hans favoritmåltid, var inte att tänka på. Matlusten lös med sin frånvaro och det tillsammans med den hårda klumpen i magen skulle ändå göra det omöjligt att få i sig något idag. Han reste sig sakta och försiktigt upp. Det var med mycket tunga steg som han började gå. Tunga steg dels med tanke på hans uppgift men också med tanke på hans packning. Västen skavde under den något förstora tröja som han hade tagit på sig. Tröjan hade han fått samtidigt med västen. Tanken var att den skulle dölja så mycket som möjligt av hans utstyrsel. Men så här när han såg sig själv i spegeln så undrade han om han inte skulle dra till sig mer uppmärksamhet i denna bruna tröja än utan. Den kändes helt enkelt bara fel. Utan att tänka sig för så tog han tag i västen och skakade på den där den satt under tröjan. Den behövde rättas till och omöjligt sluta skava mot de hårda delarna på hans axlar och bröstkorg. Det var först när han var klar som han frös till och blev stilla i sin position. Tänk om hela konstruktionen var instabil. Det var inte direkt en kvalitetsprodukt som han hade på sig. Eller så var det kanske det. Det var hur som helst en konstig tanke att tänka, det var han säker på. Inget hände dock så han andades ut och sträckte sig mot dörrhandtaget. Han vände sig en sista gång mot Leisha där hon låg i sängen. De öppna ögonen stirrade mot taket. Han kunde se blåmärkena runt halsen som hade tydliga drag av hans fingrar. Märkena hade faktiskt blivit mer svarta nu en den blåa färg som först hade lyst tydligt på hennes hals. Han undrade om hon hade förstått vad som skulle hända. Kanske,

kanske inte. Det var i och för sig inget han brydde sig om. Han var mer nervös för om denna handling som han hade utfört skulle ge några konsekvenser. Han hade varit tvungen mot sig själv att genomföra detta. Så var det, för inne i sitt hjärta så visste han att han inte hade haft några andra alternativ egentligen. För av all heder i världen så var detta tvunget att ske. Han trodde och hoppades att männen från kafét skulle se det på samma sätt, alltså att Leisha kunde offras. Hon hade utfört sitt uppdrag och han skulle nu utföra sitt. Att han utförde sitt uppdrag var det enda sättet för att hans fru och dotter skulle få en chans i detta liv, det visste han också om. Han funderade på om deras liv var mer värda än de andras. Det skulle aldrig gå att kunna svara på den frågan tänkte han sedan. Det berodde på vem som frågade och vem som besvarade frågan. Inget svar skulle vara det andra likt. När frågan ställdes till honom så var svaret JA, deras liv var mer värt. Om man frågade någon annan så skulle svaret säkert bli annorlunda. Han tryckte undan dessa tankar för nu var det för sent att ge sig in i dessa återvändsgränder igen. Han öppnade sedan dörren ut till korridoren och såg ut i korridoren utanför. Det var tyst och lugnt. Alla sov normalt längre på lördagar, så också idag kunde han konstatera. Han hängde ut en skylt som sa, Stör ej. Jag sover. Förhoppningen var att detta skulle ge honom den tid han behövde. Han stängde sedan dörren bakom sig och började gå mot utgången.

Göran stod i sin putsade uniform strax utanför det lilla tält som stod precis bredvid de övre slussportarna. Solen sken behagligt och han började känna sig lite bättre till mods. Det hade sakta men säkert börjat fyllas på med mycket folk i slussområdet. Mest familjer med barn i alla möjliga åldrar. Han tänkte en snabb tanke på det liv som han hade valt bort. En familj med barn hade aldrig känts rätt för honom. Det var i varje fall vad han hade intalat sig. Men när han nu stod och tittade på alla

glada människor så undrade han om han hade gjort rätt val.
Den lycka som han nu såg i folks ansikten var något som han
kom på sig själv med att inse att han nog faktiskt aldrig hade
upplevt. Visst hade han och Lena varit lyckliga och glada många
gånger. Men denna spontana väldigt äkta glädje som fanns här
på torget just nu, det var något annorlunda tänkte han. Han såg
på sina kollegor. De såg obekväma ut där de stod i sina
uniformer. Jaja lite skadeglädje när han såg på dem kunde han
kanske unna sig i varje fall.
-Ni ser verkligen ut som äkta poliser idag, sa han med sin mest
myndiga stämma.
Anton och Dubbel-Klas ryckte till av den barska rösten. Sedan
hånlog de tillbaka. Göran skrattade för sig själv. Jaja de kunde i
varje fall njuta av vädret.
Han hade också fått välkommet besök av Bo-Inge Stenmark.
Han hade bara hunnit antyda delar av vad de hade varit med
om kvällen innan. Men han hade också sagt att när själva
invigningen var över så skulle de kunna samtala lite mer om
gårdagen och vad som hade hänt i Köping.

Adman hade kommit fram till slussområdet. Det hade faktiskt
varit jobbigt att gå de två kilometer som det var mellan
förläggningen och Slussen, mycket jobbigare än vad han hade
räknat med. Fast att han hade gått samma väg nu som många
gånger innan, detta var samma väg han normalt gick varje kväll
med sikte mot kojan, så hade det nu känts som att det var första
gången han gick denna väg. Känslan hade varit att han aldrig
skulle komma fram. Kojan där han hade spenderat många
nätter, och som låg en bit in i skogen på andra sidan kanalen
och var osynlig från den plats när han nu befann sig. Men han
kunde med sina sinnen se den, och han kom på sig själv med att
sakna just den platsen. Han stannade och såg mot alla
människor som hade samlats på torget. Så mycket barnfamiljer.
Han visste inte vad han hade förväntat sig egentligen men han

hade inte tänkt barnfamiljer. Detta var inte bra. Klumpen i magen växte ännu mer tyckte han. Västen skavde som bara den och han svettades ymnigt i den hand som lite krampaktigt kramade den lilla platta som var utrustad med en knapp i ena ändan. För att kunna trycka in knappen så var man tvungen att fälla undan litet lock, en säkring hade de sagt. De skulle inte vara bra med en knapptryckning av misstag, det förstod han utan att någon behövde säga det två gånger. Han såg sig om på nytt. Där borta vid den övre slussporten stod ett tält. Runt tältet så såg han inte den mängd av barnvagnar och färgglada ballonger som det nu fullkomligt kryllade av, framför den lilla scen som man hade byggt upp på det lilla torget. Torget och scenen låg kanske 200 meter till vänster om honom, från där han nu stod. En snabb tanke rusade genom hans hjärna innan han började gå mot det lilla tält som låg kanske 100 till 150 meter till höger om honom. Den ledning som löpte längs hand högerarm kittlade honom och skapade ett konstant behov av att klia sig på armen, vilket han dock inte gjorde. Den kliande ledning förband den lilla tryckplatta som han hade i handen med de tolv metallhylsorna som satt jämt fördelade på hans väst. Han undrade hur långt kraften från de tolv hylsor som dekorerade hans väst skulle räcka. Han hoppades att det inte skulle räcka upp till scenen och alla de som stod där med ballonger i sina små händer.

-Jaha, sa Göran. -Nu börjar det snart.
Han pekade bort mot den lilla scen och den person som han visste stod bakom den lilla dörr som snart skulle öppnas. Eva-Britt skulle snart komma ut och stolt berätta om slussens och dess betydelse för deras ort. Hur viktig den hade varit samt hur viktig den skulle vara även i framtiden. Hon skulle sedan kliva ner från scenen, och i triumf vandra de kanske 300 meter som skilde scenen från det lilla kontrollrummet. Et kontrollrum som innehöll de reglage som gjorde så att slussportarna kunde

öppnas och stängas. Hon skulle trycka på rätt knapp, en knapp
som nu hade varit bevakad tjugofyra timmar om dygnet. Eva-
Britt hade på eget bevåg hyrt in en vaktfirma sedan den öder
stigna dagen för knappt en vecka sedan. En gång är ingen gång
hade hon sagt. Kanske mest för att övertyga sig själv. Men en
sak var säker. Ingen levande själ skulle få möjligheten att snuva
Eva-Britt på att återigen få öppna slussdörrarna och fylla upp
slusskammaren, för att på så sätt fullborda invigningen av den
nyrenoverade Slussen. Göran såg på sina kollegor och la till ett
snett leende när han förstod att de tänkte på samma sak. Göran
sökte Bo-Inge med blicken, han stod några meter bort och
tittade mot scenen. Göran skakade på huvudet för sig själv. Att
involvera Bo-Inge i hans privata tuppfäktning med Eva-Britt
var nog ingen bra idé när allt kom omkring. Han skulle precis
säga till Camila att hon kunde få äran att för polisens räkning ta
plats nära scenen, och möjligheten att se Eva-Britts glans på
nära håll, när Camillas telefon ringde. Detta skedde i precis
samma sekund som orkestern, som hade tagit plats på scenen,
började att spela. Ljudnivån höjdes på en sekund från ett
behagligt små surr, och kvittrande fåglar, till en kraftig och
något störande melodi från en blåsorkester. Camila lyfte
handen och pekade på telefonen samtidigt som hon började gå
därifrån för att kunna höra vem det var som ringde. Göran såg
på henne och nickade. Han vände sig om och såg bort mot
scenen. Alla människor han kunde se rörde sig nu sakta men
säkert bort mot scenen. Men det var en prick som störde flödet.
Nästan som en liten sten i en större flod som obönhörligt
tvingade det forsande vattnet till en omväg för att passera.
Punkten framträdde sedan mer tydligt. Han kunde se att det
var en person som sakta kom gående mot strömmen och mot
dem.
Göran hade aldrig sett eller träffat Adman, bara hört när Camila
hade beskrivit honom. Men nu när han såg denna man så var
han på en gång säker på att det var just Adman som kom

gående rakt mot dem. Han undrade varför och vände sig mot
Camila som nu stod en bra bit bort. Hon verkade upprörd när
hon väldigt fokuserat ömsom lyssnade ömsom pratade i
telefonen. Han tittade återigen på Adman som nu kanske var
tjugo meter bort. Adman såg konstig ut tänkte han. Tjock på
något sätt. Han hade också sin högra hand lyft. Han gick med
den stilla framför kroppen medan den andra armen mest flöt
med i hans gående rörelse. Han såg nästan ut som en ledare för
en marscherande orkester, fast själva dirigentpinnen såväl som
orkestern saknades tänkte Göran.

Camila hade svårt att ta in samtalet. Hon har stått i andra
tankar och strö-tittat på allt folk som hade börjat samlas
framför scenen. Den scen som Eva-Britt snart skulle kliva upp
på. Ett enda stort leende i det runda ansiktet som kröntes av
det stora röda håret. Ibland såg hon elak ut, ibland såg hon bara
rolig ut. Hon såg dock aldrig normalt ut hade Camila tänkt. Vad
nu normalt utseende var för något? Hon hade fått ögonkontakt
med Göran som också verkade ha tankar om Eva-Britt. Hon
kunde inte veta det förstås men hon kunde i varje fall känna att
de två ofta var på samma våglängd, och kunde lika ofta läsa av
varandra med stor precision. Just detta gjorde henne faktiskt
lite orolig för stunden. Nu verkade det som han skulle säga
något, bara han inte ville att hon skulle behöva gå fram till
scenen som polisens representant tänkte hon, samtidigt som
hon kände en ilning av obehag som strök längs ryggraden.
Precis då ringde telefonen. Musiken från scenen började nu
plötsligt att spela. Hon hade vinkat avvärjande åt Göran och
sedan börjat backa, för komma undan något och på så sätt
försöka få ner volymen runt henne. Hon var tvungen till det för
att det överhuvudtaget skulle gå att höra personen i andra
ändan. Det hade varit från flyktingförläggningen och en
upprörd röst hade börjat prata om att de hade hittat en livlös
person. Hon förstod först inte vad rösten menade. Camila hade

vänt sig om, tryckt telefonen mot ena örat och mot det andra örat hade hon tryckt sin fria hand.

-Snälla jag hör inte vad du säger. Vad har ni hittat sa du?

Rösten i andra ändan blev tyst en sekund för att sedan börja om.

-Du sa att vi kunde och skulle höra av oss direkt till dig om något speciellt hände.

-Ja, sa Camila. -Det stämmer. Vad är det som har hänt?

Rösten i andra ändan fortsatte. -I morse när vi skulle gå morgon rundan så var det ingen som verkade vara inne eller hemma hos Adman och Leisha, alltså de som du hälsade på. Så vi gick in för att se om allt var normalt. Ja det var då vi hittade Leisha, i sängen, själv. Hon var död eller är död menar jag.

Det blev tyst. Leisha död tänkte Camila.

-Hur? Sa hon sedan.

-Det är just det som vi vill prata med dig om, sa rösten från flyktingförläggningen.

-Jag tror att någon har strypt henne. Hon har i varje fall stora blå-svarta märken på halsen. Jag tycker att det ser ut som märken från fingrar.

Det blev åter tyst. Camila stirrade tomt framför sig. Hjärnan gick för högvarv. Hade Adman mördat Leisha? Varför? Hon såg efter Göran hennes ögon sökte efter polisuniformen som Göran hade på sig, där var han. Men var gjorde karln. Han bara stod där, kanske femtio meter bort och fånstirrade mot något eller någon. Hon ansträngde sina ögon för att försöka se vad Göran stirrade mot, samtidigt som hon avslutade samtalet med kvinnan från flyktingförläggningen.

-Jag återkommer, jag menar jag kommer så fort det går. Det vore dock bra om du kan ringa ambulansen också, för att ta hand om den döde alltså.

Camila fick ett bekräftande svar innan hon avslutade samtalet. Vad stirrade Göran i mot? Det var nu den enda tanke som fanns i hennes huvud. Då såg hon honom. Adman gick med stadiga

steg rakt mot Göran. Camila kunde se att Adman gick med sina
ena hand lyft, som om den stadigt pekade ut den riktning han
höll. Då plötsligt blev hon alldeles iskall inombords. Kunde det
verkligen vara så, tänkte han verkligen göra detta. Var det
därför Leisha hade varit så reserverande. Hon hade vetat och
försökt få Adman att inte genomföra detta som han nu bara var
sekunder ifrån att genomföra. Hon hade tillslut ställt hårt mot
hårt och utmanat honom. Detta hade då varit lika med hennes
dödsdom. Adman hade dödat henne för att hon hade försökt
hindrat honom. Camila började skrika allt hon bara kunde
samtidigt som hon rusade så fort hon kunde mot det lilla tält
där Göran stod och dit Adman nu nästan hade hunnit fram till.
-BOMB, HAN HAR EN BOMB. STOPPA HONOM, STOPPA
HONOM, STOP.....

Eva-Britt klev precis ut på den lilla scen som hade byggts upp
dagen till ära. Hon sken som en sol.
Detta är lycka, fullkomlig och äkta lycka, tänkte hon.
Hon rynkade lite på näsan. Det var mycket folk, absolut. Men
det kunde dock ha varit fler. Solen sken, allt var perfekt. Så
varför var man som Söderorts bo inte här? Detta kunde inte
vara alla tänkte hon.
-Slöa människor, sa hon för sig själv innan hon åter tog på sig
sitt bästa leende.
Strunta i dem som inte är här. Detta är min stund tänkte hon.
Hon tog några steg framåt och stannade vid den mikrofon som
man hade ställt fram för henne. Nu skulle de allt få se. Allt som
hon, Eva-Britt hade gjort för bygden. Att driva igenom denna
nödvändiga renovering av Slussen hade inte gått helt smärtfritt.
Några personer i kommunstyrelsen hade faktiskt opponerat sig
i början. Hade inte den där virrpannan Valdemar från
Vänsterpartiet till och med röstat i mot påminde hos sig. Eva-
Britt såg sig om och sökte med sin blick som en missil söker
efter sitt mål. Ja där stod virrpannan, och visst såg han nöjd ut

också. Han hade säkert glömt bort omröstningen. Och nu stod han där och tog i mot folkets applåder, helt oförtjänt. Fy fan, han skulle få bjuda på fika ett halvår från och med nu tänkte Eva-Britt.

Hon tog tag i mikrofonen, lösgjorde den från stativet och såg ut mot folksamlingen, glädje och seger tänkte hon och blev glad igen. Eva-Britt skulle precis börja prata och med sina mycket väl inövade ord förklara varför alla var här och vilken tur de hade som bodde i denna perfekta stad. Ord som hon hade haft i sitt huvud under flera månader nu. Men det var något som störde henne, något som inte riktigt passade in i bilden med alla glada människor och färgglada ballonger. Då såg hon att borta vid själva slussporten, där stadens poliskontor hade sitt lilla tält hände något. En man gick åt fel håll, alltså bort från scenen. Hade han inte väldigt konstiga kläder på sig, tyckte Eva-Britt sig kunna se också. Mannen hade sin ena arm lyft i en vinkel som gjorde att han halvt om halvt pekade mot himlen. Mannen tyckets peka mycket distinkt mot en punkt eller något som låg mycket längre bort. Eva-Britt kom av sig och fokuserade blicken mot horisonten, dit mannen tycktes peka. Hon såg inget och blev mest irriterad eftersom någon eller några uppenbart verkade tycka att det fanns viktigare saker att göra än att fokusera på henne. Hon koncentrerade sig och skulle återigen fokusera sitt sinne på de människor som stod nedanför henne när hon såg att en annan person verkade springa mot mannen, det var en kvinna och hon skrek något också. Det gick absolut inte att höra men det var ändå något som fick Eva-Britt att känna obehag. En rå känsla som väldigt snabbt skapades i magen och tog sig uppåt mot halsen och munnen och skapade ett illamående. Hon svalde en extra gång. Vad höll de på med där borta. Då såg hon att mannen med den lyfta armen stannade för att sedan gå ned på knä, fortfarande med armen lyft.

Adman gick mot tältet, med långsamma men ändå bestämda steg. Han såg att det var ett antal personer som stod där och småpratade lite. Det gick ytterligare någon sekund och han kom lite närmare. Han upptäckte då att de nu hade fått syn på honom och det var särskilt en person som verkligen sög in honom med blicken. Mannen verkade dock inte rädd eller något sådant. Adman hade funderat på detta, om någon skulle bli rädd och sedan skapa någon sorts panik. Men denna man, han såg mest förundrad ut tänkte han. Adman tänkte sedan på sin fru och dotter. Var de värda detta? Det måste de vara, tanken hade inte fått det fäste som han hade velat vilket gjorde att han fortfarande brottades med tvivel och olustkänslor. Han gjorde en sista ansträngning och tryckte de tvivlande tankarna så långt bak i hans medvetande som det bara gick. Nu var det dags att börja sluta sina sinnen, med det var något störde honom. En kvinna kom springande snett från höger hon var nog 40-50 meter bort när han först la märke till henne. Adman såg åt det håll därifrån kvinnan kom springande. Det var den kvinnliga polisen som han hade mött i dungen borta vid kojan, det såg han nu. Han fick en klump i magen när han förstod att hon förstod, detta var inte bra. Han stannade som på en given signal och gick sedan ned på knä. Han knäppte undan säkringen så att själva utlösarknappen skulle gå att trycka in. Han tittade upp mot himlen. Men det fanns inga nya tankar att tänka, inget att säga som redan inte hade sagts i hans sinne. Han kunde bara lita och tro att det han var på väg att göra inte skulle vara förgäves. Hans förra tanke kom tillbaka.
Var hans fru och dotter mer värda än dessa för honom okända människor.
-De är lika mycket värda hörde han sig själv säga. Sedan tryckte han på knappen.

Sista kapitlet
Nutid

Explosionen blev allt det där som Adman hade vetat men kanske hade trott eller någonstans hoppats inte skulle ske. Men tolv spränghylsor förbundna med varandra genom ett en utlösartråd hade fungerat väl och explosionen hade blivit mycket kraftig. Efter att explosionen hade lagt sig så hade en total tysthet infunnit sig. Eva-Britt som hade befunnit sig säkert 250 meter från epicentrum hade kastats bakåt av tryckvågen och in i den vägg som skilde scenen från det lilla rum där hon nyss hade stått och förberett sig på dagens stora händelse. Alla människor som för en liten stund sedan förväntansfulla hade stått nedan för scenen låg nu ned. Många låg helt stilla medan andra drog ihop sig i fosterställning. Ingen som var på platsen förstod egentligen vad som hade hänt. Efter kanske två minuter så hade tystnaden brutits av barnskrik. De hade sedan följts av mer vuxna röster som nu skrek sitt eget namn eller namn på någon som för en liten stund sedan hade stått bredvid dem eller bara skrek något som egentligen inte gick att tyda. En del försökte skrika men det gick inte. Allt som kom över läpparna var bara ett svagt stönande. Några var det som sakta försökte sätta sig upp. Många höll sina båda händer över sina öron men bara för att upptäcka att allt ljud och oväsen som ekade i deras huvuden, kom mest inifrån huvudet istället för utifrån. Kaos var det bästa ord som kunde beskriva det som just nu pågick, om det nu var så mycket som egentligen skedde. Allt gick som i slowmotion. Explosion hade av naturliga orsaker varit kraftigast nere vid slussporten, och vid det lilla tält som polisen hade ställt upp där. En mindre krater hade bildats i marken. Kratern låg ca 25 meter från den övre slussporten och bortsett från ett undantag var den helt tom på föremål. Precis mitt i kratern, nästan symboliskt placerad låg en ensam hand. En hand som verkade hålla i en liten mekanisk anordning. En liten platta i samma storlek som en mindre tändsticksask. I ena ändan av plattan fans en knapp som hade fastnat i sitt intryckta läge. Den hölls kvar där av en tumme som stelt och fokuserat inte verkade villa släppa upp knappen. Vatten rann långsamt genom den övre slussporten och fyllde nu sakta slusskammaren. Explosionen hade varit så kraftig att slussportarna hade rubbats något från sitt annars helt stängda läge. Eva-Britt hade fått sin invigning men inte så som hon hade planerat.

Det dröjde kanske 10 minuter innan människor, som av olika anledningar inte hade befunnit sig på fest platsen, hade försiktigt börjat ta sig ner till platsen för invigningen. Strax bortom centrum kunde nu också sirener från brandkår och ambulans höras. Det var ljust detta ljud som gjorde att en person som fram tills nu hade legat helt orörlig sakta vred på huvudet. Det fullkomligt ekade av alla tänkbara oljud inne i huvudet och smärtan var obeskrivlig. Det kändes som om tusentals spikar hade trycks in överallt och nu roterade runt sin egen axel. Känslan var både okontrollerbar men samtidigt också så närvarande att det inte gick att fokusera på annat än just smärtan. Sekunder blev minuter och sakta kom lite mer medvetenhet tillbaka, och hjärnan kunde vid sidan om att registrera smärta fokusera på en konstig form av skaderapport. Det var i varje fall den tanken som sakta rörde sig långt inne i hjärnan. Skaderapport, jo du den rapporten skulle inte vara en munter läsning. Höger hand började sakta treva mot bakfickan. Det var en rörelse som inte riktigt gick att förklara men på något sätt var helt nödvändig och självklar. Efter ett tag hade handen nått sitt mål och började nu sakta den lösgöra den lilla läder bok som låg där. Det var som en plånbok fast ändå inte. Ytterligare några sekunder senare så låg den lilla läder boken i ett fast grepp, mitt i högerhanden. För den som visste vad som fanns mellan pärmarna så var konturerna efter metall föremålet mycket bekanta. Det hade alltid varit en trygghet att krama polisbrickan när man upplevde en stressad situation och inte visste vad som skulle bli nästa steg. Det var också så känslan var precis nu. Stress och samtidigt en total tomhet om vad som skulle ske härnäst.

Kairo.
Några timmar senare.

Steve satt som förstenad och såg på TV' n. Al Jazeera sände konstant, men det som i bildform fladdrade framför hans ögon var mycket svårt att ta in. Han kände så väl igen miljön i bakgrunden, men vad var det som de sa.
Ett terrordåd i Sverige. Även reportern verkade ha svårt att förstå och ta in detta som hade hänt. Al Jazeera var som kanal och som nyhetsmedia mycket vana att rapportera om denna typ av händelse. Men det syntes tydligt att det fanns en ovana att befinna sig norr om Tyskland, och rapportera om sådana här saker.
Terrordåd tänkte Steve. -No way, my ass, sa han svagt.
Han mer viskande orden ur en stram och sammanbiten mun än talade, detta var inget terrordåd, det var i varje fall så han kände det. Han kände det djupt inne i sitt hjärta att detta var kopplat till hans historia, det var nog troligtvis också som en direkt koppling till hans senaste handlingar. Han hade brutit mot det otänkbara när han hade bytt sida och oskadliggjort mannen på hotellet i Chicago. Det var nog så att man redan hade räknat ut eller antagit att han var den skyldiga. Han tolkade också på grund av det han nu såg på Tv:n att organisationen även ansåg att han låg bakom explosionen i Las Vegas. Det var klart att organisationen inte hade trott att Las Vegas var en olycka, även om de omöjligen redan hade kunnat hitta bevis som knöt just honom till dådet. Men de måste ha

gissat, han kunde heller inte i sak klandra organisationen för
den gissningen.

Ett svagt ljud drog honom tillbaka in i nuet, det var ett
mänskligt stönade som hördes bakom honom. Steve vände sig
lite ansträngt om och tittade på mannen som låg ihopkrupen i
ett av rummets hörn lite snett bakom honom.

Att hitta denna Bill Praxter hade kanske inte gått som en dans
men efter ett idogt letande i de mörkaste av gränderna och
efter att ett relativt stort antal dollar sedlar hade bytt ägare Så
hade till slut Steve fått information om en amerikan, som också
använde detta namn, och som mycket riktigt fanns i dessa
kvarter. Bill Praxter, att det var hans riktiga namn var nog lika
sant som att Steve var hans riktigas namn. Men det var så det
fungerade i denna värld av lögner och intriger, där han nu
befann sig. Han hade efter en viss möda letat sig fram till
adressen till denne Bill, sedan efter en stunds bevakning av
lägenheten så hade han blivit helt säker på att han hade träffat
rätt. En man med ett bekant ansikte hade plötsligt dykt upp.
Mannen hade kommit gående på gatan med bestämda steg, för
att gå direkt in i den portuppgång som Steve nu hade under
bevakning. Det hade varit Hossein, samma man som han först
hade observerat på flyget över Atlanten och sedermera på
hotellet i Chicago. Detta kunde inte vara en slump, det gick bara
inte. Den senaste gången Steve hade sett Hosseins ansikte var
just i lobbyn på hotellet i Chicago. Ett ansikte då av förvåning
men också ett ansikte som talade om för Steve eller Lars som
han hette vid tillfället på hotellet att Hossein också spelade med
i detta spel. Att se Hossein på denna plats i Kairo gjorde att
Steve nu var 100% säker på att han hade hittat rätt. Steve hade
därefter lyckats ta sig in genom porten utan att få någon
uppmärksamhet riktad mot sig och sedan smugit sig upp till
rätt lägenhetsdörr. Han hade innan noga studerat huset från
utsidan och kunnat räkna fram var lägenheten borde vara
placerade i huset. Detta hade han gjort utifrån hur husets

fönster var placerade i förhållande till trappan, som fanns inne i huset. När han efter en stund hade letat sig fram till rätt lägenhetsdörr så hade han tryck örat mot densamma. Efter en kort tids koncentration så var han säker på att han hade hört röster som samtalade där inne. Han kände då att nu hade stunden kommit för honom att skrida till handling. Den rekognoserande delen var nu slut och han stod inför ett slutgiltigt vägval. Han skulle faktiskt rent teoretiskt kunna försvinna nu. Men om han dyrkade upp dörren, som var hans plan, så skulle han vara så djupt begraven inne i denna soppa att det skulle bara finnas ett alternativ och det var att löpa linan ut. Efter och om han dyrkade upp denna dörr så fanns det inte längre någon återvändo. Han skulle då dränka sig i denna röra och därefter söka så djupt som det skulle krävas, för att nå den eller de som fattade de avgörande besluten och var den högsta chefen. Steve hade slutit ögonen, fattat sitt beslut och sedan, så tyst det bara gick, börjat bearbeta låset med de små verktyg som han hade införskaffat i gränden tidigare. Han tackade den relativt dåliga låsmakare som en gång i tiden hade konstruerat detta dörrlås. Att få upp låset till dörren hade gått fort och tyst så innan han egentligen hade hunnit tänka efter en andra gång, så hade han av bara farten öppnat dörren och kunnat spana in i en mörk hall. Till vänster antog han att köket låg och till höger fans ett badrum samt ett mindre sovrum. Rakt fram fanns ytterligare en dörr som var halvt stängd. Det var innanför denna dörr som han antog att salongen var placerad. Han kunde nu också uppfatta lite mer av det samtal han hade hört genom lägenhetsdörren. Han förstod att därinne satt eller stod nu Hossein och denna mystiska Bill Praxter. Han bad en liten bön att det bara skulle vara var de två, för en tredje okänd person i rummet skulle sannerligen komplicera uppgiften som nu obönhörligen låg framför honom. Han smög mot den halvstängda salongsdörren. Slöt återigen ögonen och föreställde sig rummet därinne. Från hans position så kunde

han utifrån hur rösternas ljud kom mot honom framställa en
bild över rummet och placeringen av de två personerna, redan
innan han såg allt med sina egna ögon. Så på en sekund så reste
han sig upp kastade upp dörren framför sig så att den for in i
väggen bakom åt höger med en ljudlig smäll. Han tog samtidigt
ett steg åt vänster när han kom in i rummet och riktade sin
pistol mot den plats där han hade hört Hosseins röst.
Placeringen av Hossein var i verkligheten helt identiskt med
hur han hade förställt sig den så att sänka honom med hjälp av
två skott i snabb följd, som satt på var sin sida om Hosseins
näsa, hade inte varit ett problem. Eftersom han sköt underifrån
så fortsatte kulorna uppåt och gick mer eller mindre samtidigt
ut genom Hosseins lite kala hjässa. Hosseins ögon han
uppfattade det som hans hjärna aldrig han registrera och fick
faktiskt ett skrämt uttryck innan Hossein kropp for bakåt och
landade liggande mot väggen bakom. Samtidigt som Hosseins
döda kropp sjönk ihop hade Steve redan riktat pistolen mot sitt
nästa mål, Bill Praxters knäskål. På det stora hela ett lättare
skott eftersom Bill stod upp, kanske fem till sex meter snett till
höger om Steve. Bill hade först omedvetet riktat blicken mot
dörren som hade slagit in i väggen sedan vridit huvudet mot
Hosseins som då kastades bakåt av två kulors kraft. Så när
kulan från Steves pistol krossade hans högra knäskål så hade
han ännu inte observerat att Steve hade kommit in i rummet.
Men några sekunder senare, när smärtan från knät nådde hans
medvetande, och ruskade om detsamma, så såg han nu Steve.
Ingen av de två hade någonsin träffats men blicken som de kom
att utbyta ytterligare någon sekund senare sa att de både var
helt säkra på vad den andra hade för roll i detta spel. Så några
försök till bortförklaringar eller allt för uppenbara lögner skulle
vara helt onödiga och fullständigt värdelösa, det förstod de
båda när blickarna låstes mellan dem. Bill hade i det
efterföljande förhöret varit mycket tuff och det hade inte varit
en självklarhet för Steve att få den information som han antog

att Bill besatte. Information som Steve var ute efter var information om Bills chef, och även om personer i nästa led i den organisation som nu Steve hade förklarat krig mot. Men efter en timmes obehagligheter som innehöll mycket smärta så kände Steve att nu fanns det inget mer att få ut ur Bill, än det som redan hade blivit sagt. Den information som han hade fått ur Bill pekade tillbaka mot USA, vilket inte förvånade Steve på något sätt. Informationen pekade också mot Texas, och mot ett på pappret legitimt företag. Han hade hajat till när företagsnamnet kom fram ur Bills mun. Det var inte vilket företag som helst och den var inte heller obekanta namn som utåt ledde detta företag. Om dessa personer också var involverade i denna verksamhet som involverade Bill och Steve återstod nu att ta reda på. Steve kände sig efter en stunds betänketid säker eller så säker han nu kunde bli på att Bill hade sagt sanningen om vad han visste och inte dragit en vals. Han kom till och med att respektera Bill, utifrån att han hade varit en mycket tuff person att bearbeta. Han kände också att eftersom Bill inte hade en aning om hans nya identitet samt att eftersom hans utseende var känt, och inte var en hemlighet för organisation, så behövde han inte gå längre med Bill, än vad han redan hade gjort. Steves eller mer riktigt Lars personakt inklusive foto fanns redan i organisationens register så det fanns alltså ingen egentlig anledning till att ta livet av Bill, så han lät honom helt enkelt vara, där han nu låg ihopkrupen i fosterställning i ett av rummets hörn. Steve hade efter att han hade tagit in denna nya information om USA, om det kända företaget och personer som kanske var involverade och då högt upp i organisationen, behövt rensa sina tankar. Han hade då av bara farten slagit på TV:n som stod i ett av rummets andra hörn. Det var då som han hade blivit helt kall inombords. Känslan hade kommit på en sekund när han på TV:n såg de välkända miljöerna hemifrån samt i förgrunden kunde se en reporter, med en mikrofon i handen, sakligt men samtidigt lite ovant rapportera om ett terrordåd i Sverige, allt enligt kanalens teori. Steve kände utan problem igen bakgrunden som utan tvivel var ett demolerat slussområde, i den mindre stad där han hade bott de senaste åren. Han hade då, mer eller mindre direkt, börjat söka Bo-Inge på telefon. Men han hade bara kommit till hans mobilsvar. Han hade säker ringt tio gånger, men med samma resultat varje gång. Ett mobilsvar som förkunnande att man hade kommit till Bo-Inge Stenmark, VD på Master of plastic front tech AB. Bo-Inge bad sedan om ursäkt att han var oanträffbar och därefter lät meddela att han gärna såg att man lämnade ett meddelande, så skulle Bo-Inge ta kontakt så fort det gick. Steve hade redan lämnat två meddelanden men nu hade han sakta börjat gett upp hoppet om att bli åter uppringd. Steve hade fortsatt att fånstirra på TV' n tills man hade börjat återupprepa saker som redan hade blivit sagda både en och två gånger. Det fanns alltså uppenbarligen ingen mer information att få för tillfället.

-Terror dåd, fuck no, sa Steve till sig själv.

Han resten sig nu upp ännu mer bestämd att gå vidare med det självpåtagna uppdrag att försöka förinta den organisation som han tills bara för några dagar sedan själv hade varit en del av. Han kastade en sista blick mot Bil som fortfarande låg ihopkrupen på golvet.

-Hur? sa Steve på engelska. -Hur och varför agerade ni så snabbt?.

Det var en enkel och kort fråga, men han förväntade sig inget svar tillbaka. En sista blick mot TV:n bara för att konstatera att inget nytt i sak verkade ha dykt upp så klev Steve återigen ut i hallen, och sedan ut genom lägenhetsdörren. Han stängde dörren bakom sig utan att titta. Hans blick, sinne och alla övriga system i hans kropp var nu fullt fokuserade på att söka sig uppåt i den organisation som han en gång hade trott skulle vara garanten och lösningen på alla problem i världen. Nu däremot så såg han dess rätta skepnad. En amöba som slukade allt och alla i dess väg, som hade en alternativ plan till att forma en värld. En värld som var annorlunda mot den värld som vi alla tror att vi lever i. Den värld som organisationen såg framför sig och vill skapa, är en värld som inte är föränderlig. En värld som likt sfinxen bara ligger stilla och låter tiden passera.

Epilog
Nutid
Fredagen innan allt började.

Åke hade beslutat sig för att i kväll skulle han inte gå hem och
sitta själv i lägenheten. Ikväll skulle han gå ut och ta en öl
tillsammans med lite god mat, och kanske prata med någon
också.
Åke, tänkte han plötsligt. Det var hans riktiga namn även om
han nu förtiden hette Erik Fransson. Erik var ett namn som inte
betydde något för Åke och han hade fortfarande ibland svårt att
reagera naturligt när någon ropade Erik efter honom. Han hade
hur som helst hetat Erik i några år nu men det var svårt att
vänja sig. När han tänkte på sig själv och vad han skulle göra
och vad han planerade så var han alltid Åke. Precis som nu när
han kände att det var dags för Åke att få en kväll ute på
centrum. Han visste att detta inte var förbjudet men samtidigt
inget som man ville att han skulle göra till en vana. Men för fan
han hade inte varit ute en fredag, eller lördag för den delen, på
säker fyra månader så ikväll var det dags. Inget fancy men ändå
en stunds avkoppling från hans vardag. Jo för vardagen var ju
inget att hänga i julgranen precis. Att städa och spionera det var
nu hans liv och runt detta kretsade det mesta. Han kände det
som att han hade varit på den där firman i flera år nu. Så var
det i och för sig inte. Inte flera år alltså, men länge hade det
varit i varje fall. Han hade fram till nu skött sitt uppdrag till
punkt och pricka och han hade i och för sig ingen tanke på att
inte fortsätta på den inslagna vägen, men som sagt i kväll så
skulle han göra en liten avstickare. Han hade haft ögon och
öron med sig och kunnat följa utvecklingen med att utvinna
energi ur havsvatten länge, och även rätt bra tyckte han. Det
var ett pussel förstås för han fick absolut inte missköta sitt
städuppdrag, för då skulle det säkert klagas och han skulle

kunna bytas ut. Men han hade sakta men säkert kunnat snoka sig fram och listat ut tillräckligt mycket om vad som pågick inne i prototyprummet. Han hade precis skickat info om att ett viktigt test beräknades att vara klart, och som skulle kunna läsas av nu efter helgen. Han förstod att testet och resultaten skulle betyda mycket för vad som skulle bli nästa steg. Han hoppades att det skulle bli så för då kanske det skulle kunna ske en förändring, och han kanske kunde få slippa detta med städningen. När han hade signat upp för denna organisation som verkligen hade tagit hand om honom, så hade han inte räknat med att en av hans sysslor skulle bli att städa kontor på ett verkstadsföretag. Men så var det och det var bara att bita ihop. Det visste han för att börja protestera och begära att man skulle förflyttas, det gjorde man bara inte. Annars hade han inget att klaga på. Pengarna var bra och det fanns nu en mening med livet. Han hade alltid önskat något som detta. Att vara med i något som var så professionellt som detta och som också tog ett ansvar här i världen. Förut i hans unga dagar hade han mest hade varit arg, arg för att han inte hade kunnat göra någon skillnad. Men nu, nu var det annorlunda. Organisationen hade en plan och han var med i gruppen för och av vinnare. När man hade lyckats med sitt uppdrag och fått bort alla som ville så förbannat väl för allt och alla så skulle de äntligen kunna luta sig tillbaka. Då skulle hela världen jobba för dem, fast ingen egentligen skulle förstå det, men så skulle det vara. Åke tittade upp. Han hade kommit ner på centrum upptäckte han. Där borta bakom hotellet så gick det att se siluetten från det tält som hade placerats nere vid slussen. Där jobbades det fortfarande såg det faktiskt ut som. Det var nog bråda dagar. Om lite drygt en vecka så skulle det visst vara en ny-invigning av slussen. Så mycket ståhej för en sluss tänkte Åke jo det var allt lite märkligt. Han vände blicken mot Slusshotellet och dess restaurangdel. Maten var bra här det visste han och med lite tur så kanske det skulle finnas några trevliga människor eller förhoppningsvis kvinnor att kunna prata lite med. Kanske med mycket tur så skulle det kunna leda till något mer. Ingen affär eller förhållande, det skulle absolut inte gå för sig men lite spontant roligt det kunde man kanske kunna hoppas på. Åke gick in genom dörren till restaurangen och gjorde sig synlig för personalen. Han förklarade för servitrisen som kom och mötte honom att han var ensam. Han fick ett litet bord rätt nära dörren, ett bra bord tänkte han. Man såg i princip hela lokalen och Åke hade på så sätt en fördel för att kunna se om det skulle kunna finnas någon dam för honom. Åke skrattade till lite för sig själv, en dam för honom jo det skulle vara något det tänkte han.

Menyn kom in och han titta noga igenom alternativen. Han fastnade för kockens val, vilket var grillad fläskfilé från vildsvin. Detta tillsammans med hasselbackspotatis samt en liten grönsaksstuvning. En halv flaska rött kunde han också unna sig, ja så fick det bli. Han skippade förrätten för att kunna reservera ett hål för en efterrätt tänkte han. En tirra tänkte han, tiramisu denna italienska gåva till mänskligheten. Japp han kände sig belåten när han sneglade lite diskret efter tjejen som hade tagit hans beställning. Han hade till och med känt sig så avslappnad att han hade beställt en gin o tonic som fördrink. Kanske var det bara för att tjejen hade lett så åt honom när hon frågade om det inte skulle vara en drink före maten. Han hade då sagt ja utan att riktigt tänka efter. Men nu när det var för sent att ändra sig så kändes det inte heller fel med en drink. Drinken kom in och den smakade gott. En citronskiva hängde på glasets kant som han försiktigt sög lite på, innan han släppte ner den i glaset.

Det var inte tomt i lokalen men det var inte heller fullt. Några par satt redan och åt sin mat. Ett mindre killgäng stod i baren och drack öl och pratade, troligtvis om fotboll tänkte Åke. Åke skakade på huvudet men de störde ingen så det var inget att

bry sig om. Några bord bort satt två damer, kanske tänkte han
inte alls omöjligt.

Han kände sedan plötsligt att någon tittade på honom. Den där
känslan som bara helt plötsligt dyker upp men är svår att ta på.
Han sökte lite diskret med blicken runt om i lokalen. Han kunde
inte upptäcka vem det var men han var säker på att någon
verkligen hade stirrat rakt på honom. Kanske han där borta?
I andra ändan av lokalen satt en något äldre man. Han såg lite
utländsk ut tänkte Åke, kan det ha varit han som stirrade? Men
varför skulle han göra det. Åke fick inte ihop denna tanke med
någon logiskt förklaring. Mitt i mot mannen satt en kvinna såg
han nu. Det borde i varje fall vara en kvinna. Han såg mest ett
tjock långt svart hår, så han drog slutsatsen att det var en
kvinna. Det var svårt att avgöra bakifrån men hon verkade
yngre på något sätt. Kanske var det hur hon sakta rörde sina
armar och huvudet. Små fina rörelser tänkte Åke. En äldre
kvinna skulle ha varit mer stel tänkte han. De verkade vara
djupt involverade i ett samtal och såg inte ut att ägna Åke en
sekunds uppmärksamhet. Det var nästan så att de pratade med
händerna tänkte Åke. De gestikulerade i varje fall rätt mycket, i
varje fall mannen. Åke fortsatte och tittade på det svarta håret.
Den kvinnan skulle han verkligen vilja se framifrån. Han blev då
störd i sina tankar, det var tjejen från restaurangen som kom
med maten han hade beställt. Den grillade fläskfilén såg mycket
fin ut och med ens så förträngde han det stora svarta håret nu
när hans tankar och sinne nu var fullt koncentrerade på
fläskfilén. Lite drygt en timme senare så hade Åke ätit upp. Han
hade även fått plats med tirran som blev pricken över i:et. Vinet
var också slut kunde han lite bistert konstatera.

De två damerna som hade suttit några bord bort hade rest sig
och gått för en kvart sedan. Inga nya objekt eller vad han nu
skulle kalla det för hade kommit heller. Han kände sig lite
besviken och funderade på om han skulle lämna stället. Kanske
skulle han gå över gatan till Slusspuben. Han rynkade lite på

näsan, de brukade spela så dålig musik där samt att de också
spelade alldeles för högt, så han konstaterade snabbt att han
verkligen inte hade någon lust att gå dit. Han såg sig om mot
baren. Kanske, varför inte tänkte han. Det stod lite blandade
människor där borta vid baren, så varför inte. Sagt och gjort.
Han reste sig samtidigt som han tydligt visade tjejen att han
skulle inte ta en springnota, som nog totalt sett hade varit det
absolut dummaste han kunde komma på att göra. Nej han
visade att skulle gå till baren för att avsluta kvällen där. Tjejen
nickade tillbaka och visade med en handrörelse att han skulle
kunna betala för maten och vinet i baren också. Perfekt tänkte
Åke. Inget strul utan bra flexibilitet. Han hittade två stolar ute
på högerkanten som var lediga. Han satte sig på en av stolarna
och tittade i drinklistan som stod skriven på en svart
griffeltavla mellan speglarna, som utgjorde barens bakre del.
En long Island Ice Tee fick det bli. En förvånansvärt god drink
fast den på pappret egentligen kändes rätt grotesk. En massa
olika vita spritsorter tillsammans med Coca-cola. Han tänkte
för en sekund att man skulle testa att byta ut colan mot tropisk
juice, då skulle man nog få en bra sommardrink. Kanske något
att testa en kväll när det hade blivit varmare. Han skulle precis
vinka åt bartendern när han kände en diskret hand på hans
högra axel. Han vände sig om och såg rakt in i ansiktet på
kvinnan med stora mörka svarta håret.
-Hej, sa hon. -Jag brukar inte göra så här egentligen. Alltså börja
prata med män ute på krogen.
Hon blev tyst en sekund och tittade på Åke. Åke hade ingen
aning om vad han skulle säga. Han hade i och för sig under
middagen tänkt på några öppningsrepliker men just denna
situation, när det var hon som tog kontakt, så var han inte
förbered. Så nu när han verkligen ville säga något så satt han
bara stum.

-Jo, sa hon sakta. -Jag såg att du tittade och mitt håll under middagen och jag kunde inte undgå att känna något, en spännande känsla.

Åke blev om möjligt ännu mer häpen. Denna kommentar hade han absolut inte väntat sig.

-Får jag bjuda på en drink, sa hon plötsligt.

Nu trodde Åke att han både såg och hörde i syne. Han nöp sig lite diskret i låret för att smärtan skulle få honom att vakna till och väcka honom från den förlamningen, som han verkade befinna sig i. Det gjorde faktiskt riktigt ont vilket gjorde att han kunde inte hålla tillbaka en svag grymtning, men han fann sig och var snabb med att tacka för erbjudandet och på så sätt gömma grymtningen genom att börja prata tillbaka.

-Absolut, tackar. En GT skulle sitta fint.

Han försökte också le så trevligt han kunde samtidigt som han tänkte för sig själv att hans Long Island Ice Tee fick vänta denna gång.

Hon log tillbaka mot honom och vinkade på bartendern.

-Kan vi få två GT, och då var inte så förbaskad snål med spriten nu.

Bartendern skrattade lite samtidigt som han vände sig om för att greppa de flaskor han skulle behöva.

-Jag trodde du hade sällskap, sa Åke.

-Jag, sa hon. -Äsch det var inget.

Hon tog in Åkes ögon med sina och verkligen studerade honom. Åke kände sig nästan som han satt där helt naken. Hon verkligen såg rakt in i hans huvud tänkte han.

-Vad heter du? sa hon sedan snabbt.

-Jag, öhh, Åk jag menar Erik, Erik Fransson.

-Jaha Åk-Erik Fransson, sa hon och log. -Bor du här i Söderort?

-Jo, sa Åke. -Eller strax utanför. Om du känner till Kantarellen.

Kantarellen var ett område utanför själva centrum som bestod av ett antal tvåvåningshus med två och tre rums lägenheter. Namnet Kantarellen hade det fått eftersom det innan man byggde så hade varit en kantarellskog som hette duga precis på den platsen. Den skogen var förstås borta nu men namnet Kantarellen levde kvar.

-Jo, sa hon. -Jag vet vilket område du menar. Det är väl ok där ute?

-Jo vars, sa Åke. -Man skall inte klaga.

Den äldre man som hade suttit mitt i mot denna kvinna under middagen passerade dem där de satt i baren. Han nickade mot dem båda men vände sedan bort blicken och fortsatte mot utgången. Åke såg efter honom. Jo han måste vara utlänning tänkte han. Spansk kanske eller sydamerikan kanske. Han såg sedan lite förundrat på kvinnan som nu hade satt sig på den lediga stol som stod bredvid Åke.

-Förlåt, sa hon. -Det är min pappa. Vi har precis firat min systers födelsedag. Men han är trött och ville gå hem.

-Din syster? Sa Åke och såg sig omkring.

-Ja, fortsatte hon. -Men hon är inte här, hon är död. Men vi har detta som tradition. Pappa och jag alltså. Vi gör så här för att fortsätta glädjas åt den tid vi ändå fick tillsammans.

Åke såg lite generad ut.

-Jag är ledsen, fick han fram.

-Det är ett tag sedan nu, sa hon. -Det är drygt 30 år sedan, så vi har passerat den tiden när vi mest satt och grät tillsammans. Nu har vi det mest trevligt och pratar om de minnen som vi ändå har.

Åke satt tyst. Det var lite svårt att komma på vad han skulle säga. Han fick upp en diffus och svag minnesbild i huvudet. En bild från hans förra liv. Saker han helst inte ville minnas, men som inte gick att få bort helt och hållet. Han hade försökt att glömma allt, utom hans namn. Kanske var det just detta som gjorde att dessa gamla minnesbilder över allt det dåliga som han hade gjort när han var yngre bet sig kvar. Där bak långt inne i hjärnan fanns det tydligen kvar fragment till minnen. Dessa minnen var som gamla fotografier, som hade legat

framme alldeles för länge, och blekts i solljuset. Det var svårt att se vad bilderna föreställde, men de fanns där. I detta fall mest en påminnelse om det dåliga. Åke slöt ögonen och försökte tränga bort dessa minnesbilder. Han öppnade ögonen igen och såg till sin glädje att kvinnan var kvar. Hon satt där på stolen bredvid honom. Hon var vacker, Riktigt vacker.
-Förlåt mig, sa hon. -Jag har ju inte sagt vad jag heter.
Åke skärpte till sig, detta var ett namn han ville lägga på minnet. Att glömma bort vad hon hette, fem minuter efter att hon hade sagt, det skulle inte gynna fortsättningen på kvällen tänkte han.
-Jag heter egentligen Ana men jag har på senare tid tagit min systers namn. För att hålla minnet av henne mer levande tänkte jag. Så du kan kalla mig Camila, som är efter henne.